Arena-Taschenbuch
Band 50667

Weitere Titel von Gabriella Engelmann im Arena-Taschenbuch:

Cinderella Undercover (Band 50665)
Küss den Wolf (Band 50666)
Im Pyjama um halb vier (Band 50692)

Weitere Titel der Autorin im Arena Verlag:

Weiß wie Schnee, Rot wie Blut, Grün vor Neid. Ein mörderischer Schneewittchenroman

Goldmarie auf Wolke 7. Eine himmlische Liebesgeschichte

Das gleichnamige Hörbuch ist im Handel erhältlich.

Gabriella Engelmann
Die gebürtige Münchnerin entdeckte in Hamburg ihre Freude am Schreiben. Nach Tätigkeiten als Buchhändlerin, Lektorin und Verlagsleiterin genießt sie die Freiheit des Daseins als Autorin von Erwachsenenromanen sowie Kinder- und Jugendbüchern. Märchen stand sie bisher eher skeptisch gegenüber – was sich seit „Weiß wie Schnee, Rot wie Blut, Grün vor Neid“ schlagartig geändert hat.

Gabriella Engelmann

Wachgeküsst

Dornröschens bittersüße Liebesgeschichte

Arena

Für die wunderbare Sabine Franz.
Danke für alles!

FSC
www.fsc.org
MIX
Papier aus verantwortungsvollen Quellen
FSC® C110508

1. Auflage als Limitierte Sonderausgabe 2014

Dieses Buch ist erstmals unter dem Titel „Hundert Jahre ungeküsst. Dornröschens bittersüße Liebesgeschichte“ beim Verlag erschienen.
Einbandgestaltung: Juliane Hergt unter Verwendung des Originalcovers von Frauke Schneider
Umschlagtypografie: knaus. büro für konzeptionelle und visuelle identitäten, Würzburg
Gesamtherstellung: Westermann Druck Zwickau GmbH
ISSN 0518-4002
ISBN 978-3-401-50667-8

www.arena-verlag.de
Mitreden unter forum.arena-verlag.de

Personenregister

Rosalie Dorn:

Sechzehnjährige Tochter von Eva und Matthias Dorn. Träumt von der großen weiten Welt. Kommt diesem Traum ein Stück näher, als sie mit der Ausbildung zur Hotelkauffrau im Schlosshotel Blankenese beginnt. Glaubt an die große Liebe, an Gespenster und wurde kurz nach ihrer Geburt verflucht.

Eva und Matthias Dorn:

Rosalies Eltern und Betreiber des »Café Dornröschen« in Blankenese. Haben lange auf ihre Tochter warten müssen und hüten sie nun wie ihren Augapfel. Insbesondere Eva macht sich ständig Sorgen um Rosalie. Hat extreme Angst vor deren siebzehntem Geburtstag, weil der Fluch sich dann erfüllen soll.

Hetta Hübner:

Ehemalige Klassenkameradin und gute Freundin von Eva. Verändert sich zum Negativen, als sie von ihrem Mann wegen einer Jüngeren verlassen wird. Mutiert zum Racheengel und verflucht Rosalie auf deren Baby-Party, weil Matthias versehentlich vergessen hatte, sie einzuladen.

Cassandra Wolf:

Evas beste Freundin mit Hang zu extravaganten Klamotten und spirituellen Experimenten. Als Patentante von Rosalie versucht sie, Hettas Fluch abzumildern, und ist ansonsten damit beschäftigt, Männer zu sammeln.

Melina Fabricius:

Spitzname Melli. Rosalies beste Freundin aus Schultagen und Nachbarin. Hat ein Händchen für Innendeko und kennt sich mit den Fragen des Lebens aus. Verliert leider Kopf und Kragen, als

Rocco Löwenberg ihren Weg kreuzt. Trinkt gern Erdbeersekt, liebt »Amore«, Partys und schöne Kleider.

René Prinz:
Neunzehnjährig, gut aussehend und künftiger Erbe einer Kette von Romantik-Hotels – kurzum ein absoluter Mädchenschwarm. Während eines Praktikums in Hamburg verliebt er sich in Rosalie – und sie sich auch in ihn. Dumm nur, dass seine Eltern und diverse andere Personen immer wieder seine Pläne durchkreuzen. Am meisten steht er sich jedoch selbst im Weg . . .

Valerie Neumann:
Renés Münchner Disco-Flirt mit Hang zu spontanen Aktionen. Versteht so manches »Nein« als »Ja« und bringt damit sich und ihre Umwelt immer wieder in Schwierigkeiten. Renés Meinung dazu: »Du guckst zu viele Daily-Soaps!«

Rocco Löwenberg:
Markenzeichen: rote Lederjacke, rotzige Coolness – und drei Girls an jedem Finger seiner Hand. Besucht seinen besten Freund René in Hamburg, macht aber keine Anstalten, irgendwann auch wieder zu gehen. Der gebürtige Münchner weigert sich, sein Studium zu beginnen, solange er sich noch nicht »selbst gefunden« hat.

Florian Renner:
Jungkoch und rechte Hand des Küchenchefs im Schlosshotel. Hätte eines Tages gern ein eigenes Restaurant und liebt Thriller-Movies. Bereitet die besten Johannisbeer-Smoothies der Welt zu und isst gern Salzstangen.

Leilani Luna:
Philippinisches Zimmermädchen im Schlosshotel. Träumt von einer Karriere im Filmbusiness und bringt Rosalie bei, wie man in Windeseile Betten bezieht, Staub wischt und dabei trotzdem aussieht wie aus dem Ei gepellt. Ist hoffnungslos verschossen in Florian Renner.

Cordula Groth:
Direktorin des Schlosshotels. Neutral bis in die Spitzen ihres raspelkurzen schwarzen Haars und korrekt bis zu den Fersen ihrer blickdichten Nylonstrümpfe. Lieblingssatz: »Wir sind ein Nichtraucherhotel!«

Gerd Obermeister:
Küchenchef und Tyrannosaurus Rex des Schlosshotels. Hat vor nichts und niemandem Respekt, nicht einmal vor sich selbst. René Prinz ist ihm ein besonderer Dorn im Auge, weil er ihn verdächtigt, von Beruf nur »Sohn« zu sein. Auch Rosalie hat es nicht leicht mit ihm.

Gerlinde Freitag:
Leiterin der Abteilung Housekeeping. Kontrollfreak mit Neidkomplex gegenüber Frauen mit langen, vollen Haaren. Hat deshalb insbesondere Rosalie und Leilani auf dem Kieker und würde ihnen am liebsten Badekappen überstülpen. Hat für den Notfall ein ganzes Arsenal an Haarspangen/Reifen/Klammern in ihrer Schreibtischschublade.

Daniel Dorsch, Harriet Kramer:
Die beiden anderen neuen Azubis. Küchenknecht und Servicemagd.

Björn »Segelohr« Behrendsen:
Drückt zusammen mit Rosalie die Schulbank in der Berufsschule. Sieht aus wie ein Elbe, hat abstehende, wenngleich sexy Ohren. Würde sich notfalls seine Haare abrasieren, wenn es ihm dadurch gelänge, Rosalies Herz zu erobern. Bis es so weit ist, teilt er seine Schokoriegel mit ihr. Denn: Er kann warten!

Kai Mielke:
Der Mann mit dem Gute-Laune-Bild und jeder Menge Stoffhühner. Zu ihm flüchtet sich Rosalie, wenn sie Kummer hat. Er hält stets eine Eisschokolade oder einen guten Rat für sie bereit.

White Lady:

Klingt zunächst wie ein Cocktail – ist es aber nicht. Was genau sich hinter diesem Namen verbirgt, weiß keiner so richtig, außer Rosalie . . .

Ronald Prinz:

Weiteres Mitglied der Familie Prinz. Glaubt fest daran, dass wahre Liebe unsterblich ist und dass man auch im Jahre 2111 noch Urlaub in Schlosshotels anbieten kann. Retro ist nämlich so hip wie nie!

Prolog

Vor Zeiten war ein König und eine Königin, die sprachen jeden Tag: »Ach, wenn wir doch ein Kind hätten!«, und kriegten immer keins. Da trug es sich zu, als die Königin einmal im Bade saß, dass ein Frosch aus dem Wasser ans Land kroch und zu ihr sprach: »Dein Wunsch wird erfüllt werden, ehe ein Jahr vergeht, wirst du eine Tochter zur Welt bringen.«

Wie der Frosch gesagt hatte, so geschah es …

Hamburg, Ende September 1994

Glaubst du, dass auch wirklich alle zu unserer Party kommen?«, fragte Eva Dorn ihren Mann Matthias, während sie die zwei Wochen alte Rosalie im Arm wiegte und an ihrem blonden Haarflaum schnupperte.

Wie wundervoll ihre Tochter duftete!

Eva hätte am liebsten den ganzen Tag nichts anderes getan, als Rosalie zu herzen, zu küssen oder einfach nur in ihre himmelblauen Äuglein zu schauen.

Matthias und sie hatten so lange auf dieses Baby gewartet. Sieben Jahre hatten sie gebangt und gehofft, und am Ende schien es, als würde ihr Traum nicht mehr in Erfüllung gehen. Dann aber war das Wunder geschehen, Eva war doch noch schwanger geworden – und nun hielt sie die kleine Rosalie wie einen kostbaren Schatz in ihren Armen.

»Aber klar«, antwortete Matthias und schenkte seiner Frau ein Glas alkoholfreien Sekt ein. Eva war in allem, was Rosalie betraf, sehr fürsorglich, manchmal beinahe ängstlich. Während sie stillte, wollte sie auf gar keinen Fall Alkohol trinken, auch nicht, um zusammen mit der Familie und den Freunden auf die Geburt ihrer Tochter anzustoßen.

»Du weißt doch, wie sehr sich alle mit uns freuen«, versuchte Matthias, seine Frau zu beruhigen. »Sogar Cassandra hat extra unseretwegen den Urlaub bei diesem Esoterik-Guru unterbrochen. Also entspann dich, mein Liebling, und genieß einfach den Abend!«

Eva seufzte. »Du hast ja recht. Aber du solltest dich lieber nicht so über Cassandra lustig machen. Sie nimmt es dir zwar nicht übel, wenn du sie damit aufziehst, aber auch ich glaube, dass es zwischen Himmel und Erde mehr gibt, als wir uns vorstellen können.«

Und wie um ihre Worte zu bestätigen, schlug in dem Moment Rosalie die Augen auf.

Eine halbe Stunde später war es so weit: Die ersten Gäste strömten in das weiße Partyzelt, das im Garten des beliebten Blankeneser *Café Dornröschen* aufgebaut worden war. Die Dorns hatten für diesen Anlass an nichts gespart – alles sollte perfekt sein.

Als Erstes kam Evas beste Freundin Cassandra hereingewirbelt. Bekleidet war sie mit einem farbenprächtigen indischen Sari und hatte einen attraktiven, jüngeren Mann im Schlepptau, den sie kurz als »Leon« vorstellte, ehe sie zielgerichtet den Kinderwagen ansteuerte, in dem Rosalie trotz des Trubels still und friedlich schlief. »Mein Gott, ist die süüüüüüß! Ich bin jetzt schon ganz verliebt in sie«, rief Cassandra begeistert und fuchtelte so wild mit ihren Armen, dass die Goldreifen an ihrem Handgelenk klimperten.

»Schön, dass du sie magst«, schmunzelte Eva und stellte sich dicht neben ihre Freundin. »Matthias und ich würden uns nämlich sehr darüber freuen, wenn du ihre Patentante wirst.«

»Ja, ja, ja und nochmals ja. Das mache ich wirklich sehr gern«, rief Cassandra und fiel erst ihrer Freundin, dann Matthias um den Hals. Und schon zierte deren Wangen ein Abdruck ihres kirschroten Lippenstifts.

»Hey, du zerquetschst mich ja«, lachte Matthias und schob Cassandra von sich. »Küss lieber Leon, er scheint sich nämlich ein bisschen einsam zu fühlen! Wo hast du ihn eigentlich kennengelernt? Auf deinem Eso-Trip?« Er zwinkerte Eva zu, als die ihm einen kleinen Klaps auf den Hintern verpasste.

»Ich habe keinen Eso-Trip gemacht, sondern eine Heilfastenkur an der Nordsee, mein Lieber«, korrigierte Cassandra Matthias und schmiegte sich eng an Leon. »Na, was meinst du? Werde ich eine coole Patentante abgeben?«

Das Partyzelt füllte sich nach und nach mit Gästen, die alle den Kinderwagen umringten, die kleine Rosalie bewunderten, bergeweise Geschenke brachten und jede Menge guter Wünsche, die auf Karten geschrieben und mithilfe bunter Klammern an einer roten Leine befestigt wurden.

»Unsere Enkelin wird ein langes, glückliches und wunderbares Leben haben«, flüsterte Evas Mutter ihrer Tochter zu. »Sieh nur, wie sehr sich alle mit euch freuen und der Kleinen liebevolle Gedanken mit auf den Weg geben. Ist das nicht schön? Ich freue mich so für euch.«

Während Evas Augen die Gruppe der Feiernden überflogen, fiel ihr auf, dass jemand fehlte: ihre alte Klassenkameradin Hetta Hübner. Seit ihr Mann sie wegen einer Jüngeren verlassen hatte, die nun zu allem Überfluss auch noch ein Kind von ihm erwartete, war Hetta kaum mehr wiederzuerkennen. Aus der einst so lebenslustigen Frau war im Laufe der letzten Monate eine verbitterte Person geworden, die mit sich und ihrem Leben unzufrieden war und ihrem nahenden vierzigsten Geburtstag voller Angst und Groll entgegenblickte. Um mit ihrem Kummer über die ungewollte Kinderlosigkeit fertig zu werden, hatte Hetta allerlei ausprobiert: Yoga, eine Kur im Schwarzwald, Therapie und vieles mehr. Zuletzt hatte sie sogar einen Voodookurs besucht, um ihren Mann mithilfe schwarzer Magie zurückzugewinnen.

»Na, wo bleibt denn unsere Hexe?«, fragte Matthias wie aufs Stichwort. Offenbar war auch ihm aufgefallen, dass Hetta unpünktlich war.

»Keine Ahnung. Abgesagt hat sie jedenfalls nicht. Merkwürdig, so kenne ich sie gar nicht . . .« Eva runzelte die Stirn.

So schwierig Hetta momentan auch war, auf eines konnte man sich bei ihr auf alle Fälle verlassen: Sie ging gern und viel aus, um sich abzulenken. Eva hatte sie eigentlich unter den ersten Gästen erwartet. Noch einmal ließ sie ihren Blick durch das Zelt wandern. Je länger sie darüber nachdachte, umso mysteriöser fand sie das Fernbleiben ihrer Freundin. »Aber du hast ihr schon eine Einladung geschickt?«, hakte Eva sicherheitshalber bei ihrem Mann nach.

»Aber natürlich, was denkst du denn?«, entgegnete Matthias empört.

Eva beschloss, nicht länger über Hettas Fernbleiben nachzugrübeln, sondern Matthias' Rat zu folgen und den Abend zu genießen.

Beim Anblick von Rosalie, umringt von Familie und Freunden, wurde ihr warm ums Herz. Sie war glücklich wie nie zuvor.

Ginge es nach ihr, hätte sie die Zeit angehalten.

Und dann plötzlich stand Hetta vor ihr. Gekleidet in ein

rabenschwarzes Kleid, eine schwarze Federboa um den Hals. Unwillkürlich überrollte Eva eine dunkle Welle der Angst, als sie ihre Freundin sah. Ohne Eva oder Matthias zu begrüßen, steuerte sie mit finsterer Miene auf den Kinderwagen zu.

In diesem Moment erwachte Rosalie, die währenddessen selig geschlafen hatte, und begann, wie am Spieß zu brüllen.

Hetta betrachtete sie mit eiskalter Miene und rief so laut, dass jeder es hören konnte: »Dieses Kind soll verflucht sein und in seinem siebzehnten Lebensjahr von einem tödlichen Stich getroffen werden!«

Eva stockte der Atem. »Oh mein Gott, was redest du denn da?«, schrie sie entsetzt.

Im Zelt war es mucksmäuschenstill geworden. Die Gäste starrten Hetta an und begannen schließlich, aufgeregt miteinander zu tuscheln. Eva konnte den Blick einfach nicht abwenden. Wie Hetta vor dem Kinderwagen stand, das Gesicht hassverzerrt, in ihre schwarze Kleidung gehüllt wie eine böse Hexe . . .

Erst nach und nach wurde ihr klar, was Hetta da eben gesagt hatte. Ob ihre Freundin betrunken war? Doch sie wirkte vollkommen nüchtern.

»Aber Rosalie hat dir doch gar nichts getan!«, rief Eva verzweifelt, der plötzlich wieder einfiel, wie Hetta mit funkelnden Augen von ihren Voodookursen erzählt hatte. Eva war damals schon ein kalter Schauer über den Rücken gelaufen, als es um geheimnisvolle Zeremonien und die Praktiken des Totenkults ging.

Wie in Trance rannte Eva zu Hetta und legte beschwichtigend die Hand auf ihre Schulter. Vielleicht war ja noch etwas zu retten, vielleicht ließ sie sich dazu bewegen, ihren Fluch wieder zurückzunehmen . . .

Doch Hetta stieß sie von sich, warf ihr einen hasserfüllten Blick zu und sagte: »Das ist meine Antwort darauf, dass ihr mich nicht zu eurer Feier eingeladen habt!«

Noch bevor Eva reagieren konnte, war Hetta auch schon verschwunden.

Zurück blieben entsetzte Gäste, eine schreiende Rosalie und der schwere Duft von Hettas aggressivem Parfüm.

Matthias war leichenblass und stellte sich schützend vor den Kinderwagen. Nachdem er sich vergebens bemüht hatte, seine Tochter zu beruhigen, versuchte er zu lächeln: »Bitte lasst euch nicht von diesem Vorfall den Spaß an unserer Feier verderben. Hetta hatte heute offensichtlich einen schlechten Tag, weiter nichts.«

Eva wusste nicht, was sie tun sollte. Hilfe suchend schaute sie sich nach Cassandra um, die wenige Schritte entfernt mit weit aufgerissenen Augen dastand, scheinbar unfähig, sich zu rühren. Doch als sie Evas verzweifelten Blick auf sich spürte, kam plötzlich Leben in sie.

»Nein, nein, so einfach geht das nicht. Selbst wenn du recht hast, Matthias, und Hetta sich lediglich einen dummen Scherz erlaubt hat, müssen wir etwas gegen den Fluch unternehmen, und zwar sofort!« Dann ging sie zu Rosalie, nahm einen kleinen Edelstein aus ihrer Handtasche und legte ihn behutsam auf den Bauch des Babys.

Rosalies Brüllen verstummte augenblicklich und Cassandra sagte: »Du wirst an jenem Tage nicht sterben, sondern lediglich in einen tiefen, tiefen Schlaf fallen.«

Eva, Matthias und alle anderen Gäste verfolgten Cassandras Tun mit angehaltenem Atem. »Das Schutzamulett wird helfen, Hettas Fluch abzumildern«, erklärte Cassandra mit ernster Miene und sah die Dorns an. »Mehr kann ich leider nicht für Rosalie tun. Ich fürchte, ihr müsst von jetzt an besonders gut auf eure Tochter achtgeben . . .«

1. Rosalie Dorn – Samstag, 1. August 2011

Ja, Mama, natürlich, ich pass auf mich auf. Ja, ich kann schwimmen, wie du weißt. Mach dir bitte nicht immer so viele Sorgen um mich, ich bin ja schließlich kein kleines Kind mehr. Wir sehen uns heute Abend. Bis dann.«

Ich war kurz davor zu explodieren, als ich das Handy abschaltete, doch ich zwang mich, tief durchzuatmen und mich nicht aufzuregen. Schließlich meinte meine Mutter es ja nur gut.

»Alles klar? Können wir jetzt los?«, fragte meine beste Freundin Melina und griff nach der Kühltasche, die auf dem Dielenboden ihres Zimmers stand.

»Ja, wir können«, antwortete ich laut seufzend und schnappte mir meine Jeansjacke und eine aufgerollte Bastmatte.

Auf zu unseren Rädern.

Auf zum Alsterkanal.

Auf zum Paddeln.

Während wir beide kräftig in die Pedale traten, dachte ich über Mom nach. So sehr ich sie auch liebte, so sehr nervte mich ihre ständige Besorgnis um mich. Es war doch nicht normal, dass sie dauernd Angst hatte, mir könne etwas passieren. Schon immer war meine Mutter so gewesen. Auf dem Spielplatz war sie diejenige, die beinahe durchdrehte, wenn etwas vermeintlich gefährlich war. Selbst Fonduegabeln und Holzspieße, auf denen wir Marshmallows grillten, jagten ihr höllische Angst ein. Seit meinem sechzehnten Geburtstag war es sogar noch schlimmer geworden und in letzter Zeit übertrieb sie es komplett. Wenn ich mein Handy mal nicht anhatte oder in einem Funkloch saß, konnte man sicher sein, hinterher zahllose hysterische Nachrichten auf der Mailbox zu haben. So konnte es echt nicht weitergehen!

»Auf dich, deine Lehrstelle und dein neues Zuhause!«, sagte Melina mit feierlicher Miene und prostete mir mit Erdbeersekt zu. Wir hatten die Paddel ins Kanu geholt und ließen uns auf dem Alsterkanal treiben. Paddeln und trinken gleichzeitig, das funktionierte irgendwie nicht so richtig.

»Ey, das Zeug ist ja ultrasüß! Wenn wir nicht aufpassen, fallen wir noch ins Wasser, weil das Boot so schaukelt«, antwortete ich grinsend, leerte den Plastikbecher dann aber doch in einem Zug, schließlich gab es etwas zu feiern: Am Montag begann meine Ausbildung zur Hotelkauffrau und damit hoffentlich der Auftakt zu einer großen Karriere im Hotelbusiness. Seit ich denken konnte, hatte ich davon geträumt, eines Tages die Touristik-Fachschule im schweizerischen Luzern zu besuchen. Mit dem heiß begehrten Ausbildungsplatz im *Schlosshotel Blankenese* war ich meinem Traum immerhin bereits ein kleines Stück näher gekommen.

»Macht doch nichts, ein bisschen Abkühlung kann nicht schaden«, lachte Melina und trank den Becher ebenfalls in einem Zug leer. »Ich kann es immer noch nicht glauben, dass wir bald Nachbarinnen werden und dass du jetzt deine eigene Wohnung hast. Mach dich schon mal darauf gefasst, dass ich die meiste Zeit bei dir abhängen werde!«

»Apropos abhängen«, murmelte ich und kramte in der Untiefe meiner Monstertasche, die ich neulich auf dem Flohmarkt gekauft hatte. Das Teil war ultraschön, kunterbunt und stammte angeblich aus Indien. Tante Cassandra war auch total scharf darauf und hatte sie sich schon ein paarmal ausgeliehen.

Ah, da war ja, wonach ich suchte: mein Zweitschlüssel, baumelnd an einem herzförmigen Anhänger aus Holz mit pinkfarbenen Punkten auf tomatenrotem Untergrund. »Damit du jederzeit bei mir reinkannst. Durch den Schichtdienst kann es nämlich passieren, dass ich gerade dann schlafe, wenn du aus der Schule kommst und ein bisschen chillen willst. Außerdem als Reserve, für den Fall, dass ich mich mal ausschließe.«

»Hey, danke schön, das ist ja total lieb von dir!«, rief Melli in einer Lautstärke, dass man sie sicher bis zum *Hotel Atlantic* hörte, und steckte den Wohnungsschlüssel in die Tasche ihres lilafarbenen T-Shirt-Kleids. »Ist der Anhänger aus Kais Laden?«

Ich nickte.

Kai Mielke war nicht nur einer der nettesten Menschen, die ich kannte, sondern auch Besitzer eines wunderschönen Ladens in der Ditmar-Koel-Straße am Hafen. Und ab sofort sozusagen mein Nachbar. Genau wie Melina.

Melli lehnte sich in ihrem Sitz zurück, seufzte tief und reckte ihr Gesicht in die Sonne. Eine rotblonde Locke kringelte sich unter ihrem pinkfarbenen Sonnenhut mit den lila Streifen. Der Juli hatte unzählige Sommersprossen auf ihre Nase und ihr Dekolleté gezaubert, was niemandem so gut stand wie ihr. »Ehrlich, ich beneide dich. Ab sofort hast du eine eigene Bude, eigene Kohle, Freiheit ohne Ende ... Und du musst dir nicht mehr den Kopf darüber zerbrechen, was deine Eltern über die Typen sagen, die du mitbringst, oder darüber, wie du ihnen erklärst, dass der eine schon Schnee von gestern ist, weil du gerade heute einen noch viel heißeren kennengelernt hast.«

»Verwechselst du mich da nicht mit jemandem?«, lachte ich und beschloss, dass es an der Zeit war, wieder zu paddeln. Der sanfte Sommerwind hatte uns nämlich schon Richtung Ufer getrieben und wir würden gleich eine Entenfamilie aufscheuchen oder uns in den Ästen einer Trauerweide verheddern.

»Ja, ja, Dornröschen, träum du nur weiter und warte auf Mister Right, damit er dich wach küsst. Ich persönlich bevorzuge die Realität. Und die heißt: heiße Flirts, heiße Bodys und heiße Nächte. Warum soll ich mich jetzt auf jemanden festlegen, wenn es so viel Auswahl gibt?«

Nicht, dass jetzt eine falsche Vorstellung von meiner Freundin aufkommt: Sie war alles andere als eine Bitch. Im Gegensatz zu mir war sie nur eher der Schmetterlings-Typ und flatterte eben gern von Blüte zu Blüte, ohne sich näher auf etwas oder jemanden einzulassen.

Anders als sie glaubte ich jedoch an die eine, große Liebe und wusste, dass ich sie erkennen würde, wenn sie vor mir stand. Doch von mir aus konnte das gern noch eine ganze Weile dauern. Was sollte ich mit einer festen Beziehung, wenn es mich doch in die Ferne zog? Wenn ich mir momentan nichts Schöneres vorstellen konnte, als im Ausland zu arbeiten und zu leben und so viel wie möglich von der Welt zu sehen!

»Wo wir gerade von Typen sprechen. Bin schon sehr gespannt, was du vom Hotel erzählen wirst. Da laufen doch bestimmt jede Menge schnuckeliger Jungs herum ... oder meinst du, dass die alle schwul sind?«

Ich versuchte gerade, das Paddel von einer Plastiktüte zu befreien, die im Wasser trieb. Das fesselte meine Aufmerksamkeit weitaus mehr als die erotischen Vorlieben meiner zukünftigen Kollegen oder die Überlegung, ob mein Märchenprinz vielleicht im Schlosshotel auf mich wartete. »Ich verspreche dir, dich sofort anzurufen, sobald ich jemanden Interessantes gesichtet habe, okay?«

Diese Antwort schien Melina zufriedenzustellen, denn sie legte sich nach ihrer Sonnenpause mächtig mit dem Rudern ins Zeug, sodass das Kanu mit einem Mal blitzschnell nach vorne schoss.

So schnell, dass unter der Brücke plötzlich wie aus dem Nichts direkt vor uns ein Alsterdampfer auftauchte. Ein ohrenbetäubendes Tuten ließ uns zusammenschrecken und im wahrsten Sinne des Wortes das Ruder herumreißen. Ich konnte schon mühelos den Namen *Ammersbek* entziffern, als erste Wellen gegen die Bordwand unseres Kanus schlugen und wir gefährlich in Schräglage gerieten. Wir ruderten mit aller Kraft und konnten gerade noch verhindern zu kentern oder mit dem Schiff zu kollidieren.

»Puh, das war knapp«, japste ich, vollkommen außer Puste und mit wild klopfendem Herzen, als der Dampfer an uns vorbei war und die Schimpftirade des Kapitäns vom Wind über das Wasser getragen wurde.

»Frauen am Steuer, das sollte echt verboten werden!«, grölte es auf einmal neben uns.

Drei muskelbepackte Typen in Kajaks, die unsere peinliche Aktion offenbar beobachtet hatten und sich jetzt einen Ast lachten. Auch das noch!

»Haltet bloß die Klappe, ihr Schwachmaten, oder ich komm rüber«, brüllte Melina und drohte mit dem ausgestreckten Paddel, was bei mir einen Kicheranfall auslöste, der in einer Hustenattacke mündete. Ich bekam massive Probleme mit dem Atmen, und während ich mein Asthmaspray aus der Tasche holte, sah Melli mich besorgt an. Sie kannte diese Anfälle bereits, schließlich war ich schon seit längerer Zeit Asthmatikerin. Ich nahm einen kräftigen Hub und war froh, dass meine Mutter gerade nicht in der Nähe war. Sie bekam jedes Mal fast einen Nervenzusammenbruch, wenn sie meine pfeifenden Lungen hörte.

»Ich finde, du solltest wirklich mal eine Kur an der Nordsee machen, das soll sehr gut für die Bronchien sein«, sagte Melli und klopfte mir auf den Rücken.

Statt über ihren Vorschlag nachzudenken, beschäftigte mich etwas anderes weitaus mehr: »Weißt du eigentlich, wie spät es ist?«, fragte ich Melli, als ich wieder halbwegs normal atmen und sprechen konnte. Mir war siedend heiß eingefallen, dass um neunzehn Uhr zu Hause eine kleine Feier zu Ehren meines Ausbildungsbeginns stattfinden sollte. Und da ich keine Lust auf Telefonterror hatte, wollte ich auf alle Fälle pünktlich sein.

»Da bist du ja, mein Mäuschen. Hattet ihr einen schönen Nachmittag?«, fragte Mom und umarmte mich, als sei ich drei Monate auf einer Expedition durch den Amazonas gewesen. Mein Vater gab sich ein bisschen weniger gefühlsduselig, schließlich hatten wir uns zuletzt heute Morgen beim Frühstück gesehen.

»Ja, war super, das Paddeln hat echt Spaß gemacht«, antwortete ich, ließ aber den Zwischenfall mit dem Alsterdampfer und den Asthmaanfall unerwähnt. Dann drehte ich mich zu Cassandra um und umarmte sie: »Du siehst ja heute wieder toll aus.«

Meine Patentante war trotz ihrer fünfundfünfzig Jahre immer noch eine ziemlich außergewöhnliche Erscheinung. Sie hatte im Verlauf der vergangenen Jahre den Sari gegen einen Kaftan getauscht und den Kaftan wiederum gegen Jodhpur-Hosen – oder was auch immer in ihren Augen gerade hip war.

Heute wirkte sie wie aus der römischen Antike entsprungen und war vermutlich die einzige Frau auf diesem Planeten, der Gladiatoren-Sandalen standen, ohne dass sie mit den flachen Absätzen aussah wie tiefergelegt. Ihre schmalen, straffen Oberarme zierte ein Schlangen-Tattoo, die rotbraunen Locken waren zu einer Art Turmfrisur geformt.

»Hallo, meine Rose«, erwiderte sie meine Begrüßung und küsste mich links und rechts auf die Wange. Neben ihr stand mal wieder ein Mann, den ich nicht kannte. Ob Melli auch einmal so werden würde?

Cassandra musterte mich von oben bis unten und lächelte dann zufrieden: »Und? Bist du aufgeregt wegen des Umzugs? Ich hab schon gehört, dass du auf den Kiez ziehen wirst. Wer hätte das gedacht? Die kleine wohlbehütete Rosalie mitten auf der sündigen Meile . . .«

»Nun mach aber mal halblang«, mischte sich mein Vater

ein, der bislang damit beschäftigt gewesen war, Aperol Sprizz in die Gläser zu füllen, während Mom in der Küche zugange war. »Rosalie wohnt in der Ditmar-Koel-Straße und nicht mitten auf der Reeperbahn! Manchmal geht wirklich die Fantasie mit dir durch.«

»Ja, ja, ich weiß, ich habe mal wieder maßlos übertrieben«, lachte Cassandra und schnappte sich ein Glas. »Aber erklärt mir mal bitte eins: Wie kommt es, dass eine stinkreiche Münchner Familie, die dick im Immobiliengeschäft mitmischt und eine Kette von Romantik-Hotels betreibt, ihre Azubis ausgerechnet im Hinterhof eines abgewrackten Gebäudekomplexes an den Landungsbrücken unterbringt?«

So wie Cassandra mein neues Zuhause beschrieb, klang es viel drastischer, als es in Wirklichkeit war. Natürlich war mein Wohnhaus nicht ganz so schön und perfekt saniert wie das Gebäude, in dem Melina mit ihrer Familie wohnte, aber es hatte Charme und Flair. Und mit ein wenig Farbe, Fantasie und Mellis Hilfe würde ich ab morgen die Wohnung im Handumdrehen in ein ganz wunderbares Zuhause verwandeln. Genau das hatte Mom auch gesagt, als wir gemeinsam beim Besichtigungstermin waren.

»Tja, so sind sie, die reichen Leute«, antwortete mein Vater achselzuckend. »Wie heißt es doch so schön: Von nichts kommt nichts. Klar, dass deren Azubis nicht in einem schicken Loft in der HafenCity residieren . . .«

»Ich würde auch gar nicht in der HafenCity wohnen wollen, das ist doch ein Luxus-Ghetto für Reiche, absolut totes Gebiet«, mischte ich mich leicht gereizt ein – immerhin ging es hier um meine Zukunft und die wollte ich mir nicht schon im Vorfeld madig machen lassen.

Schließlich konnte ich es kaum erwarten, am Sonntag endlich, endlich die Tür zu meinem ersten eigenen Zuhause aufzuschließen und sagen zu können: Ich bin frei! Frei und ein bisschen erwachsen!

2. René Prinz – Samstag, 1. August 2011

Ja, ich bin gerade zur Tür rein. Nein, ich kann noch nicht sagen, ob es mir hier gefällt. Aber ich rufe euch an, sobald ich mich ein bisschen umgeschaut habe, in Ordnung?«

Nachdem meine Mutter mir lang und breit den Weg von der HafenCity zum Schlosshotel erklärt und mich informiert hatte, dass ihre »Hilfe« nachher vorbeikommen würde, ließ ich mich auf die hellgraue Ledercouch fallen und atmete tief durch.

Heute Nachmittag war ich noch in München gewesen, wo es in Strömen gegossen hatte, und nun saß ich bei strahlendem Sonnenschein vor einem gigantisch großen Fenster mit Ausblick auf die Hamburger HafenCity. Unter mir die Elbe, über mir Möwen, die kreischend ihre Kreise zogen.

Einfach der Hammer!

Meine neue Adresse für die kommenden drei Monate lautete: Am Sandtorkai 56 in der Harbour-Hall, als würde ich in England wohnen oder so. Hier wurde sogar schon fürs Fernsehen gedreht. *Der Fürst und das Mädchen,* eine dieser grausamen Vorabendserien, in denen es vor Herzschmerz nur so triefte (wusste ich übrigens nur, weil sich meine Mutter diesen Mist eine ganze Zeit lang junkiemäßig reingezogen hatte).

Auf der einen Seite der Wohnung sah man auf die alten Gemäuer der Speicherstadt, vom Balkon aus auf die Marco-Polo-Terrassen und die gegenüberliegenden Wohnblocks. Einer cooler und abgefahrener als der andere!

Als ich vorhin angekommen war, hatte ich im Erdgeschoss der Harbour-Hall den *Chili-Club* gesehen, ein offensichtlich hippes Restaurant mit nicht minder hippem Bar-Bereich. Musste ich unbedingt so schnell wie möglich ausprobieren!

Der Piepston einer SMS riss mich aus der Besichtigung meines neuen Zuhauses:

Gut gelandet, Traumprinz? Vermisse dich jede einzelne Sekunde. Ruf mich an, sobald du kannst! Tausend Küsse, Val

Val war die Abkürzung für Valerie. Valerie Neumann, um genauer zu sein, eine süße Brünette, die ich neulich im VIP-Bereich der Diskothek P1 kennengelernt hatte. An sich hatten es Val und ihre Girls darauf angelegt, ein paar von den Jungs vom FC Bayern aufzureißen, fanden dann aber wohl, dass der künftige Erbe einer Kette von Romantik-Hotels auch keine schlechte Partie abgab. So blieb Valerie an mir hängen, ihre Freundin Sandy an meinem Kumpel Rocco.

Seit dem Tag hatte ich keine ruhige Minute mehr, denn Val verfolgte mich auf Schritt und Tritt, bombardierte mich mit Schmacht-SMS, rosa Briefchen mit Glitzeraufklebern (total zum Kotzen!) oder selbst gesampelten CDs, gegen die die Kuschelrock-Sampler der reinste Hardcore-Metal waren. Im Grunde konnte ich also froh sein, dass meine Eltern mich nach Hamburg geschickt hatten, denn sonst hätten mich Valeries Eltern unter Garantie genötigt, ihrem Töchterchen einen Heiratsantrag zu machen.

Ich fand's zwar echt ätzend, ohne meine Freunde hier

zu sein, aber auf Val konnte ich gut verzichten. Am besten antwortete ich gar nicht erst auf ihre Nachricht, das würde sie hoffentlich ein bisschen abkühlen. Für mich galt schließlich die Devise: *Let's party!* In Hamburg sollte es angeblich ja auch hübsche Mädchen geben . . .!

Gerade als ich meine Koffer ins Schlafzimmer tragen wollte, klingelte es. Durch die Gegensprechanlage hörte ich eine weibliche Stimme, die sagte, dass meine Mutter sie schickte.

Ah, die angekündigte »Hilfe«! Ich stöhnte innerlich. Aber als ich die Türe öffnete, stand zu meiner Verwunderung ein zierliches, bildhübsches Mädchen mit dunklen Mandelaugen und blutroten Lippen vor mir.

»Hallo, Herr Prinz, ich bin Leilani«, stellte sie sich vor und beförderte drei prall gefüllte Einkaufstüten auf den Granitboden im Flur. »Ich habe alles besorgt, was Ihre Mutter mir aufgetragen hat. Soll ich es für Sie verstauen?«

Ich konnte lediglich nicken, weil ich kaum hörte, was sie sagte. Wow, die Kleine war echt nicht zu verachten. Wie alt mochte sie sein? Achtzehn? Neunzehn? Ich sah ihr hinterher, wie sie in die Küche verschwand. Na, wenn das mal kein vielversprechender Start war! Ich warf einen kurzen Blick in den großen Flurspiegel, dann folgte ich dieser elfengleichen Schönheit in die Küche.

»Lassen Sie mich doch helfen«, bot ich an, als ich sah, wie Leilani sich an einem der oberen Hängeschränke zu schaffen machte und deshalb auf einen Stuhl gestiegen war. *Hübsche Beine!*

»Kommt nicht infrage!«, widersprach sie energisch. »Sie sind gerade angekommen und bestimmt müde von der

Reise. Soll ich Ihnen ein Bad einlassen? Oder wollen Sie lieber einen Tee?«

Ich war ein bisschen verwirrt. Natürlich hatten wir daheim schon immer Personal gehabt – allein die Anzahl meiner Nannys und Au-pairs war beträchtlich gewesen. Aber noch nie hatte mir jemand angeboten, ein Bad für mich einzulassen. Außerdem war das etwas, das ich in der Regel auch ganz gut selbst hinbekam.

»Äh, danke, nein«, antwortete ich daher und beschloss, mich lieber zu verziehen und meine Koffer auszupacken, bevor Leilani womöglich noch auf die Idee kam, mich zu füttern.

Wer weiß, was meine Mutter ihr alles in den Arbeitsvertrag geschrieben hatte? Mit neunzehn war ich aus meiner Sicht definitiv kein Fall mehr für ein Kindermädchen.

Nachdem ich T-Shirts, Hosen, Unterwäsche, aber vor allem jede Menge blütenweißer Hemden im überdimensionalen Schrank mit den Scheiben aus Milchglas verstaut hatte, ging ich wieder zurück in die Küche. Leilani war gerade dabei zu kochen. Köstlicher Curry- und Korianderduft durchzog den Raum.

»Ihre Mutter sagte, Sie würden sich über ein Thai-Curry mit Shrimps und Basmatireis freuen«, erklärte Leilani.

»Aber nur, wenn Sie mir nachher beim Essen Gesellschaft leisten«, antwortete ich, weil ich es mir ziemlich nett vorstellte, mit dieser Elfe zu essen, anstatt alleine herumzuhocken und Reiskörner zu zählen.

Leilani lächelte verlegen und pustete sich eine Strähne ihres schulterlangen, rabenschwarz glänzenden Haares aus dem Gesicht. »Dieses Angebot kann ich leider nicht annehmen, Herr Prinz, ich habe nämlich gleich Spätschicht im Hotel.«

»Im Hotel?«, wiederholte ich fragend, weil ich gerade nur Bahnhof verstand.

»Ja. Ich bin Zimmermädchen im Schlosshotel. Deshalb hat Ihre Mutter mich auch gefragt, ob ich dreimal die Woche bei Ihnen vorbeischauen kann, solange Sie in Hamburg sind.«

Also doch ein Kindermädchen! So süß ich Leilani fand, so sehr nervte meine Mutter mich in diesem Moment. Was musste Leilani nur von mir denken?

»Also, das erscheint mir jetzt echt übertrieben«, versuchte ich abzuwiegeln. »Ich finde es ja sehr nett von Ihnen, dass Sie eingekauft haben und jetzt auch noch für mich kochen. Aber ich brauche wirklich niemanden, der hier *vorbeischaut*. Und schon gar nicht dreimal die Woche!«

Nun sah Leilani ein bisschen beleidigt aus – und ich ärgerte mich über mich selbst. Vielleicht war sie ja auf das Geld angewiesen? »Darf ich fragen, woher Sie kommen? Thailand? Korea? China?«

»Philippinen«, antwortete Leilani kurz angebunden und füllte dampfenden Reis in eine Porzellanschüssel. Danach tat sie dasselbe mit dem Curry. Wie sie das alles so schnell hinbekommen hatte, war mir ein ebensolches Rätsel wie das, was hinter ihrer hohen Stirn vor sich ging.

»Ich werde jetzt gehen, wenn Sie mich nicht mehr brauchen. Sprechen Sie bitte mit Ihrer Mutter darüber, ob ich für Sie arbeiten soll. Wenn ja, bringen Sie den Schlüssel für die Wohnung einfach ins Hotel und hinterlegen Sie ihn an der Rezeption.«

Mit diesen Worten war sie auch schon verschwunden – und ich blieb allein zurück.

Dummerweise hatte ich noch gar keinen Hunger. Ich hatte viel mehr Lust, nach draußen zu gehen und mir die Gegend anzuschauen. Ein bisschen im *Chili-Club* abzuhängen und von dort aus mit Rocco zu chatten. Oder auf Facebook zu posten, dass ich jetzt in Hamburg war. Also deckte ich die Schüssel mit einem Teller ab und fuhr mit dem Fahrstuhl nach unten.

Ich war total neugierig, was in meiner neuen Wohngegend so abging. Auf den ersten Blick wirkte alles wahnsinnig schick und aufregend. Aber nach einem kurzen Lage-Check dachte ich nur: *Ganz schön tot hier!* Man sah, dass dieses Viertel relativ neu war, alles wirkte so furchtbar steril. Und künstlich. Das Schlimmste aber: Menschen unter dreißig gab es so gut wie gar nicht. Man brauchte ja schließlich auch jede Menge Kohle, um sich hier eine Wohnung leisten zu können.

Ich setzte mich auf die Stufen der Magellan-Terrassen, beobachtete ein paar Skater und glotzte eine Weile dumpf vor mich hin, als ein Anruf von Rocco mich erlöste.

»Alles klar bei dir in Hamburg?«, schallte es aus meinem iPhone. Im Hintergrund Gelächter. Klar, es war ja auch Samstagabend und Rocco saß bestimmt nicht alleine zu Hause auf dem Sofa und sah fern. Wie ich ihn beneidete!

»Geht so«, antwortete ich.

Ich wäre jetzt echt lieber mit den Jungs auf der Piste gewesen, als hier in diesem öden Stadtteil rumzuhängen und nicht zu wissen, wie ich die Zeit bis Montag totschlagen sollte.

»Dann wird dich das vielleicht ein bisschen aufmuntern«, lachte Rocco. »Hier hat nämlich jemand große Sehnsucht nach dir . . .«

»Du hast dich gar nicht gemeldet, dass du gut in Hamburg angekommen bist«, hörte ich eine Stimme mit leicht zickigem Unterton. »Hast du meine SMS nicht bekommen?«

Val!

Ich war versucht zu fragen: Welche SMS?, aber ich war momentan nicht in der Stimmung für Provokationen oder Streit.

Im Grunde genommen war ich froh über eine vertraute Stimme – und wenn es nur die von Val war. Also hörte ich mir geduldig ihr Gequake über Partys, Schuhe und irgendwelche Freundinnen, die ich nicht kannte, an und betete, dass bald Montag war. Sonst würde ich garantiert vor Langeweile umkommen . . .

3. Rosalie – Montag, 3. August 2011

Die Stöpsel meines iPods in den Ohren, einen Becher heißer Schoki in der Hand, schlurfte ich zur S-Bahn-Haltestelle Landungsbrücken. Um acht Uhr hatte ich einen Termin mit Cordula Groth, der Hoteldirektorin.

Ich war komplett übermüdet. Gestern Abend war es spät geworden. Melli war noch bei mir gewesen und hatte mir geholfen. Trotzdem standen noch lauter unausgepackte Kartons herum, als ich dann irgendwann todmüde ins Bett gefallen war. Im Schlafzimmer gab es noch kein Licht, aus den Nachbarwohnungen waren merkwürdige Geräusche gedrungen und der Mond hatte seltsame Schatten an die Wand geworfen. Alles war fremd und ungewohnt – und ein bisschen spooky. Und so hatte ich mich stundenlang im Bett herumgewälzt, nur um mich heute Morgen darüber zu ärgern, was für ein Angsthase ich doch war.

Durchhalten! Wach bleiben!, sagte ich mir, als mein Kopf zum wiederholten Male an der Glasscheibe abrutschte, weil ich eingenickt war.

Ich blinzelte müde ins Abteil: Unfassbar, welche Massen sich um diese Uhrzeit in die Bahn quetschten. Muffelig verschanzten sie sich hinter Zeitungen, kippten einen Coffee-to-go runter oder sahen aus, als würden sie am liebsten jemanden ermorden.

Ich war froh, als ich endlich aussteigen und wieder frische Luft atmen konnte. Auf dem Weg zum Hotel kam ich am Café meiner Eltern vorbei, konnte aber keinen von beiden entdecken, obwohl ich Melli gestern noch geschworen hatte, dass meine Mutter heute bestimmt auf der Lauer liegen und mich abfangen würde.

Aber umso besser ...

Und dann stand ich endlich vor meinem neuen Arbeitsplatz. Das Gebäude sah wirklich aus wie ein Schloss. Obwohl ich es schon seit meiner Kindheit kannte, zog es mich jedes Mal wieder in seinen Bann. Als ich noch kleiner war, war ich oft mit meinen Eltern hier spazieren gegangen, und immer war ich stehen geblieben, um mir das weiß getünchte Bauwerk mit seinen vielen kleinen Erkern und dem eindrucksvollen schmiedeeisernen Eingangsportal anzuschauen. Damals hatte ich davon geträumt, eine Prinzessin zu sein, die im Schloss lebte – nun durfte ich immerhin meine Ausbildung hier machen.

Ich blieb noch einen Augenblick stehen und ließ das Bild auf mich wirken. Das Allerschönste waren die Rosen, die nicht nur im Garten wuchsen, sondern sich auch am Eingangsportal an den Eisengittern hochrankten und ihre Köpfchen der Sonne entgegenreckten. Wer auch immer für die Bepflanzung zuständig war, musste den berühmten grünen Daumen haben – wenn er nicht gleich aus England stammte, der Hochburg der Rosenzüchter.

Ich atmete tief durch und berauschte mich am intensiven Duft der rosaroten Blüten, bevor ich mit klopfendem Herzen das Gelände betrat. Ich war gespannt, was mich erwartete.

»Herzlich willkommen im Schlosshotel«, empfing mich wenige Minuten später meine künftige Chefin.

Cordula Groth sah aus, wie man sich eine Frau in ihrer

Position vorstellte: Sie trug ein strenges, dunkelblaues Kostüm, darunter eine frisch gestärkte schneeweiße Bluse. An den Beinen trotz der Wärme blickdichte dunkle Strümpfe. Das schwarze Haar war zu einem kurzen, akkuraten Stufenschnitt geschnitten. »Hier ist Ihr Ausbildungsplan für den Monat August«, sagte sie mit tiefer, fester Stimme und schob einen Bogen Papier über den Schreibtisch. »Sie beginnen Ihre Lehre in der Abteilung Housekeeping. Dienstags und freitags haben Sie Berufsschule, aber das wissen Sie ja sicher.«

Ich nickte und wartete darauf zu hören, was als Nächstes passierte.

»Ah, da ist ja Frau Freitag«, sagte Frau Groth und nickte einer älteren, herrisch aussehenden Dame zu, die mich mit zusammengekniffenen Augen taxierte.

»Sie müssen Rosalie Dorn sein«, sagte sie, was meinen Blick auf ihre schmalen, blassen Lippen lenkte.

»Frau Freitag ist die Leiterin des Housekeepings«, erklärte Cordula Groth. »Ich schlage vor, Sie beide gehen jetzt und wir sehen uns nächsten Montag zu einem kurzen Gespräch. Dann können Sie mir sagen, ob Sie sich hier schon ein bisschen eingelebt haben und wie es Ihnen bei uns gefällt. Einen schönen Tag Ihnen beiden. Und nochmals herzlich willkommen im Schlosshotel!«

Ein bisschen eingeschüchtert von der streng wirkenden Hausdame folgte ich ihr in einen Seitentrakt, wo weitere Büros und die Spinde der Mitarbeiter untergebracht waren. Frau Freitag überreichte mir drei Exemplare eines blauweiß gestreiften Kittels (Polyester, igitt!) mit weißem Kragen und ein Namensschild.

»Das müssen Sie immer und überall tragen«, erklärte sie mit ernster Miene. »Wenn ich Sie ohne erwische, bekommen Sie Ärger mit mir! Für die Pflege Ihrer Kittel sind Sie selbst verantwortlich. Ich erwarte von Ihnen ein perfekt gepflegtes Erscheinungsbild vom Kopf . . .« – skeptischer Blick auf meine störrische blonde Lockenmähne – » . . . bis zu den Füßen. Sie haben doch alles von meiner Liste besorgt, nicht wahr?«

Ich nickte, unfähig zu antworten. Auf der *Liste* hatten fünf Paar weiße Socken gestanden, Nylons, weiße, flache Schuhe und Haargummis beziehungsweise ein Haarreif.

»Dann würde ich vorschlagen, dass Sie sich jetzt umziehen und anschließend in meinem Büro melden. Es ist die nächste Tür rechts.« Mit diesen Worten war sie verschwunden und ich stand allein vor einem grauen Metallspind, auf dem mein Namensschild klebte.

Ich atmete einmal tief durch, ehe ich mich umzuziehen begann. Wenigstens hatte der Kittel die richtige Größe. Als ich hineinschlüpfte und ihn über meine (ebenfalls blickdichten!) Nylonstrümpfe zog, knisterte es verdächtig. Gleich würde ich Funken schlagen – und wenn ich nicht aufpasste, einen Hotelbrand verursachen.

»Hey, da bist du ja. Du musst Rosalie sein, richtig?«

Ich blickte überrascht auf und schaute in warme dunkelbraune Augen, die zu dem bildhübschen Gesicht eines Mädchens asiatischer Abstammung gehörten.

»Ich bin Leilani. Schön, dass du da bist«, sagte sie und lächelte mich freundlich an.

Endlich ein sympathischer Mensch!, schoss es mir durch den Kopf, während ich ihr die Hand schüttelte.

»Wir arbeiten diese Woche übrigens zusammen«, erklärte Leilani und sah mich prüfend an.

Vermutlich fragte sie sich gerade, ob ich überhaupt sprechen konnte, weil mir immer noch kein Wort über die Lippen kam.

»Das ist . . . cool!«, stammelte ich und befestigte mein Namensschild am Kittel.

»Bevor wir loslegen, musst du aber unbedingt noch was mit deinen Haaren machen, sonst überlebst du hier keine drei Tage«, lachte Leilani, deren schwarze Mähne zu einem Pferdeschwanz gebunden, zurückgegelt und zusätzlich mit Haarklammern festgehalten wurde. Da hätte sie sich auch gleich eine Badekappe aufsetzen können.

Ich schaute ein wenig hilflos in den Spindspiegel, weil ich meine Locken bereits hochgesteckt hatte und fand, dass das total okay war.

»Wenn es nach Gerlinde Schlange ginge, müsstest du sie dir abschneiden oder zumindest die halbe Nacht mit dem Glätteisen bearbeiten. Aber ich denke, das kriegen wir auch so hin«, murmelte Leilani und löste mein kunstvolles Gebilde. Keine zwei Minuten später war ich ein Abbild ihrer selbst, nur in Blond.

Kurz darauf stand ich vor Gerlinde Freitag, die mich erneut von oben bis unten musterte. Erst jetzt fiel mir auf, dass sie dünne mausbraune Haare hatte und insgesamt so aussah, wie ich mir als Kind immer Internatsleiterinnen vorgestellt hatte.

Da sie nicht meckerte, sondern mir stattdessen einen Zettel in die Hand drückte und sagte, dass sie in zwei

Stunden zur *Kontrolle* käme, ging ich zu Leilani, die draußen auf mich wartete.

»Na, lebst du noch?«, flüsterte sie und zog mich mit sich in den Housekeeping-Raum. Auf dem Weg dorthin ging Cordula Groth zusammen mit einem ungefähr zwanzig Jahre alten, wahnsinnig gut aussehenden Typen an uns vorbei. Er war groß, hatte schwarze, leicht wellige Haare und ein markantes, superhübsches Gesicht. Die beiden waren in ein Gespräch vertieft, doch der Typ blickte kurz auf und lächelte, als er uns sah.

Ich gebe es nur ungern zu, aber dieses Lächeln ging mir aus irgendeinem Grund durch und durch und – zack! – mitten in den Bauch. Wow, so was hatte ich noch nie erlebt.

»Das ist René Prinz, der Sohn der Besitzer, der hier ein dreimonatiges Praktikum macht. Nicht schlecht, oder?«, wisperte Leilani, als die beiden weit genug entfernt waren.

Enttäuschung durchfuhr mich. Sein Lächeln hatte demnach nicht mir gegolten, sondern meiner Kollegin. Kein Wunder, sie war ja auch wunderschön.

Als wir im Housekeeping-Raum angekommen waren, drückte Leilani mir alles in die Hand, was ich zum Putzen der Hotelzimmer brauchte.

»Und damit du das Ganze nicht mit dir rumschleppen musst, gehört dir ab sofort diese Luxuskarre hier«, sagte sie und deutete auf einen Wagen aus Metall mit Fächern und Schubladen, auf dem sich Toilettenpapier, Badkosmetik, Handtücher, Reinigungsmittel und Mülltüten türmten. »Darf ich bekannt machen: *Floorstar*, der Mercedes unter den Hotelwagen. Und hier findest du alles, was du brauchst, um ihn morgens aufzufüllen«, erklärte Leilani weiter und zeigte auf meterlange Regale, in denen sich in Reih und Glied alle wichtigen Utensilien befanden.

Ich versuchte, mich auf Leilanis Worte zu konzentrieren; bisher hörte sich ja alles gar nicht so schwer an. Das Problem war nur, dass ich die ganze Zeit das Gesicht von René vor mir sah. Wie konnte eine so kurze Begegnung einen derart durcheinanderbringen? Zwar hatte der Typ wirklich unverschämt gut ausgesehen, aber eigentlich war das ja eher Mellis Spezialität, sich Hals über Kopf zu verknallen . . .

»Lass mal sehen, wie viele Räume hat uns die Schlange denn aufs Auge gedrückt?«, riss Leilani mich aus meinen Grübeleien.

Im Schlosshotel befanden sich insgesamt zwanzig Zimmer, davon Einzel- und Doppelzimmer mit Garten- oder Elbblick, zwei Juniorsuiten und natürlich die obligatorische Hochzeitssuite.

»Aha«, sagte Leilani mit Kennermiene, als sie meinen Zettel studiert hatte: »Sie will dir gleich zeigen, wo der Hammer hängt. Aber keine Sorge, das schaffen wir – auf in die Schlacht!«

»Auf in die Schlacht!«, erwiderte ich und lächelte Leilani dankbar an. Die Arbeit würde mich hoffentlich wieder auf andere Gedanken bringen.

Eine Stunde später hatte ich meine ersten Bäder geputzt, Betten bezogen, Schränke ausgewischt, Polster ausgeklopft, kleine Tüten mit *Schlafschäfchen* aus Naschgummi auf die Kopfkissen gelegt und den Unterschied zwischen »Bleibe« und »Abreise« verstanden.

Ein belegtes Zimmer zu putzen, war in der Regel erheblich einfacher als eine Abreise, weil man – je nach Gepäck und Ordnungssinn des Gastes – gar nicht in alle Ecken kam. Oder das Glück hatte, während seiner Schicht den Türanhänger mit dem Hinweis *Bitte nicht stören!* vorzufinden.

»Wenn das der Fall ist«, erklärte Leilani, »übernimmt die Spätschicht. Die kommt normalerweise ab achtzehn Uhr, putzt, deckt die Betten auf, legt ein Tuch als Bettvorleger auf den Fußboden und eine Gute-Nacht-Praline aufs Kopfkissen.«

Ich nickte, machte mir immer wieder Notizen und hatte das Gefühl, dass mein Kopf platzen und meine Füße gleich abfallen würden. In der Schule hatte ich schließlich den halben Tag herumgesessen und Sport war irgendwie nicht so mein Ding.

Dass René Prinz mir trotz all der neuen Eindrücke immer noch im Kopf herumspukte, machte die Sache nicht gerade einfacher . . .

4. René – Montag, 3. August 2011

Cordula Groth redete ohne Punkt und Komma auf mich ein (meine Aufmerksamkeit gegenüber den Vorzügen des Hotels hielt sich um diese Uhrzeit ein wenig in Grenzen) und ich wäre fast über meine eigenen Füße gestolpert, so müde war ich.

Warum mussten Frauen eigentlich immer so viel labern?

Ich wurde jedoch schlagartig hellwach, als ich an Leilani vorbeiging. Das lag allerdings nicht unbedingt an ihr, sondern an dem blonden Engel, der neben ihr lief, und mich mit hellblauen Kulleraugen ansah.

Unglaublich, was für eine Traumfrau!

Wie ein Wesen von einem anderen Stern.

Wie konnte ich nur auf die Schnelle herausfinden, wer das war, ohne der Groth das Gefühl zu geben, ich sei mehr am Personal interessiert als an meinem Praktikum?

»Wie viele . . . äh . . . Mitarbeiter hat das Hotel denn?«, fragte ich, als wir den Rundgang durchs Haus abgeschlossen hatten und wieder im Direktionsbüro angekommen waren.

»Je nach Saison zwischen zwanzig und fünfundzwanzig«, antwortete Cordula Groth wie aus der Pistole geschossen. »Davon pro Jahrgang drei Auszubildende.«

Ah, der Engel könnte eine Azubine sein . . .

Ich nickte und versuchte, so zu tun, als sei ich unbändig an dieser Information interessiert. »Und in welchen Abteilungen arbeiten die?«, fuhr ich fort und zauberte mit dieser Frage ein Lächeln auf das Gesicht der Direktorin.

»Ah, ich sehe schon, Sie wollen alles ganz genau wissen – ganz wie Ihr Vater!«

Ich grinste, obwohl ich den Vergleich zu meinem Vater hasste und dachte: *Los, mach schon, ich will den Namen des blonden Engels. Und ich will wissen, wo ich ihn finde.*

Cordula Groth rief eine Datei im Computer auf, rückte ihre Hornbrille zurecht und begann zu lesen. »Heute haben bei uns folgende Azubis begonnen: Daniel Dorsch in der Küche, Harriet Kramer im Service und Rosalie Dorn im Housekeeping.«

Harriet oder Rosalie?

Aus irgendeinem Grund hatte ich das Gefühl, dass der blonde Engel Rosalie hieß. Aber seit wann mussten Engel Badezimmer putzen?

»Werde ich im Laufe meines Praktikums auch mal im Housekeeping eingesetzt?«, fragte ich mit so unschuldiger Miene wie möglich.

Cordula Groth runzelte erst die Stirn und lachte dann. »Eigentlich war das nicht vorgesehen. Natürlich werden Sie ein, zwei Stunden mit Gerlinde Freitag, unserer Hausdame, verbringen. Aber dass Sie selbst den Staubwedel ... also nein, eigentlich nicht ... es sei denn natürlich, Sie bestehen darauf.«

»Ich möchte aber alle Abteilungen durchlaufen, um den Lad... äh, das Hotel wirklich kennenzulernen«, beeilte ich mich zu versichern. »Ich breche mir schon keinen Zacken aus der Krone, wenn ich mal ein Bett machen oder einen Aschenbecher ausleeren muss.«

»Wir sind ein Nichtraucherhotel!«, sagte Cordula Groth in einem Ton, als hätte ich gerade behauptet, das Schlosshotel würde stundenweise vermietet. »Also gut. Wenn Sie wollen, können Sie gleich morgen anfangen. Leilani wird Sie um sechs Uhr in Empfang nehmen und dann kann's losgehen.«

»Sechs Uhr. MORGENS?«, fragte ich mit einem kleinen Kloß im Hals.

»Sechs Uhr morgens!«, nickte Frau Groth, drückte eine Taste ihres Telefons und kündigte mich bei Gerd Obermeister, dem Küchenchef, an.

»Der *Chef de Cuisine* erwartet Sie. Soll ich Sie hinbringen oder finden Sie den Weg alleine?«

»Nein, danke, geht schon«, stammelte ich und überlegte, ob ich aus dieser Nummer wieder irgendwie rauskommen konnte. Doch dann musste ich an diese himmelblauen Augen denken – dafür lohnte es sich garantiert, so früh aufzustehen.

»Sie sind also der Junior«, begrüßte Gerd Obermeister mich und wirkte nicht gerade, als freute er sich, mich kennenzulernen. Der Küchenchef unseres Hotels war auf den ersten Blick nicht besonders sympathisch und sah auch nicht aus, als könne er gut kochen. Da er seinen Job aber seit beinahe zwanzig Jahren machte, musste er sein Handwerk wohl beherrschen. Außerdem hatte er für das Hotelrestaurant *Elbblick* bereits eine Haube und einen Stern erkocht.

»Genau, der bin ich«, antwortete ich und versuchte, dem Blick des Küchenchefs standzuhalten.

»Na, dann wollen wir mal . . .«, sagte Gerd Obermeister

und begann, mir sein Reich zu zeigen und die Mitarbeiter vorzustellen, die gerade dabei waren, neue Platten für das Frühstücksbüffet vorzubereiten.

Die Küche wirkte sauber, geradezu steril, keiner der Anwesenden sprach ein Wort. Im Hintergrund dudelte leise das Radio, ich konnte die Zehn-Uhr-Nachrichten hören.

»Dieser junge Mann hier ist übrigens meine rechte Hand. Florian Renner. Florian, das ist René Prinz, der Junior.«

»Freut mich«, grinste Florian und gab mir die Hand.

Ich schätzte Florian in etwa so alt wie mich, er hatte ein freundliches, offenes Lächeln, die Kochmütze saß ein bisschen schief auf dem welligen dunklen Haar. Na, das war doch schon viel besser.

Die nächsten beiden Stunden verbrachte ich damit, mir alles zeigen zu lassen, Einblick in Personalfragen, Einkaufsdisposition und alles andere zu bekommen, was nötig war, um eine Sterneküche am Laufen zu halten. Während ich mir Notizen machte, geisterte jedoch das Gesicht von Rosalie (oder war es doch Harriet?) in meinem Kopf herum. Und dann hatte ich eine Idee: »Machen eigentlich alle zusammen Mittagspause? Und wenn ja, wo?«, wollte ich wissen und fand mich total clever.

»Mittagszeit ist von zwölf bis fünfzehn Uhr, es gibt drei Gerichte zur Auswahl. Man muss am Abend vorher ankreuzen, was man haben will, und gegessen wird in unserem Personalraum«, erklärte Florian, während er Daniel Dorsch, dem neuen Azubi, beim Kartoffelschälen über die Schulter blickte. »Man kann aber auch raus, wenn man ein bisschen Tapetenwechsel braucht. Ich persönlich gehe ja so oft wie möglich an die Elbe.«

Mist! Wie bekam ich denn jetzt heraus, wann der blonde Engel Pause hatte? »Und wie sieht es mit dem Roomservice aus? Haben unsere Gäste die Möglichkeit, sich Essen aufs Zimmer zu bestellen?«

Gerd Obermeister wirkte, als hätte ich gerade gefragt, ob Paris in Frankreich liegt, und wandte sich ab. Offenbar war es unter seiner Würde, auf meine Frage zu antworten.

Florian gab mir eine Karte, auf der *Roomservice* stand. Frühstück gab es quasi rund um die Uhr, Getränke ebenfalls.

Zu Mittag wurden Salate, Suppen und zwei Hauptgerichte angeboten. Zum Abendessen war die Karte deutlich umfangreicher.

»Und wer bringt die Sachen nach oben? Einer aus der Küche oder wird das vom Service gemacht?« Verdammt, wie bescheuert klang das denn? Wenn ich weiter so naiv fragte, würde mich hier keiner ernst nehmen. Ein etwas zu hoher Preis, um dieses Mädchen zu finden.

Okay, warum kompliziert, wenn es auch einfach ging?

»Ich würde mich gern mal in Ruhe im Haus umsehen, wenn Sie mich hier gerade nicht brauchen. Sollte etwas sein, erreichen Sie mich auf meinem Handy!« Ohne die Antwort abzuwarten, war ich auch schon ab durch die Mitte. Mein Ziel: das *Putzgeschwader* aufstöbern, wie die Zimmermädchen im Hoteljargon genannt wurden.

Im zweiten Stock wurde ich dann auch fündig. Ich sah, wie Rosalie gerade einen Berg Schmutzwäsche in den dafür vorgesehenen Wagen wuchtete. Wie konnte jemand bei einer solchen Arbeit und in diesen furchtbaren Klamotten nur so verdammt sexy aussehen?, schoss es mir durch den Kopf.

Ich räusperte mich und setzte mein strahlendstes Lächeln auf. Etwas Dümmeres als »Na, alles klar?« fiel mir dann auf die Schnelle aber leider nicht ein.

Rosalie schaute zu mir auf und ich war total fasziniert. Von ihren Augen. Vom Schwung ihrer Lippen. Und von dem kleinen Leberfleck oberhalb des Mundes, der sehr niedlich aussah. Sie war so schön, dass ich meine Augen einfach nicht abwenden konnte. Schade nur, dass ihre vollen blonden Haare so streng zurückgebunden waren.

»Ja, alles klar«, antwortete der Engel und wurde ein kleines bisschen rot, wenn mich nicht alles täuschte.

Normalerweise törnte mich so was total ab, denn ich mochte keine unsicheren Mädchen, aber in diesem Fall fand ich es erstaunlicherweise ganz charmant.

»Sind Sie Rosalie Dorn?«, ging ich nun aufs Ganze.

Rosalie nickte stumm und hörte nicht auf, Laken in den Wäschewagen zu stopfen.

»Und ich bin René Prinz, wir sind uns ja vorhin schon begegnet. Ich arbeite die nächsten drei Monate hier, um auch diesen Betrieb meiner Eltern hier in Hamburg kennenzulernen«, sagte ich großspurig. Zwar lag mir diese Angeberschiene nicht wirklich, aber bei den meisten Mädchen zog diese Nummer. »Dazu gehört natürlich auch, dass ich persönlich alle Auszubildenden kennenlerne.«

»Klar«, murmelte Rosalie. »Warum auch nicht.«

Verdammt, das war nach hinten losgegangen. Rosalie schien keines dieser Mädchen zu sein, das auf so einen Spruch ansprang.

Und nun?

»Also dann . . .«, sagte ich und trat von einem Bein aufs andere. Sollte ich sie fragen, ob sie Lust hatte, nach der Arbeit mit mir was trinken zu gehen? Aber mit welcher Begründung?

»Ja, genau«, antwortete Rosalie, ohne noch einmal aufzusehen, und nahm mir damit die Entscheidung ab, ob ich es noch weiter versuchen sollte.

Tja, das hatte ich eindeutig in den Sand gesetzt. Mir blieb im Moment nichts anderes übrig, als die Segel zu streichen, und so machte ich mich auf den Rückweg zur Küche. Vielleicht fiel mir ja dort etwas Schlaues ein.

Ich war schon fast in der Küche angelangt, als das Handy in der Tasche meiner Jeans vibrierte – eine SMS von Valerie:

Ich vermisse dich so. Kann ich dich am nächsten Wochenende besuchen?

Ich simste ihr im Gehen zurück, dass ich hier leider irre viel zu tun hätte, und wäre dabei fast mit einem Zimmerkellner kollidiert, der gerade ein schwer beladenes Frühstückstablett balancierte.

Das fehlte mir gerade noch, dass Val hier aufkreuzte, wo es hier doch so viele süße Girls gab. Und *Engel!*

Vielleicht hatte ich ja morgen die Chance, Rosalie zu knacken . . .

5. Rosalie – Dienstag, 4. August 2011

Heute wartete die dritte Herausforderung dieser Woche auf mich: Nach meinem Umzug und dem ersten Tag im Hotel stand nun die Berufsschule auf dem Plan. Leider war die Fahrt nach Hohenfelde ziemlich umständlich und der Stadtteil selbst alles andere als spannend. Aber es ließ sich nicht ändern, da musste ich ab jetzt zweimal die Woche durch!

Ich erklomm zeitgleich mit einem Typen die Treppenstufen und wäre beinahe mit ihm zusammengeprallt, weil er mich offenbar übersehen hatte.

»Sorry, ich wollte dich nicht schon vor der ersten Stunde töten«, grinste er und hob seinen Rucksack auf, der auf den Boden gefallen war. Die Morgensonne tauchte ihn in warmes Licht – wow, was für Segelohren!

»Du meinst, nach der zweiten wäre angebrachter, weil du mich dann schon ein bisschen besser kennst?«, frotzelte ich zurück und studierte zeitgleich die Tafel im Eingang.

Ich musste offenbar in den ersten Stock.

»Bist du denn so unausstehlich, dass ich Mordgelüste bekommen könnte?«, kam es zurück und Segelohr legte beim Lächeln eine ziemliche Zahnlücke frei.

»Find's raus!«, antwortete ich scheinbar ungerührt, obwohl ich innerlich gluckste. Nette Abwechslung zu der steifen Atmosphäre im Schlosshotel. Hoffentlich ging Segelohr in meine Klasse.

Er tat es und ließ sich einfach neben mich auf den Stuhl

plumpsen. »Was dagegen?«, fragte er und streckte mir einen Schokoriegel entgegen.

»Netter Bestechungsversuch, aber so früh am Morgen ist mir das echt *too much*. Du darfst aber trotzdem gern hier sitzen bleiben. Ich bin übrigens Rosalie. Rosalie Dorn.«

»Unterwegs in geheimer Mission?«, meinte Segelohr und zog fragend eine Augenbraue nach oben.

Ich war verwirrt: »Wieso geheime Mission?«

»Na weil du dich so vorgestellt hast: Mein Name ist Rosalie. Rosalie Dorn.«

Irgendwie stand ich immer noch auf dem Schlauch.

»James Bond? Der Vater aller Agenten? Oder ist es unter deiner Würde, solche Filme zu schauen? Ich finde, du siehst aus, als würdest du nur unheimlich intellektuelles Zeug gucken.«

Bevor ich antworten konnte, stand auch schon der erste Lehrer am Pult. Ich fühlte mich schlagartig in die Zeit vor den großen Ferien zurückversetzt. Und ehe ich es mich versah, wurde ich in die Geheimnisse der Herstellung von Käse eingeweiht.

»Spannend, spannend . . .«, murmelte Segelohr, nachdem Herr Thamm, Lehrer für Rohstoffkunde, den Klassenraum verlassen hatte.

»Verrätst du mir jetzt, wie du heißt?«, fragte ich und betrachtete meinen Nachbarn ein bisschen ausführlicher. Trotz der großen leicht abstehenden Ohren, der Zahnlücke und dem rötlichen Haar sah er ziemlich gut aus. Vom Typ her hätte er glatt einen Elben im *Herr-der-Ringe*-Film spielen können.

»Behrendsen. Björn Behrendsen«, antwortete er, doch für mich war er ab sofort *Segelohr.* Ich gab ihm bewusst feierlich die Hand und sagte: »Auf gute Nachbarschaft, freut mich, Sie kennenzulernen, Herr Behrendsen.«

»Die Freude ist ganz meinerseits«, antwortete Björn in einem ähnlichen Tonfall und griff sich mit dramatischer Geste an die Brust.

Super Start, würde ich sagen. Wenn das weiter so lief, ging ich eindeutig lieber zur Schule als ins Hotel!

»Los, erzähl schon, wie war's?«, fragte Melli und schlürfte einen überdimensional großen Eiskaffee, zu dem sie zwei Extrakugeln Vanilleeis bestellt hatte.

Wir saßen vor unserem Lieblingsportugiesen in der Sonne. Das Tolle an der Berufsschule war, dass sie um drei endete, ähnlich wie Milenas Unterricht.

Ich fasste die letzten beiden Tage zusammen und spannte Melli, was meine männlichen Kollegen betraf, genussvoll auf die Folter.

»Kein interessanter Typ weit und breit?«, fragte sie prompt, Enttäuschung in der Stimme.

Ich grinste. »Nein, leider kein einzelner, sondern gleich zwei!«

Melli sprang vor Aufregung vom Stuhl, der gefährlich ins Kippeln geriet, da der Bürgersteig vor dem *Café Sul* ein bisschen abschüssig war. »Wie jetzt, gleich zwei? Los, mim hier nicht die Geheimnisvolle. Ich will alles wissen, jedes schmutzige kleine Detail.«

Ich musste lachen, denn keiner war so durchgeknallt, was das Thema Liebe betraf, wie meine Freundin, die sich zum Glück wieder beruhigte und setzte. Also erzählte ich von René Prinz und Björn »Segelohr« Behrendsen.

»Der Prinz klingt irgendwie cooler!«, befand Melli und sah mich erwartungsvoll an. »Der Prinz und das Dornröschen, die perfekte Kombination«, schmachtete sie ergriffen. »Und was wirst du jetzt unternehmen?«

»Sobald du dieses Eismonster besiegt hast, werde ich mit dir in meine Wohnung gehen, weil ich deinen Rat brauche«, antwortete ich und wippte ungeduldig mit den Füßen. Allzu lange wollte ich mir nämlich keine Zeit mehr damit lassen, mein Zuhause einzurichten.

Melli zog erst einen Flunsch und dann hörbar am Strohhalm ihres Kaffees. »Ach nö. Lass uns lieber über deinen Prinzen sprechen. Wann seht ihr euch denn wieder?«

»Nach der Performance, die ich gestern auf dem Flur abgegeben habe, bestimmt nicht mehr so schnell!« Der Gedanke daran, dass ich gestern kein vernünftiges Wort herausgebracht hatte, nagte immer noch an mir. »Der denkt doch, dass ich entweder latent taubstumm oder grenzdebil bin. ›Klar‹ und ›Ja, genau‹ ist jetzt nicht gerade der Gipfel einer geistreichen Konversation.« Melli lachte. »Nun sei doch nicht so streng mit dir und vertrau lieber darauf, dass du 'ne echt heiße Braut bist!«

Ihre weiteren Ausführungen wurden durch den Anruf meiner Mutter unterbrochen, die ebenfalls wissen wollte, ob ich den ersten Tag in der Berufsschule gut überstanden hatte und heil wieder nach Hause gekommen war. Sie hatte sich nämlich bezüglich meiner Wegstrecke kundig gemacht und war seither ständig in Sorge um mich. Nachdem ich sie davon überzeugt hatte, dass es mir hervorragend ging und ich gerade mit Melina zusammen war, konnte ich endlich auflegen.

»Ist ganz schön schwer für deine Mom, dass du nicht mehr bei ihnen wohnst, was?«, fragte Melli. »Und vor allem schwer verständlich, weil das Hotel nur einen Katzensprung von ihnen entfernt ist und du jeden Tag mindestens vierzig Minuten länger pennen könntest, wenn du in Blankenese geblieben wärst.«

»Du vergisst den großen Vorteil, den die Sache hat. Ich stehe nicht mehr ganz so unter der Fuchtel meiner Mutter und das ist – so sehr ich sie auch liebe – echt besser so. Für uns beide, auch wenn Mom das vielleicht noch nicht so ganz akzeptiert.«

»Hast du eigentlich eine Ahnung, warum sie sich so anstellt? Klar, meine Mutter macht sich natürlich auch Gedanken um mich, aber sie übertreibt es nicht so wie Eva!«

Ich seufzte, wie so oft, wenn die Sprache auf dieses Thema kam. »Es hat bestimmt ein bisschen was damit zu tun, dass ich Asthma habe. Diese Krankheit ist nun mal kein Spaß und wie du weißt, hatte ich wirklich schon ein paar heftige Anfälle. Aber irgendwas anderes muss da auch noch im Spiel sein . . . irgendwas aus meiner Kindheit. Cassandra hat da mal etwas angedeutet. Sie erzählte von einer Freundin von Mom, die eifersüchtig auf sie war oder auf mich . . . keine Ahnung. Ich hoffe einfach, dass das alles ein bisschen besser wird, wenn wir mehr Abstand voneinander haben.«

Melina stellte ihren leeren Becher beiseite und bat um die Rechnung. »Können wir noch mal kurz zu Kai in den

Laden, bevor wir zu mir gehen?«, fragte ich, weil mir noch etwas eingefallen war.

»Klar«, antwortete Melina und so überquerten wir die Straße und gingen zu *Kai Mielke,* dem Spezialisten für Leinenstoffe, tolle Klamotten, handbestickte Taschen, Accessoires – und Stoffhühner.

»Hallo, ihr beiden Hübschen, was führt euch hierher?«, fragte Kai und zwinkerte charmant.

»Ich brauche unbedingt eines von deinen Hühnern für meine neue Wohnung. Es soll böse Geister vertreiben und auf mich aufpassen. Wir sind seit Sonntag nämlich Nachbarn«, erklärte ich, während meine Augen den Holztisch im Ladeneingang absuchten, auf dem mindestens zwanzig verschiedene Tierchen saßen. Sie alle waren von einer polnischen Künstlerin aus Stoffresten angefertigt worden, eines fantasievoller und putziger als das andere.

Während ich einige von ihnen in die Hand nahm, war Melli auch schon in der Umkleidekabine verschwunden und probierte eines von Kais wunderschönen Sommerkleidern an.

Als sie wieder herauskam, sah sie aus wie eine Prinzessin, und mir schoss kurz der Gedanke durch den Kopf, dass ich auch hier einkaufen würde, sollte ich jemals ein Date mit René Prinz haben.

»Und, wie findest du mich?«, fragte Melli und tänzelte auf nackten Zehenspitzen über den Bretterboden wie eine Ballerina kurz vor ihrem Auftritt.

»Einfach bezaubernd!«, rief ich und gab ihr spontan einen Kuss auf die Nasenspitze, was wiederum Kai amüsierte. »Außerdem ist es sogar reduziert«, stellte ich mit Blick auf das Preisetikett fest, das am Rücken des Kleides baumelte.

»Okay, überredet!«, rief Melina und verschwand wieder in der Kabine.

Schade, dass ich im Hotel diesen bekloppten Kittel tragen musste und nicht meine eigenen Sachen anziehen durfte. Ich mochte gar nicht daran denken, wie ich gestern ausgesehen hatte. Ich hatte gegenüber René nicht nur die Sprachlose gegeben, deren Haare badekappenenmäßig am Kopf klebten, sondern ich steckte auch noch in einem hässlichen, weiten, knisternden Kittelkleid.

Schön ging eindeutig anders!

»Okay, ihr Süßen. Als Dankeschön für euren Einkauf möchte ich jedem von euch beiden ein Huhn schenken«, verkündete Kai und faltete Mellis Kleid sorgsam zusammen.

Während er den Betrag in die Kasse tippte, fiel mein Blick auf ein großes Bild hinter ihm. Das war definitiv neu. Im Prinzip war es sehr einfach gemacht, vermutlich Acryl auf Leinwand: Auf hellgrünem Hintergrund hatte der Künstler weiße, hellgelbe, rote und orangefarbene Tupfen gemalt, die aussahen wie kleine Blumen. Wenn man lange genug draufschaute, hatte man das Gefühl, auf einer duftenden Sommerwiese zu sitzen. Mir entfuhr ein sehnsüchtiges »Wow!« – und Kais Augen folgten meinem Blick.

»Schön, nicht wahr?«, sagte er und lächelte. »Wann auch immer ich kurz davor bin, schlechte Laune zu bekommen, muss ich nur auf das Bild schauen, und schwups, schon bin ich besser drauf.«

Ich nickte. Das würde mir ganz genauso gehen. Was gäbe ich darum, dieses Bild in meiner Wohnung zu haben. Ich stellte es mir herrlich vor, morgens aufzuwachen und als Erstes auf diese Sommerwiese zu schauen. Gerade an einem trüben Tag oder im Winter. »Was kostet es denn?«, fragte ich in einem Anfall von Übermut, wurde aber gleich wieder auf den Boden der Tatsachen zurückgeholt.

»Dreihundertneunzig Euro«, lautete die Antwort.

Oha! Ich bekam im ersten Ausbildungsjahr monatlich vierhundertfünfundneunzig ...

»Ich denk drüber nach«, antwortete ich und überlegte, ob ich mir das Bild zum Geburtstag wünschen sollte. Wenn alle Verwandten zusammenlegten und ich selbst auch noch einen Teil beisteuerte ...

»Das mal ich dir an einem Nachmittag!«, behauptete Melli, die meinen Konflikt offenbar bemerkte. »Wir besorgen uns Leinwand, Farbe und Pinsel und schon ist der Drops gelutscht!«

»Aber das wäre nicht dasselbe«, protestierte ich und Kai nickte. Wir verstanden uns wortlos, auch wenn er mindestens zwanzig Jahre älter war als ich.

Schließlich bedankten wir uns für das Geschenk und machten uns gut gelaunt auf den Weg zu meiner Wohnung.

Zu Hause angekommen, setzte ich mein Stoffhuhn (rosa-dunkelrot kariert mit grünen Flügeln) auf die Fensterbank meiner kleinen Küche.

»Na, das sieht doch schon ganz gut aus«, befand Melli, als sie sich umschaute. »Natürlich noch ein bisschen karg, aber das ändert sich bestimmt bald, wie ich dich kenne. Am Wochenende streichen wir dein Schlafzimmer in Flieder, würde ich vorschlagen. Dabei fällt mir gerade ein: Wie ist das eigentlich so als Zimmermädchen? Ist das sehr eklig?«

»Eklig nicht gerade, denn ich trage ja Gummihandschuhe. Aber irre anstrengend. Putz du mal zehn Zimmer in acht Stunden, da weißt du abends, was du getan hast. Ich mag gar nicht daran denken, dass ich hier auch irgendwann ranmuss . . .«, stöhnte ich und ließ mich auf einen unausgepackten Karton sinken.

Melli nickte. Schließlich gab es regelmäßig Zoff zwischen ihr und ihrer Mutter, weil sie ihr Taschengeld immer erst bekam, wenn sie ihr eigenes Zimmer, das Bad und den Hausflur geputzt hatte, was sie absolut hasste.

»Wie viele Zimmer hat das Hotel denn?«, fragte Melli und spielte mit meinem Huhn herum.

»Insgesamt zwanzig, davon drei Suiten. Dann gibt es auch noch das Turmzimmer, aber das ist geschlossen und wird seit Jahren nicht mehr vermietet.«

»Wie bitte, es wird nicht vermietet? Aber warum denn nicht? So ein Zimmer ist doch bestimmt total romantisch, irgendwie so . . . rapunzelig . . . Sind die denn völlig bekloppt, sich die Kohle für die Vermietung durch die Lappen gehen zu lassen?«

»Bekloppt sicher nicht. Ich denke, die werden schon ihre Gründe haben. Vielleicht ist es ja baufällig oder zu dunkel oder . . .«

». . . es spukt darin«, mutmaßte Melli und kniff die Augen zusammen. »Jetzt mal im Ernst. Das ist die einzig logische Erklärung. Jeder normale Mensch würde daraus das Highlight des Hotels machen! Mit Gespenstern ist das allerdings eine etwas schwierigere Sache – es sei denn, du findest Gäste, die genau auf so was stehen.«

»Du spinnst, hör sofort auf, so einen Unsinn zu reden, ich bekomme Gänsehaut!«, protestierte ich. »Was das betrifft, kannst du dich direkt mit Cassandra zusammentun, die hinter allem und jedem etwas Übernatürliches vermutet.«

»Tja, deine Patentante weiß eben, was gut ist. Übernatürlich gut aussehende Männer und Geister, das ist eben voll ihr Ding«, kicherte Melli. »Kannst du dich noch daran erinnern, als sie uns beide zu einem Ausflug aufs Land mitgenommen hat, als wir zehn waren? Deiner Mom hat sie erzählt, dass sie uns einen Ökohof zeigen will, stattdessen fanden wir uns aber in einem Kloster wieder, in dem angeblich der Geist einer Äbtissin spukte ... Du hattest totale Panik, weil es dort so düster und dunkel war, und ich fand's total super. Im Grunde waren wir aber nur dort, weil Cassandra scharf darauf war, endlich mal einen Mönch aus der Nähe zu sehen.«

»Ja, ich erinnere mich. Vor allem daran, wie sauer meine Mutter war, weil wir zu spät nach Hause kamen und ich nachts von unheimlichen Männern in schwarzen Kutten geträumt und sie deshalb aus dem Tiefschlaf geholt hatte. Aber im Nachhinein fand ich's auch cool, weil Geister doch irgendwie ein bisschen sexy sind ...«

Als ich später endlich im Bett lag, ließ mich die Erinnerung an den lang zurückliegenden Ausflug und Mellis Behauptung, dass es im Turmzimmer des Schlosshotels spuken würde, blöderweise nicht mehr los. Wäre ich mit Cassandra verwandt, würde ich sagen, ich hätte ihre blühende Fantasie geerbt. Denn plötzlich hatte ich das Gefühl, dass es in meinem Zimmer knisterte und der Dielenboden knarrte. Außerdem fühlte es sich mit einem Mal an, als sei ich nicht allein im Raum. Als »sexy« konnte ich die Situation wahrlich nicht mehr bezeichnen. Da half nur eins: Ruhig bleiben und sich klarmachen, dass mir hier überhaupt nichts passieren konnte.

Ich atmete tief durch, vergewisserte mich, dass mein Asthmaspray auf dem Nachttisch stand, und zog mir dann die Decke über den Kopf. Das hatte ich schon als Kind getan, wenn ich mich gruselte.

Doch in dieser Nacht half mir diese Taktik nicht wirklich weiter.

6. René – Dienstag, 4. August 2011

»So, jetzt siehst du mal, wo die Hamburger ausgehen, die nicht so elitär und schickimickimäßig sind«, erklärte Florian und parkte seinen klapprigen Fiat Panda.

Nett vom Koch des Schlosshotels, dass er sich heute Abend meiner erbarmt, dachte ich, als ich ausstieg und mich erstaunt umsah. Hier ging es ja zu wie in der Fußgängerzone in München – und das, obwohl wir ein gutes Stück vom Stadtzentrum entfernt waren!

Florian lachte, als er meinen überraschten Blick sah. »Willkommen auf der Hamburger Partymeile, im Szenestadtteil Schanzenviertel. Magst du erst was essen oder willst du lieber in eine Bar?«

»Mir egal, Hauptsache, ich kann sitzen«, stöhnte ich.

Meine Füße schienen gerade von Schuhgröße 42 auf 46 angeschwollen zu sein, kein schönes Gefühl. Aber ich hatte ja auch von heute Morgen sechs bis drei Uhr nachmittags Hotelzimmer geputzt, Schmutzwäsche durch die Gegend gekarrt, Flure gesaugt und die Messinglampen in den Gängen poliert. Da war die eine Stunde Mittagspause der einzige Lichtblick gewesen. Dummerweise, ohne dabei Rosalie zu begegnen – denn die hatte Berufsschule, wie ich von Leilani erfuhr.

»Dann lass uns ins *Goldfischglas,* von da aus kann man gut weiterziehen«, schlug Florian vor und ich betete, dass der Laden nicht allzu weit von unserem Parkplatz entfernt war.

»Schön hier!«, befand ich, als wir die Bar betraten, in

deren Eingang ein Wasserbassin stand, das sich bei näherer Betrachtung als virtuelles Aquarium herausstellte. Insgesamt wirkte der Laden sehr stylish und hätte auch gut in München sein können. Die Girls hier waren auf alle Fälle mindestens so hübsch wie die Pistengängerinnen in Bayern.

»Willst du einen Cocktail zum Vorglühen?«, fragte Florian, nachdem er die Getränkekarte studiert und in Windeseile die Hälfte des Glases mit Salzgebäck geleert hatte, das vor uns auf dem Tisch stand.

»Wenn du mit *vorglühen* einen ansaufen meinst, muss ich passen. Ich habe morgen früh um acht einen Termin mit dem Servicechef, da sollte ich besser nicht verkatert sein«, brüllte ich gegen die laute Musik an.

»Nein, keine Sorge, ich bin kein Alktyp. Ich bestell mir auch nur ein alkoholfreies Bier, weil ich noch fahren muss«, wehrte Florian ab. »Ich dachte nur, du willst ein bisschen abspannen, nachdem du den ganzen Tag mit dem Putzgeschwader rumgeschwirrt bist. Das ist bestimmt tierisch anstrengend! Konntest du dich als Sohn des Chefs denn nicht vor der Nummer drücken?«

»Nein, konnte ich nicht. Im Gegenteil: Ich hab mir das sogar ausdrücklich gewünscht.«

Florian verschluckte sich an einer Salzstange und begann zu husten. »Du hast bitte was? Das ist jetzt nicht dein Ernst . . .!«

Sollte ich ihm erzählen, dass ich den ganzen Aufriss einzig und allein deshalb veranstaltet hatte, weil ich hoffte, den Tag mit Rosalie verbringen zu können?

»Wie lange bist du eigentlich schon im Schlosshotel?«,

wollte ich wissen und schnappte mir nun ebenfalls Salzgebäck. In den kommenden Tagen musste ich mir unbedingt einen Fitnessklub suchen, um nicht zuzunehmen – zumal Obermeister und Florian wirklich wahnsinnig gute Köche waren!

»Seit fünf Jahren. Ich hab meine Ausbildung bei euch gemacht.«

»Und du willst auch dableiben? Als ewige Nummer zwei neben Gerd Obermeister?«

»Nein, natürlich nicht. Langfristig hätte ich gern ein eigenes Restaurant. Aber bis es so weit ist, sammle ich eben noch ein wenig Erfahrung. So muffelig Gerd auch wirkt, am Herd ist er ein echtes Genie!«

Aber ein ziemlich schlecht gelauntes, dachte ich mir, hielt mich mit einem Kommentar aber lieber zurück.

»Und meinst du, du wirst dich hier wohlfühlen? Ist ja bestimmt ganz anders als in München.«

»Klar«, antwortete ich, obwohl ich mir tatsächlich gar nicht so sicher war. »Ich bin ziemlich flexibel. Hamburg ist schon meine dritte Station. Davor war ich in einem unserer Hotels auf Sylt und davor in Baden-Baden. Allerdings muss ich auch sagen, dass ich mich schon auf mein Studium in Luzern freue. Und auf das Aufbaustudium in BWL, das ich danach machen will.«

Florian nickte gedankenverloren. »Dann bist du also ziemlich ehrgeizig. Was sagt denn deine Freundin dazu, dass du ständig auf Achse bist?«

»Gar nichts, denn ich habe keine. Und das ist auch ganz gut so. Ich könnte momentan niemanden gebrauchen, der mir ständig am Rockzipfel hängt, mich mit SMS bombardiert und mir alle naselang hinterherreist.« Ich dachte an Valerie, die vorhin schon wieder angerufen hatte. Vielleicht war es an der Zeit, ihr klipp und klar zu sagen, dass momentan zwischen uns nichts ging und sie sich besser einen anderen suchte. »Und du? Wie sieht es mit dir und den Mädels aus?«

»Eigentlich ziemlich ähnlich. Nur mit dem Unterschied, dass ich bis vor einem Jahr eine längere Beziehung hatte, der ich, ehrlich gesagt, immer noch ein bisschen hinterhertrauere. Allerdings hat gestern im Hotel eine angefangen, die ich zwar nur kurz gesehen habe, die aber ziemlich süß zu sein scheint. Sie heißt Rosalie, soweit ich weiß!«

Aha, hier lauerte also Konkurrenz! Auch wenn Flo aus meiner Sicht im Vergleich zu mir eine definitive Nummer zwei war . . .

»Was war denn mit deiner Freundin? Warum habt ihr euch getrennt?«, fragte ich, um Florian von Rosalie abzulenken.

»Martine hat auch bei uns im Hotel gearbeitet. Damals hatten wir noch eine eigene Patisserie. Als dieser Bereich aufgegeben wurde, ist sie wieder zurück nach Südfrankreich, wo sie herkam. Ich habe sie ein paarmal dort besucht, aber irgendwann war klar, dass das auf Dauer nicht funktionierte. Wir Hotelleute sind in gewisser Weise Nomaden, das Privatleben lässt sich manchmal schlecht mit unserem Beruf vereinbaren. Ich bin ganz froh, dass ich hier in der Zwischenzeit ein paar Leute kennengelernt habe, aber für viele ist diese Einsamkeit oft unerträglich.«

Ich seufzte innerlich und hoffte, dass mir dieses Schicksal zumindest vorerst noch erspart blieb. Und was Rosalie betraf, hatte Florian meinen Jagdinstinkt nur noch weiter angeheizt. Aber das würde ich ihm natürlich nicht auf die Nase binden.

Als ich zwei Stunden später die Tür zu meinem schicken Loft aufschloss, bekam ich eine gewisse Ahnung davon, was Florian gemeint hatte. In der Tat fühlte ich mich in der großen Wohnung ein bisschen verloren.

Bislang hatte es mich allerdings nie gestört, von Ort zu Ort zu ziehen – ich kannte seit meiner Kindheit nichts anderes. Meine Eltern waren dauernd unterwegs gewesen, allein schon wegen ihres Berufs. Dass sie jetzt sesshaft geworden waren, grenzte beinahe an ein Wunder. Ich selbst hatte es aber immer spannend gefunden, Neues zu sehen und Abenteuer zu erleben. Und für den Moment hieß mein neues Abenteuerland eben Hamburg.

Während ich unschlüssig durch die Wohnung streifte, hatte ich plötzlich eine geniale Idee. Ich kramte mein Handy aus der Tasche und begann zu tippen:

Lust auf einen Hamburg-Trip? Würde mich freuen! R*

Eine Minute später die Antwort von Rocco:

Geiler Vorschlag. Checke gleich die Flüge. Wie lange kann ich bleiben? R

Ich grinste. Die *Schanze*, wie die Hamburger das für Münchner Schickeria-Verhältnisse reichlich abgewrackte, aber tolle Viertel nannten, war bestimmt genau nach Roccos Geschmack. Und außerdem gab es noch die Reeperbahn zu entdecken und viele andere Plätze.

So lange du magst. Platz ist hier mehr als genug . . . und süße Mädchen gibt's hier auch ☺ R*

Nachdem ich noch ein bisschen rumgezappt hatte, ohne dass Val neben mir saß und ihren typischen Ich-bin-genervt-weil-du-die-Glotze-mir-vorziehst-Flunsch zog, wurde ich schlagartig müde.

Kein Wunder. Schließlich hatte ich mir heute echt das volle Programm gegeben, nur um Rosalie zu treffen. Warum hatte ich Idiot eigentlich nicht vorher nachgefragt, ob sie überhaupt Dienst hatte? Und warum geisterte dieses Mädchen so hartnäckig in meinem Kopf herum?

7. Rosalie – Mittwoch, 5. August 2011

Na, schlecht geschlafen?«, fragte Leilani und hielt mir einen Becher Tee unter die Nase, der so schwarz war, dass er unter normalen Umständen bestimmt Tote erwecken konnte.

Aber das hier waren keine normalen Umstände.

»Frag besser nicht«, knurrte ich und befüllte wie in Trance meinen *Floorstar.* Heute hatte der Wecker um vier Uhr geklingelt – und es war mir unglaublich schwergefallen, zum Schichtbeginn um sechs pünktlich zu sein.

Der erste Arbeitstag hatte mit acht Uhr ziemlich entspannt begonnen, aber nun war die Schonzeit definitiv vorbei.

»Wenigstens haben wir heute ziemlich viele *Bleiben«,* sagte Leilani mit Blick auf unsere Zimmerliste und kontrollierte dann den Bestand auf meinem Putzwagen.

Ich überflog gähnend die Nummern, als mir wieder mein Gespräch mit Melina in den Sinn kam. »Weißt du eigentlich, was mit dem Turmzimmer ist? Wird das gar nicht vermietet?«, fragte ich und schob meinen Wagen langsam vor mir her. Meine Füße taten weh und ich sah schon Sternchen vor Müdigkeit – schließlich hatte ich die halbe Nacht in meiner Wohnung Gespenster gejagt und maximal zwei Stunden geschlafen. Ich hatte keine Ahnung, wie ich diesen Tag überstehen sollte . . .

Leilani stoppte abrupt ihren Putzwagen. »Ehrlich gesagt habe ich nicht die leiseste Ahnung. Ich weiß nur, dass der Raum schon seit vielen Jahren geschlossen ist und sich viele Gerüchte darum ranken. Aber keiner hat wirklich genaue Informationen. Ich glaube, dass noch nicht einmal Cordula Groth den wahren Grund kennt.«

Die Direktorin wusste nicht, weshalb das schönste Zimmer des Hotels nicht zugänglich war? Wie seltsam war das denn?! »Was denn für Gerüchte?«, fragte ich also neugierig.

»Na ja . . .«, begann Leilani zögerlich. »Die einen behaupten, dass sich dort jemand umgebracht hat, die anderen, dass es einen mysteriösen Vorfall gegeben hat, der vertuscht werden muss, andere wiederum behaupten, dass es dort spukt . . .«

Ich schluckte und musste an das gestrige Gespräch mit Melli denken. Hätte ich doch besser nicht gefragt! »Warst du denn schon mal oben?«, wollte ich wissen.

»Klar war ich«, antwortete Leilani und schloss die Tür zu unserer ersten *Abreise* auf. »Es gilt hier seit Jahren als Mutprobe unter den Angestellten, nach oben zu gehen und zu versuchen, das Türschloss zu knacken. Aber bislang ist es noch niemandem gelungen – was nicht daran liegt, dass das Schloss so schwer zu öffnen ist, sondern weil von diesem Ort eine so gruselige Aura ausgeht, dass selbst die Mutigsten irgendwann die Hosen voll hatten. Ich wollte schon nach einer Minute weg, weil ich es dort so unheimlich fand.«

Zum Glück kam genau in dem Moment Gerlinde Freitag um die Ecke und scheuchte uns zur Arbeit – ich war nach der letzten Nacht wirklich nicht in der Stimmung für Gruselgeschichten.

»Und denken Sie daran, Frau Dorn«, sagte sie mit erhobenem Zeigefinger, »der Mülleimer im Badezimmer ist nicht festgeschraubt. Sie können ihn also durchaus anheben und auch darunter putzen!«

Ups, das war eine Anspielung auf mein erstes *Vergehen* am Montag, als sie einen kleinen Fleck unter dem Papierkorb gefunden hatte. Ja, Gerlinde Freitag nannte diese Kleinigkeit tatsächlich so, als sei ich eine Verbrecherin.

»Okay, dann wollen wir mal«, seufzte Leilani und begann, die Betten abzuziehen, während ich den Brausekopf der Dusche mit Entkalker bearbeitete. Zwei Monate lang putzen, das ging echt an die Substanz. Ich freute mich jetzt schon auf Freitag, wenn ich endlich wieder Berufsschule hatte und mit Segelohr quatschen konnte.

»Lust auf einen frisch gemachten, eisgekühlten Johannisbeer-Smoothie?«, ertönte es von der Tür, als ich schweißgebadet auf dem Fußboden herumkroch, um ihn von Wachsflecken zu befreien. Offenbar hatten die letzten Gäste ein Bad bei Kerzenschein genommen, was ja an sich eine romantische Sache war – aber kein Grund, das Badezimmer zu verwüsten.

»Flo, wie nett!«, rief Leilani mit entzückter Stimme und ließ Florian Renner ins Zimmer.

»Am besten, wir schließen ab, bevor die Schlange uns erwischt«, schlug Florian augenzwinkernd vor und servierte zwei hohe Gläser, die mit lila Strohhalmen und einer Orchideenblüte dekoriert waren. Ich hinterfragte nicht, was Frau Freitag denken würde, wenn zwei ihrer *Damen* plötzlich spurlos verschwanden und Zimmer 14 verschlossen war. Momentan zählte nur, dass ich völlig außer Atem war und furchtbaren Durst hatte.

»Das ist ja köstlich«, schwärmte ich mit dem letzten Funken Energie und fühlte mich wie im Aroma-Himmel. »Ich kann es kaum erwarten, zu euch in die Küche zu kommen. Zimmer putzen ist irgendwie echt beschissen.«

Zu spät bemerkte ich, dass ich mit dieser Bemerkung Leilani verletzt hatte. Und zwar so richtig. Ihre dunklen Augen verengten sich zu Schlitzen und sie stellte ihr Glas abrupt beiseite.

»Hey, es tut mir leid, es war nicht so gemeint. Ich bin nur müde, verschwitzt und kaputt«, versuchte ich die Situation zu retten, doch Leilani klappte zu wie eine Auster. Verdammt! Wie hatte mir nur dieser Satz herausrutschen können?

Florian schaute von einer zur anderen und sah aus, als fühlte er sich extrem unwohl. »Ich lass euch Ladys wohl besser mal wieder allein«, sagte er und war auch schon verschwunden.

Die nächsten Stunden sprach Leilani kein Wort mehr mit mir und war um Punkt zwölf ohne weiteren Kommentar verschwunden.

Ich war froh, die Mittagspause mit Florian und Daniel Dorsch, dem Koch-Azubi, verbringen zu können. Die beiden alberten ohne Ende herum, bis die Tür aufging und René Prinz den Pausenraum betrat. Mein Herz begann sofort, schneller zu schlagen.

»Darf ich?«, fragte er mit smartem Lächeln und ich nickte wortlos. Oh mein Gott, jetzt saß dieser Traummann direkt neben mir. Und zwar so nah, dass ich den Duft seiner Haut und seines Shampoos riechen konnte ... Ich musste mich förmlich zwingen, ein Stück von ihm abzurücken, weil mich die Anziehung, die er auf mich ausübte, total irritierte. Dieser Typ war einfach der helle Wahnsinn!

»Und? Hast du heute schon bahnbrechende Erkenntnisse gesammelt?«, fragte Flo und ich wunderte mich, dass er den Sohn unserer Chefs einfach so duzte.

»Ein paar«, lächelte René und ich vermied es, ihn anzuschauen. Wie gut, dass er neben mir saß und nicht gegenüber, sonst hätte ich bestimmt vergessen, meinen Salat zu essen, und ihn stattdessen pausenlos angeglotzt.

»Aber ich hab auch eine Frage an dich: Warst du schon mal oben im Turmzimmer?«

Oh nein, nicht schon wieder dieses Thema, dachte ich und aß, so schnell ich konnte, weiter. Hätte ich Ohrstöpsel gehabt, ich hätte sie mir sofort reingemacht.

Florian wurde verlegen. Ich konnte sehen, wie er mit sich rang.

»Ehrlich gesagt schon«, antwortete er so zögernd, als wolle er erst Renés Reaktion abwarten, bevor er weitersprach. »Ist ja schließlich kein Geheimnis, dass alle wild darauf sind zu erfahren, was da oben los ist.«

»Und? Wie war's?«, entgegnete René mit undurchdringlicher Miene. War er als Spion seiner Eltern unterwegs oder fragte er aus persönlicher Neugier?

»Ziemlich spooky, obwohl ich mich nicht gerade als Angsthase bezeichnen würde. Ich schau mir durchaus mal ganz gern den einen oder anderen Horrorfilm an. Aber das da oben war selbst mir too much. Und das Verrückte ist, dass ich noch nicht einmal sagen kann, was genau daran so gruselig ist. Es fühlte sich einfach nur unheimlich an, ohne dass ich dir das Gefühl näher beschreiben kann.

Wenn du wissen willst, was ich meine, geh einfach selbst rauf!«

»Ja, äh, ich muss dann mal wieder los!«, mischte ich mich in die Unterhaltung, bevor ich endgültig die Nerven verlor. Reichte es nicht, dass ich nachts in meiner Wohnung seltsame Geräusche hörte, die scheinbar aus den Wänden kamen?

Aus den Wänden, hallo? Wenn ich das jemandem erzählte, wanderte ich sofort in die Klapse. Oder in eine Entzugsklinik, weil jeder denken würde, ich hätte bewusstseinserweiternde Substanzen genommen.

Nun hatte ich Renés volle Aufmerksamkeit. Er drehte sich zu mir, lächelte und sah mich aus seinen tiefblauen Augen an. »So schnell schon? Wollen Sie denn keinen Nachtisch? Heute gibt es Sahnequark mit Johannisbeeren.«

»Nee, danke, ich steh nicht so auf Desserts«, presste ich hervor und stand auf.

»Bis auf den Johannisbeer-Smoothie vorhin! Ich konnte gar nicht so schnell schauen, wie du den ausgetrunken hattest«, warf nun Flo dazwischen und ich hätte ihn augenblicklich umbringen können. Wie peinlich war das denn bitte?

Ich stellte mein Tablett auf den Geschirrwagen und stürmte, ohne mich umzusehen oder mich zu verabschieden, aus dem Pausenraum. Dann flüchtete ich auf die Personaltoilette. Ich brauchte dringend einen ordentlichen Schwall kaltes Wasser.

Eiskaltes Wasser …

Als ich den Raum betrat, hörte ich jemanden schluchzen. Es klang ein bisschen nach Leilani. Ich überlegte, was ich tun sollte. Nachfragen? Wieder rausgehen? Ich entschied mich dafür herauszufinden, von wem die herzzerreißenden Schluchzer stammten.

»Leilani, bist du das?«, fragte ich leise, denn ich wollte sie keinesfalls erschrecken.

Aus der Kabine ertönte ein undefinierbares »Mhm«, woraus ich schloss, dass ich auf der richtigen Spur war.

»Kannst du bitte aufmachen, ich würde gern mit dir reden.«

Nach einer ganzen Weile, die ich geduldig abwartete, öffnete sich endlich die Tür. Leilanis Gesicht war vom vielen Weinen total verquollen, der Pferdeschwanz hatte sich gelöst und ihr Haar stand in alle Richtungen ab.

Lag das an meinem blöden Spruch von vorhin? Wenn ich nicht so müde gewesen wäre, wäre mir das garantiert nicht passiert . . .

»Das müssen wir aber noch in Ordnung bringen, bevor die Schlange dich sieht«, sagte ich lächelnd. Und schon fiel Leilani mir um den Hals und schluchzte weiter.

Ich wusste nicht, was ich tun sollte. Ich wusste nur, dass unsere Mittagspause in zehn Minuten um war und wir nicht zu spät zu unserem Dienst kommen durften.

»Magst du erzählen, was los ist? Bist du traurig, weil ich vorhin auf dem Putzjob herumgehackt habe?«, setzte ich schließlich zu einer Entschuldigung an. »Das war wirklich blöd und gedankenlos von mir und ich wünschte, ich könnte es ungeschehen machen. Aber ich habe kein Wort davon böse gemeint, ehrlich!«

Endlich sah sie mich an. Erst stockend, dann aber immer flüssiger brach die ganze Geschichte aus ihr heraus: Die achtzehnjährige Philippinin war mit vier Jahren zusammen mit ihrer Familie nach Hamburg gekommen und musste seit ihrem sechzehnten Lebensjahr als Putzhilfe arbeiten, um ihre Mutter dabei zu unterstützen, die insgesamt sechsköpfige Familie zu versorgen. Der Vater hatte sich längst aus dem Staub gemacht und war spurlos verschwunden.

»Dabei hätte ich so gerne das Abitur gemacht und an der Filmhochschule studiert. Es war immer mein Traum, Regisseurin zu werden oder Drehbücher zu schreiben«, erklärte sie.

»Und dann komme ich dumme Gans daher und treffe dich an deinem wundesten Punkt«, erwiderte ich verlegen.

»Ach was«, winkte Leilani ab. »Ich bin dir überhaupt nicht böse, du hast ja recht. Du hast doch nur das ausgesprochen, was ich denke. Und scheinbar bin ich heute besonders empfindlich.«

Gerade als ich Leilani zum Waschbecken ziehen wollte, flog die Tür auf. »Ach, da sind Sie ja, meine Damen«, sagte Gerlinde Freitag in einem Ton, der mir den Atem stocken ließ. Sie deutete mit spitzen Fingern auf ihre Armbanduhr und sah uns vorwurfsvoll an. »Nummer zehn hat sich schon darüber beschwert, dass frische Handtücher fehlen!«

»Bin schon unterwegs«, flüsterte Leilani und steckte im Hinausgehen ihre Haare fest.

Ich folgte ihr mit hängenden Schultern.

Was für ein Tag! Total durchgeknallt!

Irgendwie wunderte es mich dann auch nicht mehr,

dass René Prinz nach Dienstschluss am Personalausgang auf mich wartete und mich fragte, ob ich Lust hätte, am Donnerstagabend mit ihm auszugehen.

»Ich bin neu hier und könnte ganz gut eine kleine Stadtführung brauchen«, sagte er mit unschuldigem Augenaufschlag, der mein Herz wild pochen ließ.

Ich stammelte: »Ja, gern, warum nicht?!«, und ehe ich michs versah, hatten wir Handynummern getauscht. Zudem besaß ich die offizielle Erlaubnis, René Prinz ab sofort nur noch René zu nennen.

Als ich in der S-Bahn saß und wiederholt auf mein Handy starrte, weil ich das alles kaum glauben konnte, hätte ich beinahe meine Haltestelle verpasst. Kaum, dass ich ausgestiegen war, klingelte das Telefon – und Mom brachte mich wieder auf den Boden der Tatsachen zurück: »Rosalie, Liebes, wo bleibst du? Papa und ich warten auf dich!«

Shit – ich war so durch den Wind, dass ich doch glatt die Einladung zu Kaffee und Kuchen bei meinen Eltern vergessen hatte . . .

8. René – Freitag, 7. August 2011

Hey, da bist du ja«, rief ich, als Rocco hinter dem Absperrgitter am Flughafen auftauchte.

Er trug wie immer seine rote Lederjacke, die an jedem schwul ausgesehen hätte, nur nicht an ihm. Natürlich hatte ich nichts gegen Schwule – jeder sollte den Menschen lieben können, den er liebte –, aber manchmal waren mir die Outfits einfach ein bisschen zu tuntig.

»Mann ey, tut gut, dich zu sehen«, rief Rocco und schwenkte eine rote Rose. Nanu?

»Ist die von Val?«, fragte ich misstrauisch, doch Rocco schüttelte den Kopf. »Nee, die is von mir, weil ich dich so vermisst habe«, grinste er und gab mir die Blume. Erst jetzt bemerkte ich, dass sie aus Marzipan war.

»Dann werden wir also nicht verhungern«, antwortete ich ebenfalls grinsend und nahm Roccos Eastpak, während er einen großen Trolly hinter sich herzog.

»Alter Schwede, das nenne ich mal 'ne Wohnung. Gibt's die auch in Groß?«, fragte Rocco, nachdem ich die Tür zu meinem Loft aufgeschlossen und ihm alles gezeigt hatte.

»Ich arbeite noch daran«, erwiderte ich und ließ mich aufs Sofa sinken, nachdem ich uns Espresso gekocht hatte.

Tat gut, heute mal freizuhaben. Vor allem nach all der Aufregung gestern Abend mit Rosalie.

»Soll dich übrigens von Sandy und Valerie grüßen«, sagte Rocco und streckte seine ultralangen Beine aus.

»Val weiß, dass du hier bist?«, fragte ich entsetzt.

»Ja klar, Mann, was dachtest du denn? Ist doch die Freundin von Sandy.«

Auch wieder wahr . . . Ein Wunder, dass Valerie mir noch nicht die Hölle heißgemacht hatte!

»Aber jetzt erzähl mal, was gestern los war. Deine SMS klang ja echt krass, von wegen erstes Date und gleich ins Krankenhaus. Was habt ihr denn gemacht? Mit Sextoys rumgespielt? Da muss man manchmal ganz schön vorsichtig sein. Ich kann dir da Geschichten erzählen . . .«

»Nee, danke, lass mal!« Horrormärchen dieser Art hatten sich schon zur Genüge zu mir herumgesprochen, ich brauchte diesbezüglich keinen Nachschub.

»Los jetzt, mach's nicht so spannend«, quengelte Rocco, also begann ich zu erzählen: Rosalie und ich hatten uns Donnerstagabend an den Landungsbrücken getroffen und dann die klassische Hafenrundfahrt gemacht. Rosalie war offenbar ein bisschen nervös gewesen. Die erste Zeit hatte sie nämlich nur so sinnfreie Sachen wie »Guck mal, ist das Schiff nicht riesig?« oder »Schau mal, eine Möwe!« gesagt, was auf Dauer ziemlich nervte. Doch gerade, als ich anfing zu überlegen, ob Rosalie vielleicht einfach nur hübsch, dafür aber total hohl war, kam plötzlich Leben in sie. Als hätte man einen Schalter umgelegt.

»Du wirst es nicht glauben, aber sie ist das tollste, hübscheste und intelligenteste Wesen, das ich je kennengelernt habe. Manchmal denke ich, sie ist gar nicht von dieser Welt . . .«

»Von welcher dann? Eine Galaxie, die wir kennen?«, kam es unbeeindruckt von Rocco.

»Haha!«, antwortete ich, leicht genervt. Ich hätte es wissen müssen. Einer wie er würde das nicht verstehen. Wobei das vielleicht ein bisschen unfair war – vor ein paar Wochen hätte ich mir das alles selber nicht vorstellen können.

»Und was habt ihr dann gemacht? Auf dem Kahn geblieben und in den Nachthimmel geschaut? Euch gegenseitig eure Wünsche und Träume erzählt, Sternschnuppen gefangen?«

»So ähnlich. Wir haben lange über unsere Kindheit gesprochen und darüber, dass man später manche Dinge nicht mehr macht, die einem früher Spaß gemacht haben.«

»Wie alt ist Rosalie denn? Fünfzig?«

»Nein, sechzehn. Bald siebzehn. Sie hat im September Geburtstag. Jetzt aber mal im Ernst, kennst du das nicht? Wann hast du zum Beispiel das letzte Mal Tischfußball gespielt oder geflippert?«

»Hab ich noch nie gemacht, weil ich das schon immer grottig fand.«

»Okay, bei mir ist das anders, ich liebe so was, wie du weißt. Um also auf den Punkt zu kommen: Wir redeten und redeten und – keine Ahnung, wie wir darauf kamen – plötzlich fiel mir ein, dass ich als Kind total auf Dart stand. Und dann stellte sich heraus, dass Rosalie es noch nie in ihrem Leben gespielt hatte. Angeblich haben ihre Eltern, vor allem ihre Mutter, sie ihr Leben lang von allem ferngehalten, was spitz oder sonst wie gefährlich war.«

Rocco zog die rechte Augenbraue hoch und blähte seine Nasenflügel. »Du meinst ferngehalten von Sachen, die normalerweise in jedem Kinderzimmer herumliegen, so was wie Stricknadeln, Pfeil und Bogen oder Spritzbesteck? Nee, jetzt mal im Ernst: Machen das nicht alle Eltern so?«

»Ja, aber bei ihrer Mom scheint das wohl ganz extrem zu sein. Und deshalb fand sie es cool, mit mir in eine Kneipe zu gehen und Dart zu spielen. Also sind wir nach Bahrenfeld in eine Bar gefahren, in der man Billard und Dart spielen kann.«

»Lass mich raten: Du hast den Wilhem Tell gegeben, danebengeschossen und aus Versehen Rosalie getroffen.«

Ich schluckte. Leider war es genau so gewesen.

Wir hatten zu spielen begonnen und es stellte sich heraus, dass Rosalie ganz talentiert war. Was wiederum meinen Ehrgeiz angestachelt hatte, denn ich wollte ihr natürlich zeigen, was für ein Held ich war. Rosalie ging auf die Toilette, ich warf wie ein Gestörter Pfeile und konnte gar nicht mehr damit aufhören. Dummerweise rempelte mich ein Typ an, als Rosalie, die an diesem Abend ein schulterfreies Top trug, zurückkam, und der Pfeil flog anstelle der Scheibe direkt auf ihre Schulter zu . . .

»Autsch!«, sagte Rocco und verzog das Gesicht. »Das ist keine schöne Stelle!«

»Gibt es deiner Ansicht nach schöne Stellen am menschlichen Körper, die besser geeignet sind, um sie mit einem Dartpfeil zu treffen?«

Rocco grinste erneut: »Und wie ging's weiter? Wie ich dich kenne, hast du die holde Maid über deine breiten, männlichen Schultern geworfen und bist auf deinem edlen Schimmel in die Notaufnahme galoppiert. Dabei hast du dann die ganze Zeit gerufen: ›Rettet sie, denn sie ist meine große Liebe. Ohne sie kann und will ich nicht leben!‹ Stimmt's?«

»Mann, Rocco, das war echt kein Spaß!«, erwiderte ich. »Ich habe Rosalie mit dem Taxi in die Notaufnahme gebracht. Aber natürlich nicht, weil sie vom Pfeil durchbohrt wurde, die Dinger sind ja zum Glück abgesoftet, sondern weil sie vor lauter Schreck einen Asthmaanfall bekommen hatte. Nachdem sie versorgt worden war und ich wusste, dass es ihr gut geht, habe ich sie dann bei sich daheim abgeliefert. Und bevor du dumm fragst, nein, es ist nichts passiert. Ich habe mich vergewissert, dass es ihr gut geht, und dann bin ich direkt nach Hause gefahren.«

Rocco sah enttäuscht aus – vermutlich weil er bislang andere Geschichten von mir gewohnt war.

»Wollen wir mittagessen gehen? Unten ist ein genialer Thai«, schlug ich vor, um vom Thema Rosalie abzulenken. Irgendwie hatte ich plötzlich keine Lust mehr, mit Rocco über sie zu sprechen.

Außerdem knurrte mein Magen.

Wir saßen noch keine zehn Minuten im *Chili-Club*, da flirtete Rocco auch schon mit der Kellnerin. Ich verfolgte amüsiert das Geplänkel zwischen den beiden, hatte aber nicht die geringste Lust mitzumischen. Stattdessen war ich damit beschäftigt zu überlegen, wie ich Valerie am besten sagte, dass ich wirklich kein Interesse mehr an ihr hatte.

Sollte ich sie anrufen? Oder besser einen Brief schreiben? Es gab wirklich kaum eine gute Art, um mit jemandem Schluss zu machen. Gerade als ich überlegte, wo man hier Briefpapier kaufen konnte, klingelte das Handy.

Meine Mom.

Ich deutete Rocco an, dass ich das Gespräch annehmen musste, und verließ die Restaurant-Terrasse, um in Ruhe telefonieren zu können. Während Mom auf mich einquasselte, bestaunte ich die nostalgischen Museumsschiffe aus dunklem Mahagoni, die hier ankerten – ein schöner Kontrast zu den seelenlosen Hightech-Bauten der HafenCity.

»Übrigens ist deinem Vater und mir zu Ohren gekommen, dass du dich gestern Abend mit einer Hotelangestellten getroffen hast«, ertönte die Stimme meiner Mutter eine Spur höher als sonst.

Meine Gedanken überschlugen sich: Wer konnte ihnen von meinem Date mit Rosalie erzählt haben? Und warum fühlte ich mich gerade so, als müsste ich mich oder sie verteidigen?

»Ja, und?«, entgegnete ich knapp.

»Du weißt, dass das keine besonders gute Idee war.«

»Und wieso nicht?«

Nun schnappte meine Mutter hörbar nach Luft. Offenbar war sie kurz davor zu explodieren. Aber warum?

»Habe ich dir nicht immer schon gesagt, dass wir uns niemals mit Angestellten oder sonstigen Personen einlassen, die nicht unserem Niveau entsprechen«, erklärte sie und ich glaubte zunächst, mich verhört zu haben.

Doch dann wurde ich sauer. »Du klingst wie die Queen, Mom, die ihrem Enkel verbieten will, eine *Bürgerliche* zu daten. Wir sind doch keine Royals!«

»Nun werd aber nicht frech!«, kam es empört zurück.

»Und du nicht ungerecht«, konterte ich, weil ich immer noch nicht fassen konnte, dass meine Mutter so borniert war. Schließlich lebten wir im einundzwanzigsten Jahrhundert!

»Von wem weißt du das überhaupt? Habt ihr einen Privatdetektiv auf mich angesetzt, der euch darüber informiert, was Sohnemann bei seinen Praktika so treibt?«, konnte ich es mir nicht verkneifen und bereute es im selben Moment. Ich musste mich echt bremsen, sonst würde das hier in einem Eklat enden, schließlich kannte ich meine Mom.

»Die Direktorin hat ein wachsames Auge auf all unsere Mitarbeiter«, zischte sie. »Aber mach ruhig, was du willst. Lass dich nur von einer Göre aus der Unterschicht einwickeln, die lediglich darauf aus ist, in eine reiche Familie einzuheiraten. Irgendwann wirst du schon sehen, was du davon hast.«

Bevor ich den letzten Satz auf mich wirken lassen konnte, hatte meine Mutter auch schon »Ich lege jetzt auf und hoffe, dass das Thema damit beendet ist!« gesagt und dann war die Verbindung unterbrochen.

Fassungslos starrte ich auf das Display meines Handys. Das durfte echt nicht wahr sein! Ich schwankte zwischen Unglauben und unbändiger Wut und beeilte mich, zum *Chili-Club* zurückzugehen und Rocco zu erzählen, was eben passiert war.

Der starrte mich mit offenem Mund an und brachte nur »Krass! Echt krass!« hervor.

Als die Kellnerin die Miso-Suppe servierte, die wir beide als Vorspeise bestellt hatten, schob ich sie zu Rocco rüber.

Mir war der Appetit komplett vergangen.

Und ich wusste nicht, welche Vorstellung schlimmer für mich war: Dass meine Eltern so engstirnig waren und mich behandelten, als sei ich ein kleines Kind, die Tatsache, dass Cordula Groth meinen Eltern sagte, was ich in meiner Freizeit tat – oder die Unterstellung, Rosalie sei einzig und allein hinter dem Familiensilber her ...

Krass! Echt krass!

9. Rosalie – Freitag, 7. August 2011

Nachdem ich nun ein bisschen mehr über Ernährungslehre wusste als noch heute Morgen, klingelte es – und schwups war auch schon mein zweiter Berufsschultag zu Ende.

»Wollen wir noch ein Eis essen gehen, Dornröschen?«, fragte Segelohr.

»Würde ich wirklich gern, aber ich muss gleich zu meinen Eltern«, antwortete ich und zog mir eine Jacke über. »Aber vielleicht nächsten Dienstag.«

Nachdem ich Björn ein schönes Wochenende gewünscht hatte, sprintete ich zur Bahn. Meine Mutter hatte extra für mich Crespelle mit Ricotta und Spinat gemacht und deshalb musste ich pünktlich sein.

»Schätzchen, da bist du ja!«, rief sie strahlend, als ich um die Ecke gebogen war, und nahm mich in den Arm. »Lass dich anschauen.«

»Ich habe mich in den paar Tagen nicht verändert«, protestierte ich lachend, weil Mom mich ansah, als sähe sie mich zum ersten Mal seit langer Zeit wieder. Fehlte nur noch, dass sie sagte: Du bist ganz schön gewachsen.

»Ah, das Töchterchen gibt sich die Ehre«, ertönte nun die Stimme meines Vaters, dem ich prompt um den Hals fiel.

So ungern ich es mir auch eingestand, ich hatte die beiden doch ganz schön vermisst.

»Ist das nicht ein bisschen warm?«, fragte Dad mit Blick auf meine Klamotten. Unter der Strickjacke trug ich eine der Arbeitsblusen mit aufgestelltem Kragen. »Oder hast du dich jetzt so an den Hotel-Look gewöhnt, dass du ihn gar nicht mehr ablegen magst?«

»Äh . . . ja, so ähnlich«, murmelte ich verlegen, während Mom das Essen auftrug. Ich betete, dass meine Verletzung durch Renés fehlgeleiteten Dartpfeil ihren Argusaugen entging. Das Ganze war zwar einigermaßen glimpflich abgelaufen, aber ich hatte eine sichtbare Schürfwunde davongetragen.

»Und wie ist das Leben als erwachsene Frau mit Job, eigener Wohnung und allem, was dazugehört?«, wollte mein Vater wissen, während ich in einem Traum aus schaumiger Tomatensoße und luftig leicht gefüllten Crespelle schwelgte.

»Eigentlich ganz gut, aber noch ein bisschen ungewohnt.«

Sollte ich den beiden von den unheimlichen Geräuschen in meiner Wohnung erzählen?

»Inwiefern ungewohnt?« War ja klar, dass meine Mom an dieser Stelle des Gesprächs wieder ganz schnell auf den Plan trat.

»Na ja, ungewohnt eben. Das frühe Aufstehen, die schwere körperliche Arbeit, eine echt strenge Chefin, das Alleinsein . . .«

»Du kannst jederzeit wieder bei uns wohnen, wenn du dich einsam fühlst«, hakte Mom sofort ein. »Du musst dir nichts beweisen! Und wenn du feststellst, dass es ein Fehler war, so früh auszuziehen, dann . . .«

»Nun lass Rosalie doch erst einmal in Ruhe essen«, unterbrach mein Vater sie, wofür ich ihn hätte küssen können.

Apropos küssen: Ich hatte erhebliche Schwierigkeiten, mich auf den Besuch bei meinen Eltern zu konzentrieren. In Gedanken war ich nämlich voll und ganz bei René und unserer Verabredung. Mein schönster Abend seit Langem – auch wenn René mich aus Versehen beinahe umgebracht hätte.

»Rosalie, Schätzchen! Ich hab dich was gefragt.« Ups, meine Mutter schien schon seit einer Weile mit mir zu reden.

»Mhm, was denn?«

»Ich wollte wissen, ob es sein kann, dass du unter deiner Bluse ein Pflaster trägst.«

Verdammt, nicht auch noch das!

»Ja, stimmt«, antwortete ich, weil lügen eindeutig sinnlos war. Erstens, weil ich nicht gern log (auch nicht in Notsituationen) und zweitens, weil dem prüfenden Blick meiner Mom sowieso nichts entging.

»Ich hab mich da beim . . . Putzen verletzt. Leilani und ich haben rumgealbert, sie hatte *Domestos* in der Hand, musste lachen und dann spritzte ein bisschen was davon auf meine Schulter . . .« Meine erste Notlüge. Ob man mir die Geschichte glaubte?

Meine Mutter war kreidebleich, wie immer, wenn sie sich Sorgen um mich machte. Sie verfügte über eine Art Schaltsystem, das sofort ansprang, wenn sie bei mir Gefahr witterte, und das augenblicklich sämtliche Farbpigmente lahmlegte. »Dann hast du dir also die Haut verätzt, mein armer Liebling«, sagte sie beinahe tonlos. Nun waren auch ihre Lippen weiß.

Dad sah von einer zur anderen, im Gegensatz zu Mom

die Ruhe selbst, aber er kannte das Spielchen ja auch schon.

»Tut es denn noch weh?«, wollte er wissen, aß aber ungerührt weiter.

Ich schüttelte den Kopf und überlegte fieberhaft, was ich sagen konnte, um meine Mutter abzulenken. Dass die Frage »Wusstet ihr eigentlich, dass es im Turmzimmer des Schlosshotels spukt?« die falsche war, wurde mir leider erst zu spät klar.

»Ich möchte, dass du am Montag kündigst und augenblicklich wieder hier einziehst!«, sagte Mom mit schriller Stimme. »Ich erlaube es nicht, dass meine Tochter sich in der ersten Woche ihrer Ausbildung schwer verletzt und an einem Ort arbeitet, der offenbar gefährlich ist!«

Kämpfte Dad gerade mit einem Lachanfall?

»Ach was, nun beruhig dich, Eva«, widersprach er mit zitternden Mundwinkeln: »Diese Spuk-Geschichte ist doch nichts Ungewöhnliches. Die gibt es praktisch in jedem Schlosshotel, das gehört zum Ambiente!«

Mom sah alles andere als überzeugt aus.

»Und was Rosalies kleinen *Domestos*-Unfall betrifft, so ist das zwar nicht schön, aber auch nicht wirklich schlimm. Ihr geht es doch gut, wie du siehst. Im Übrigen muss ich jetzt rüber ins Café – Lieferantentermin.«

Meine Mutter öffnete den Mund, um zu protestieren, doch vergeblich. Dad war schon ab durch die Mitte. Zum Glück piepste in diesem Moment mein Handy, das in meiner Tasche im Flur lag. Die perfekte Ausrede, um mich ebenfalls kurzfristig aus der Schusslinie zu bringen.

Meine Hände zitterten, als ich das Telefon aus seiner

Hülle zog. Die ganze Zeit hatte ich auf eine SMS von René gewartet, in der er sich danach erkundigte, wie es mir ging. Doch leider war die Nachricht nur von Melli. Sie wollte wissen, ob ich am Abend bei ihr vorbeikommen wollte. Ich antwortete, dass das eine gute Idee sei, vorausgesetzt, dass das für meine Mutter okay war. Dann ließ ich enttäuscht das Handy sinken.

Warum meldete René sich nicht? Gestern sah es doch ganz danach aus, als würde er mich mögen. Zumindest ein klitzekleines bisschen. Oder war er wirklich nur an einer Stadtführung interessiert gewesen?

Plötzlich war meine gute Laune wie weggeblasen.

Heute Morgen war alles noch rosarot gewesen, ich hatte im Geiste schon an einem zweiten Date mit René gebastelt und überlegt, was ich anziehen könnte. Und wo wir hingehen würden.

Doch das war scheinbar völlig unnötig gewesen . . .

»Ich habe mich schlau gemacht und weiß jetzt, wie man mit Gespenstern fertig wird!«, sagte Melli, als wir abends gemeinsam auf ihrem Fußboden hockten, um ein bisschen zu chillen.

Mellis Satz lenkte mich eine Sekunde von meiner Misere ab.

Aber nur für eine Sekunde. Dann versank ich wieder in trübsinnige Spekulationen darüber, warum René plötzlich so tat, als würde ich nicht existieren.

»Das ist echt lieb von dir, wäre aber nicht nötig gewesen«, erwiderte ich lahm und spielte mit den Fransen des Flokati-Teppichs. Momentan schien mir kein Gespenst der

Welt so furchterregend wie die Vorstellung, es gestern irgendwie mit René verpatzt zu haben.

»Aber natürlich ist es das!«, reagierte Melina empört. »Ich kann doch nicht tatenlos dabei zusehen, wie du dir Nacht für Nacht vor Angst in die Hosen machst und bald selbst schon aussiehst wie Hui-Buh!«

»Beinahe in die Hosen«, korrigierte ich und versuchte es jetzt mit der Kraft der Suggestion. Wenn ich nur intensiv genug an René dachte, würde er sich melden. Ganz bestimmt!

»Interessiert es dich denn gar nicht, was ich herausgefunden habe?«

Okay – es war an der Zeit, mich zusammenzureißen und meiner Freundin dafür zu danken, dass sie sich als Ghostbusterin betätigen wollte.

»Doch, doch«, presste ich heraus und sah, wie Melli eine Papiertüte aus der Schublade ihres Schreibtisches holte, die sie mir dann unter die Nase hielt. In der Tüte lagen dunkelgrüne, getrocknete Blätter, die süßlich dufteten. »Willst du, dass ich mich ab jetzt jeden Abend zudröhne?«, fragte ich ungläubig. »Und woher hast du das Gras überhaupt?«

Melli lachte: »Das *Gras* ist getrockneter Salbei und ideal zum Ausräuchern von Wohnungen. Es vertreibt negative Energien, mieses Karma und Gespenster!«

»Und was macht man damit?«

»Man zündet es in einem feuerfesten Gefäß an und pustet es direkt danach wieder aus, damit der Salbei gut durchglüht, statt zu verbrennen. Dann trägt man das Gefäß in alle Ecken der Wohnung, allen voran natürlich zu der Stelle, an der das Gespenst herumspukt, und spricht ein Mantra.

Dabei ist es sehr wichtig, die Anwesenheit des Geistes anzuerkennen und ihm damit seinen Frieden zu geben.«

»Das bedeutet also im Klartext, dass ich mit nach einem Joint stinkender Asche durch meine Wohnung robbe und mich dann vor meine Schlafzimmerwand stelle und den Geist darum bitte, ganz peacig mit mir zusammenzuleben? Oder hat er Angst vor dem Räucherkram und verzieht sich dann in die Nachbarwohnung?«

Ich wollte keine Koexistenz mit einem Gespenst, auch wenn sie friedlicher Natur war. Ich wollte einfach nur keinen Schiss mehr haben und endlich in Ruhe schlafen!

»Nein, keine Sorge, du musst keine WG mit ihm gründen. Du sagst so was in der Art, wie dass du ihn an sich ganz nett findest, aber dass du keine Chance auf eine gemeinsame weitere Zukunft siehst und er sich eine andere Wohnung suchen soll.«

»Ich soll also mit ihm Schluss machen. Geht das nicht auch per SMS?« Zum Glück verstand Melli den Witz und lachte.

»Nein, leider nicht. Aber du schaffst das schon!«

»Woher weißt du eigentlich diesen ganzen Kram? Und wo bitte hast du den Salbei gekauft?«

Melli zog ihre Nase kraus und verschloss die Papiertüte wieder. »In einem Hexenladen im Karolinenviertel. Da gibt es total abgefahrene Sachen! Und man lernt witzige Leute kennen. Ich kam mit einem Mädchen ins Gespräch, das aussah wie Schneewittchen. Ehrlich. Als wäre sie einem Märchenbuch entsprungen. Sie war gerade dabei, eine Kette mit Schutzelfen-Anhänger zu holen, die sie bestellt hatte.«

Ich hatte Mühe, Melinas Gedanken zu folgen, weil ich immer noch überlegte, warum René sich nicht meldete. Sollte ich sie nicht endlich in die Sache einweihen?

»Alles klar bei dir? Du wirkst so komisch«, kam es nun von Melli, der ich sowieso nichts vormachen konnte.

Vielleicht war es wirklich besser, ihr von René zu erzählen, anstatt nur mit halbem Ohr Geschichten über Hexenwerk und Erzählungen von Schneewittchen zu folgen.

»Ich hatte gestern Abend ein Date mit René. Und heute meldet er sich nicht mehr«, warf ich ohne Vorankündigung in den Raum.

Melina klappte die Kinnlade runter. »Und das sagst du mir erst jetzt? Hast du kein Vertrauen mehr zu mir?«

Nachdem ich bis ins Detail alles erzählt hatte, warf sie ihre Stirn in Falten, ein Zeichen dafür, dass sie genauso überfordert war wie ich.

»Und wenn du dich einfach bei ihm meldest?«

Ich schüttelte den Kopf. Hinterherlaufen kam überhaupt nicht in die Tüte! Ich konnte mir gut vorstellen, dass das so viele Mädchen taten, dass er das als extrem lästig empfinden würde.

»Vielleicht hatte er heute im Hotel viel zu tun?«

»Nein, René hatte heute frei.«

»Vielleicht hat er deine Nummer verloren oder sein Handy?!«

»Lieb von dir, dass du dir solche Gedanken machst, aber das bringt nichts. Ich vermute viel eher, dass er den Abend mit mir doch nicht so toll fand.«

»Oder er hat eine Freundin in München und ist jetzt schwer mit sich im Konflikt. Einerseits würde er dich gern zu seiner Königin machen, andererseits wartet in Bayern eine andere Prinzessin auf ihn, der er schon versprochen wurde . . .«

»Was unterm Strich auch alles nur bedeutet, dass ich mir René am besten so schnell wie möglich aus dem Kopf schlage! Wie sieht's aus, Melli? Wollen wir zur Ablenkung einen Film schauen? Ich habe keine Lust mehr zu grübeln!«

Es war weit nach Mitternacht, als ich endlich zu Hause war.

Natürlich hatte René sich *nicht* gemeldet und meine Laune war dementsprechend im Keller. Dagegen half nur verdrängen – und: Schlaf.

Da es eindeutig zu spät zum Salbeiräuchern war, putzte ich mir lediglich die Zähne und schlüpfte in mein Schlafshirt.

Gegen drei Uhr morgens erwachte ich von dem Gefühl, wieder nicht alleine im Raum zu sein. Ein leises Unbehagen wandelte sich in nacktes Grauen, als ich plötzlich eine junge Frau an der Bettkante sitzen sah. Sie war nur schemenhaft zu erkennen und wunderschön. Sie sah mich an und begann plötzlich zu weinen.

Schauer jagten über meinen Körper und ich war unfähig, mich zu bewegen. Ich blinzelte ein paarmal in der Hoffnung, das Trugbild zu verscheuchen. Als ich die Augen wieder öffnete, war die junge Frau tatsächlich verschwunden.

Wahrscheinlich war das Ganze nur ein Traum gewesen . . .

10. René – Montag, 10. August 2011

Du musst doch heute arbeiten, oder nicht?«, sagte die Stimme im Traum und ich dachte: *Halt die Klappe!*

»Mir kann's ja egal sein, aber es könnte passieren, dass du Ärger kriegst, wenn du jetzt nicht gleich aufstehst!«

Ärger? Aufstehen? War das doch kein Traum?

Ich rappelte mich mühsam hoch und schaute auf die Uhr. Es war zehn vor acht, Shit! Wie sollte ich es schaffen, in zehn Minuten bei Obermeister in der Küche zu sein?

»Wieso bist du denn schon wach?«, fragte ich, während ich mich aus dem Bett quälte.

Rocco grinste anzüglich und fuhr sich mit der Zunge über die Lippen: »Die korrekte Frage müsste lauten: Wieso bist du *noch* wach?!«

Zähne putzen, Turbo-Dusche, anziehen, Coffee-to-go, Taxi – wenn nichts dazwischenkam, konnte ich es schaffen, um Viertel vor neun in der Küche aufzuschlagen.

»Sorry, Rocco, aber ich hab jetzt echt keine Zeit zum Quatschen. Erzähl's mir heute Abend, okay?«

»Sind wir ein bisschen spät aus dem Bett gefallen, weil wir gestern zu lange gefeiert haben?«, fragte Gerd Obermeister und wischte seine Hände an der Kittelschürze ab. Irgendwie hatte der Küchenchef was von einem Schlachter, auch wenn seine Hände erstaunlich schmal und zart waren wie die eines Pianisten.

Ich schluckte meine Wut über den Tonfall, den er an den Tag legte, hinunter, zumal man ja denken sollte, dass er mehr Respekt vor dem Sohn seiner Arbeitgeber hätte. Andererseits war er wenigstens kein Schleimer!

»Tut mir leid, kommt nicht wieder vor«, antwortete ich und ließ meine Augen durch die Küche gleiten.

Flo war gerade dabei, irgendwelche Knochen für Soßen auszukochen, und Daniel schabte Möhren. So weit, so gut.

»Könnt ihr mir bitte einen Teller geriebenen Apfel machen? Und eine große Kanne Schwarztee?«, fragte eine weibliche Stimme, die eindeutig Rosalie gehörte.

Wie elektrisiert drehte ich mich um.

Ich hatte das ganze Wochenende damit verbracht zu versuchen, sie aus meinen Gedanken zu verdrängen.

»Ich wusste gar nicht, dass Sie schon der Abteilung Service zugeteilt sind«, kam es schnippisch von Obermeister.

»Bin ich auch nicht«, entgegnete Rosalie und vermied jeden Blickkontakt mit mir. »Aber ich habe oben einen Gast mit schwerer Magen-Darm-Grippe und wollte ihn so schnell wie möglich mit allem versorgen, was der Hotelarzt empfohlen hat. Zwieback brauche ich übrigens auch noch.«

»Geht klar, ich mach das eben«, warf sich nun Florian ins Zeug.

»Sie reiben ganz bestimmt keine Äpfel, damit das schon mal klar ist!«, blökte Obermeister. »Wenn einer das macht, dann der Dorsch.«

Daniel hörte sofort auf, seine Möhren zu raspeln, und stürmte Richtung Kühlraum. Einige Minuten später kam er mit einer Handvoll *Elstar* wieder und legte los.

Ich hatte währenddessen den Tee gekocht und überlegt, warum Rosalie meinen Blick mied. Wenn sie wirklich wegen der Kohle hinter mir her war, war das doch die falsche Taktik – oder gab sie sich gerade deshalb betont lässig, damit ich ihr nicht so schnell auf die Schliche kam? Verdammt, auch wenn ich es mir nicht eingestehen wollte, aber die Standpauke meiner Mutter hatte mich tatsächlich nachdenklich gemacht. Was, wenn sie recht hatte?

»Toll, dass das so schnell ging«, bedankte sich Rosalie und zog mit dem befüllten Tablett von dannen.

Noch immer kein Blick, kein Wort von ihr.

Ob ich ihr hinterhergehen sollte? Ich könnte sie fragen, ob sie sich nach dem schweren Asthmaanfall wieder gut erholt hatte.

»Rosalie. Rosalie, nun wart doch mal!«, rief ich quer über den Flur und erwischte sie kurz vor der Nummer acht. »Ich wollte nur wissen, ob alles in Ordnung ist. Wegen deiner Lunge und so . . .«

»Ja, doch, alles bestens . . . Du, ich muss jetzt! Der Gast wartet auf mich.«

Gegen dieses Argument war ich leider machtlos. Sollte ich bleiben, bis sie wieder herauskam? Das konnte ja schließlich nicht ewig dauern.

Tat es dann aber doch!

Nach einer Viertelstunde, in der ich mich fragte, was zum Teufel sie so lange im Zimmer eines Seuchenvogels zu tun hatte, gab ich auf. Obermeister war meinetwegen eh schon sauer, da musste ich ihn nicht noch unnötig provozieren. Zumal heute Abend eine Preisverleihung bei uns stattfand und wir alle Hände voll zu tun hatten, das Buffet vorzubereiten.

Während ich Seite an Seite mit Daniel Dorsch tonnenweise Obst für das Dessert schnippelte, begann es in mir zu brodeln. Wie lange konnte es bitte schön dauern, das Tablett ins Zimmer zu bringen und *Gute Besserung* zu wünschen?

Ein Teil von mir wäre am liebsten wieder nach oben gestürmt, um nachzusehen, ob Rosalie wieder aufgetaucht war. Der andere hatte ein bisschen Muffensausen vor den Launen des Küchenchefs, wenn ich ehrlich mit mir war.

Also konzentrierte ich mich auf das Aushöhlen von Ananas – und das nahm meine ganze Aufmerksamkeit in Anspruch.

»Tut mir leid, dass es nun an mir hängen bleibt, dir die Augen zu öffnen, aber dieses Gefühl ist in Fachkreisen auch unter dem Begriff Eifersucht bekannt«, dozierte Rocco, als ich am späten Abend nach Hause kam und von Rosalie erzählte.

Er lümmelte gemütlich auf der Couch, auf dem Fußboden lagen Erdnussschalen und ein paar leere Bierdosen, das Wohnzimmer muffelte, als wäre es seit Tagen nicht gelüftet worden. Der Fernseher lief in dröhnender Lautstärke.

»Wenn du schon so ein Ober-Checker bist, dann weißt du ja sicher auch, wo die hier hingehören«, konterte ich und hielt ein Paar weiße Tennissocken hoch, die ziemlich unangenehm rochen.

»Pamp mich nicht an, bloß weil du Ärger mit deiner Kleinen hast, dafür kann ich nämlich nichts«, antwortete Rocco und knabberte ungerührt weiter an den Erdnüssen.

Ich bereute für eine Sekunde, dass ich Leilani nicht doch engagiert hatte, um das Loft sauber zu halten.

»Und du mach dich mal locker!«, lenkte ich ein. »Aber wenn du hier weiter wohnen willst, musst du dich ein bisschen an die Spielregeln halten. Klar?«

»Klar!«, sagte Rocco und machte das Schwur-Zeichen. »Ich sammle die Schalen aber erst auf, wenn ich die Schüssel leer gemacht habe, vorher bringt das nämlich gar nichts!«

Rocco-Logik!

»So, was ist denn jetzt mit der Schnecke? Meinst du, sie betrügt dich mit einem Gast, der Magen-Darm-Grippe hat? Sonst ist aber alles in Ordnung bei dir, oder?«

»Ach was, darum geht es doch gar nicht. Ich frage mich nur, weshalb sie so distanziert war und warum mich das alles so beschäftigt. Kann mir doch eigentlich komplett schnurz sein!«

»Kunststück. Du bist ja auch zum ersten Mal in deinem Leben verliebt!«, kam es trocken von Rocco.

Ich wurde sauer. Ich und verliebt? In Rosalie? Was für ein Unsinn! Ich fand sie scharf, sexy und süß – aber verliebt? Dazu brauchte es schon ein kleines bisschen mehr!

»Erzähl du mir nichts von Verliebtsein«, protestierte ich. »Erstens bin ich das nicht und zweitens hast doch gerade du am allerwenigsten Ahnung davon, wie sich so etwas anfühlt. Du hast es doch bislang mit keiner länger als zwei Wochen ausgehalten.«

»Aber du oder was? Apropos: Valerie hat dir auf den AB gejault. Meinst du nicht, du solltest jetzt wirklich mal Klartext mit ihr reden, damit sie nicht andauernd rumnervt?!«

Oh nein, auch das noch. Irgendwie hatte ich es geschafft, Val in den letzten Winkel meines Gehirns zu verdrängen. Aber Rocco hatte recht. Ich würde das klären müssen. Und zwar jetzt gleich!

»Hast du eine andere kennengelernt?«, kam es mit gepresster Stimme von Valerie, die ich auf dem Handy erreicht hatte.

Sie war gerade mit Sandy aus dem Kino gekommen.

Eigentlich hatte ich nur fragen wollen, wann sie mal Zeit hätte, in Ruhe zu telefonieren – doch dann hatte sie mich quasi gezwungen, gleich zu sagen, was Sache war.

»Nein, habe ich nicht!«

Und selbst wenn – was ging es Val an?

»Und was ist es dann?« Valerie weinte.

Oh nein. Ich hasste Frauen, die bei jeder Gelegenheit mit Tempos wedelten und keinen Stolz hatten.

»Nichts Bestimmtes«, antwortete ich.

Jetzt bloß nichts Falsches sagen, damit sie keine Szene machte!

»Es passt momentan einfach nicht. Ich mache Praktika in verschiedenen Städten, danach studiere ich im Ausland, übernehme vielleicht eines unserer Hotels in Österreich . . .«

»Aber München ist doch nur einen Katzensprung von Österreich entfernt. Und der Flug nach Hamburg dauert gerade mal eine Stunde.«

Okay, jetzt musste ich definitiv in eine härtere Gangart schalten, sonst hing ich am Ende die ganze Nacht am Telefon.

»Valerie, so leid es mir tut, ich will momentan einfach nicht. Akzeptier das bitte.«

Val schniefte noch eine Weile und weigerte sich, das Gespräch zu beenden. Ein wenig hilflos überlegte ich, was ich tun konnte, um sie zu beruhigen. Irgendwann tauchte Rocco im Zimmer auf und deutete auf die Uhr. Na super, ich würde heute Nacht wieder extrem wenig Schlaf bekommen!

»Du, ich muss jetzt echt Schluss machen. Ich stehe morgen irre früh auf und wir haben doch beide alles gesagt, oder? Also dann, mach's gut!«

Ohne die Antwort abzuwarten, legte ich auf.

»Und, alles klar?«, fragte Rocco und hielt mir eine Dose Bier entgegen.

Ich lehnte ab. Ich wollte einfach nur meine Ruhe haben. Und schlafen.

11. Rosalie – Montag, 10. August 2011

Cassandra ging durch meine Wohnung und betrachtete aufmerksam jede Ecke. Heute trug sie einen bodenlangen türkisfarbenen Rock, an dessen Saum kleine Glocken hingen und fröhlich bimmelten.

»Da hast du am Wochenende ja mächtig gewirbelt«, sagte sie anerkennend. »Wenn ich bedenke, wie es hier bei deinem Einzug aussah. Das Flieder ist übrigens eine tolle Farbe – und in Kombination mit der silberrosa Tapete der absolute Knaller!«

Meine Patentante stand gerade im Wohnzimmer, dessen eine Wand Melina und ich tapeziert hatten. Wir hatten wie die Blöden geschuftet, aber am Ende hatte es sich gelohnt. In der Mitte hing der orientalische Kronleuchter, den Cassandra mir zum Einzug geschenkt hatte.

»Und wie ist es so, alleine zu wohnen?«, wollte sie wissen, als wir in der Küche Tee tranken. Auf diese Frage hatte ich gewartet. Denn wenn jemand mir mit meiner Gespenstermisere helfen konnte, dann sie.

»Super, bis auf die Frau, die seit letztem Freitag nachts auf meiner Bettkante sitzt . . .«, begann ich und war schon gespannt auf die Reaktion.

Doch Cassandra rührte, ohne mit der Wimper zu zucken, in ihrem Chai-Tee herum. »Wie sieht die Frau aus?«, war alles, was sie wissen wollte. Als sei es das Natürlichste der Welt, dass man nachts Besuch von weiblichen Gespenstern bekam – oder wie war eigentlich die korrekte Bezeichnung dafür? Gespensterinnen? Geisterinnen?

»Sie ist schlank, etwa mittelgroß, hat blonde, lange Locken und trägt ein bodenlanges weißes Nachthemd.«

Was Gespenster in der Regel eben so tragen.

»Und war sie wirklich jede Nacht hier?«

»Nein. Als Melli am Samstag hier geschlafen hat, war sie zum Glück nicht da. Dafür aber gestern.« Ich bekam schon wieder Gänsehaut, wenn ich nur daran dachte. Nach der ersten Nacht hatte ich mir noch einzureden versucht, dass ich das alles nur geträumt hatte. Doch letzte Nacht war ich ganz sicher hellwach gewesen, als die Frau in meinem Zimmer war.

Cassandra machte ein paarmal »Hm« und trank weiter Tee.

»Räuchern mit Salbei hat übrigens gar nichts gebracht, das habe ich schon probiert«, erklärte ich, bevor dieser Vorschlag kam.

Nun legte sich die Stirn meiner Patentante in steile Falten. »Hast du dich auch korrekt an die Anweisung gehalten: den Salbei glimmen lassen, die Anwesenheit des Geistes anerkannt . . .«

Ich nickte. »Ja, und ich habe auch jede Menge freundliche Mantras gesprochen.«

»Kommt sie immer um eine bestimmte Uhrzeit?«

»Exakt um drei Uhr morgens.«

Immerhin schien Cassandra mich nicht für verrückt zu halten, wenn sie mich so detailliert ausfragte.

»Kannst du schätzen, wie alt sie ist?«

Ich dachte nach. *So* genau hatte ich mir die Dame in Weiß natürlich nicht angeschaut. Zum einen war es einigermaßen dunkel in meinem Zimmer und zum anderen versuchte ich nach wie vor, so zu tun, als würde ich sie nicht sehen.

Außerdem: Waren Geister nicht generell uralt? Das Gespenst von Canterville war auch über dreihundert Jahre in einer Wand eingemauert gewesen, bis es endlich mal rausdurfte.

»Irgendwas um die zwanzig, würde ich sagen. Auf alle Fälle jung.« Was wiederum nicht zu meiner Theorie von eben passte . . .

Cassandras Gesicht entspannte sich wieder. Dann murmelte sie etwas, das so ähnlich klang wie: »Dann kann es also nicht Hetta sein.«.

»Wer ist Hetta?«, wollte ich wissen, doch Cassandra winkte ab.

»Niemand, der in diesem Zusammenhang eine Rolle spielt. Die viel wichtigere Frage ist jetzt, ob es dich so sehr stört, dass du ausziehen möchtest, oder ob wir uns etwas anderes einfallen lassen sollen.«

»Und was könnte das sein?«

»Nun ja, die erste Möglichkeit wäre, dass du dem Ganzen positiv gegenüberstehst, dich also darauf einlässt, dass sie ebenfalls hier zu Hause ist. Die andere besteht darin, sich nachts auf die Lauer zu legen, den Vorgang zu filmen und den Film jemandem zu zeigen, der sich auf Geisteraustreibung spezialisiert hat. Und der kann dann anhand der Aufnahmen entscheiden, welche Methode am besten funktionieren könnte.«

»Das Komische ist, dass ich mich zwar einerseits fürchte, aber andererseits auch wieder nicht. Ich habe nicht das Gefühl, dass ich in Gefahr bin. Anders als die seltsamen

Geräusche aus der Wand, die mich noch in den Wahnsinn treiben.«

»Was denn für Geräusche?«, fragte sie neugierig.

Irgendwie hatte ich den Eindruck, dass meine Patentante ziemlich klasse fand, was hier bei mir abging. Für jemanden, der regelmäßig spiritistische Sitzungen abhielt und irgendwelche Tische zum Schweben brachte, natürlich ein gefundenes Fressen.

»Klingt ein bisschen nach kratzen, scharren, fiepen, trappeln – besser kann ich es nicht beschreiben. Und tritt auch nur nachts auf, allerdings früher als drei Uhr.«

Nun begann sie zu lachen: »Kann es sein, dass du Mäuse hast, Schätzchen?«

»Äh, keine Ahnung. Auf die Idee bin ich noch gar nicht gekommen.«

Cassandra stand auf und ich folgte ihr ins Schlafzimmer, wo sie begann, gegen die betreffende Wand zu klopfen. »Scheint Rigips zu sein, auf alle Fälle kein Beton. So ein Hohlraum ist natürlich ideal für Mäuse.«

»Aber wie sollen die denn hier reingekommen sein?«

»Ich schätze mal, über den Efeu, der sich an eurer Hauswand hochrankt. Oder auf einem anderen Weg. Aber diese Geschichte ist auf alle Fälle eher etwas für Matthias als für mich. Ich eigne mich nämlich nur sehr bedingt als Kammerjägerin.«

Okay, dann würde ich also Dad bitten müssen, demnächst mit Werkzeug bei mir anzurücken. Wenn es wirklich Mäuse waren, die bei mir nachts auf den Tischen tanzten, machte mir das nichts aus. Ich fand Mäuse nämlich total süß und wollte keinesfalls, dass sie getötet wurden. Oder sollte ich anstelle von Dad René bitten, mir zu helfen? Das wäre ein super Vorwand, um ihn doch noch einmal zu sehen. Heute Vormittag hatte er sich ja immerhin mit mir unterhalten wollen – obwohl ich immer noch nicht verstand, weshalb er sich am Wochenende nicht gemeldet hatte.

»Gibt es eigentlich auch Tricks, wie man einen bestimmten Menschen für sich gewinnen kann?«, hörte ich mich auf einmal fragen und hätte mir am liebsten auf die Zunge gebissen.

Zu spät!

Cassandras Augen begannen zu funkeln. »Fragst du aus einem bestimmten Grund oder interessierst du dich seit Neuestem für die spirituellen Seiten des Lebens?«

»Ich, äh, nee . . . ich fand das nur so beeindruckend mit dem Salbei und dem Räuchern und so, scheint neuerdings irgendwie Mode zu sein und da muss man ja mitreden können . . .«, stammelte ich und Cassandra begann zu lachen.

»Wie heißt er?«

Widerstand zwecklos.

»René Prinz. Er arbeitet auch im Hotel.«

»Dachte ich mir. Ist er denn wenigstens schon ein bisschen auf dich aufmerksam geworden oder müssen wir ganz bei Null anfangen?«

Ich erzählte von unserem ersten Date und davon, dass die Dinge sich nicht ganz so entwickelten, wie ich es mir erhofft hatte. Als ich bei dem Punkt mit dem Dartpfeil angekommen war, wurde meine Patentante zum ersten Mal, seit ich sie kannte, blass. »Du bist von einem *Pfeil* durchbohrt worden?«, fragte sie beinahe tonlos, anstatt mir zu sagen, welche Pillen ich René am Mittwoch in den Kaffee kippen sollte, damit er sich in mich verliebte.

»Na ja, der Pfeil hat mir nur einen Kratzer zugefügt. Viel schlimmer war der Asthmaanfall, den ich wegen der ganzen Aufregung bekommen habe.« Als ich sah, dass Cassandra mich völlig entsetzt anstarrte, sparte ich mir die Geschichte mit dem Krankenhausbesuch lieber. »Aber alles halb so wild, ich lebe ja noch!«, winkte ich also ab, doch meine Patentante schien mir kaum noch zuzuhören und erinnerte mich in diesem Moment unweigerlich an meine Mutter.

»Wenn das so ist, solltest du dich auf keinen Fall mit ihm treffen. Ich kann dir nur dringend von diesem Kontakt abraten!«

»Aber das war doch nur ein Unfall, er wollte mich ja nicht töten«, protestierte ich.

Diese Unterhaltung lief plötzlich in eine ganz falsche Richtung. Seit wann war Cassandra denn ängstlich?

»Trotzdem. Ich finde es nicht gut, wenn sich jemand ... so, so ... unvernünftig verhält. Lass die Finger von ihm, versprochen?«

Und dann musste Cassandra plötzlich *ganz dringend* weg.

Als sich die Tür hinter ihr geschlossen hatte, war ich ungefähr so schlau wie vor ihrem Besuch. Außer, dass ich jetzt ziemlich sicher wusste, dass ich Mäuse als Haustiere hatte ...

Und dass ich überlegen musste, ob ich mich mit der Dame in Weiß anfreunden wollte (falls sie in dieser Nacht wiederkam) oder ob ich zurück zu meinen Eltern ging. Doch all das interessierte mich unterm Strich nicht wirklich. Stattdessen überlegte ich, wie ich es am geschicktesten einfädelte, René zu mir nach Hause zu lotsen.

Hast du Angst vor Mäusen? R.

Kaum hatte ich die SMS an René geschickt, pochte mein Herz wie wild. Ich wusste, dass er heute länger im Hotel war, um bei dem Empfang für die Filmleute zu helfen, die irgendeinen Preis an einen Drehbuchautor verliehen.

Leilani war deshalb den ganzen Tag total aufgeregt gewesen und hatte sich freiwillig zum Service gemeldet, nur um einen kleinen Blick auf die Welt zu erhaschen, die in ihren Augen Glamour pur war – und zu der sie so gern gehören wollte.

Als um elf Uhr noch keine Antwort da war, hätte ich mich ohrfeigen können.

Eine SMS mit einer Frage zu verschicken war so ziemlich das Dümmste, was man tun konnte. Man brachte sich damit automatisch in eine blöde Warteposition, der man nicht mehr entkam. Hätte ich René nicht einfach am Mittwoch fragen können? Dann hätte ich sofort eine Antwort bekommen.

Zum Glück war ich irgendwann so müde, dass ich ins Bett ging und sofort einschlief.

Zumindest konnte ich mich am nächsten Morgen weder daran erinnern, dass ich lange sehnsuchtsvoll wach gelegen hatte, noch, dass mein Gespenst aufgetaucht war.

12. René – Dienstag, 11. August 2011

Entschuldige bitte, ich habe die Bahn verpasst, aber ich bin gleich bei dir«, rief ich gegen den Lärm der S-Bahn in mein Handy. Ich wollte nicht, dass Rosalie glaubte, ich würde sie versetzen, nur weil Obermeister mich mal wieder ohne Ende zugetextet hatte und ich deshalb zu spät dran war.

Als ich an den Landungsbrücken ausgestiegen war, begann ich, Rosalie um ihre Wohngegend zu beneiden. Das quirlige Portugiesen-Viertel war das genaue Gegenteil der HafenCity.

Die Häuser wirkten abgeschrabbelt, es gab hippe Läden mit originellen Schaufensterauslagen, tolle Cafés und Restaurants.

Als ich im Hinterhof der Ditmar-Koel-Straße 23a angekommen war, blieb ich eine Weile stehen, um mir alles anzuschauen: Der Boden war aus Kopfsteinpflaster, vor dem Treppenaufgang standen alte Terracotta-Töpfe, die bunt bepflanzt waren, und eine verwitterte Holzbank. Die weiße Fassade wurde von dunkelgrünem Efeu berankt. Vor Rosalies Küche im zweiten Stock befand sich ein Balkon, an dem ein pinkfarbenes Windrad befestigt war, ihr knallrotes Hollandrad mit den grünen Tupfen lehnte an der Wand.

Bevor ich klingelte, blieb ich einen Moment stehen und atmete tief durch. Ich war ziemlich erleichtert, dass Rosalie mich gebeten hatte zu kommen. Das hieß, dass ich ihr ebenfalls nicht egal war und wir die Chance hatten, dort weiterzumachen, wo wir vor dem blöden Telefonat mit meiner Mutter gewesen waren – nämlich dabei, einander näher kennenzulernen.

»Prinz, mein Name. Ich habe gehört, es gibt bei Ihnen ein Problem mit Mäusen, die angeblich in der Wand wohnen. Aber machen Sie sich keine Sorgen: Was es auch ist, wir werden damit fertig!«, sagte ich, als Rosalie die Tür öffnete und stellte als Erstes den Werkzeugkasten in den Flur.

»Hey, schön, dass du kommen konntest!«, begrüßte Rosalie mich lachend und ich folgte ihr in die Küche.

»Ich habe gedacht, wir essen erst ein bisschen Kuchen, bevor wir loslegen. Ist übrigens echt nett von dir, dass du mir hilfst«, sagte sie und deutete auf eine Platte mit verschiedenen Törtchen.

»Fängt man Mäuse nicht mit Speck?«, entgegnete ich und merkte leider zu spät, dass dieser Satz saublöd war. Um davon abzulenken, fragte ich Rosalie, woher sie die cremigen Natas hatte.

»Natürlich vom Portugiesen, woher sonst?«, entgegnete sie mit einem ironischen Lächeln und ich dachte zum zweiten Mal innerhalb einer Minute: *Ich Vollidiot!* Nicht umsonst waren die Vanilletörtchen eine portugiesische Spezialität . . .

»Was möchtest du trinken? Ich habe Bionade, Orangensaft, Tee, Kaffee, Wasser . . .«

»Bionade klingt gut, danke!«

Während wir beide je drei Törtchen vertilgten, redeten wir belanglosen Kram über das Hotel. Ich konnte Rosalie lediglich mit der Information über das *Hozubi-Fest* überraschen, das am Samstag in zwei Wochen stattfand.

»*Hozubi?* Was ist das denn?«, fragte Rosalie und spielte mit ihrer Kuchengabel herum.

»Das ist das Sommerfest des Hotels, das jedes Jahr als Willkommensgruß für die neuen Auszubildenden gefeiert wird. Erst machen wir Barbecue an der Elbe und später wird im Ballsaal getanzt. Du wirst diese Woche die Einladung dafür bekommen. Aber keine Sorge, das wird keine langweilige Spießernummer. Wir haben extra DJ Booster engagiert. Sagt dir der Name was?«

»Kommt mir irgendwie bekannt vor. Ich glaube, der legt donnerstags beim *After-Work-Club* im *Café Schöne Aussichten* auf. Soll ziemlich gut sein.«

Café Schöne Aussichten, das musste ich mir für Rocco merken. Irgendwann würde es ihn nämlich garantiert langweilen, immer nur auf dem Kiez abzuhängen.

»Du kannst übrigens auch gern jemanden mitbringen. Eltern ausgenommen, denn die werden sowieso von der Hoteldirektion eingeladen.«

Ich war stolz auf meine Idee, auf diesem Weg herauszufinden, ob Rosalie einen Freund hatte.

»Super, dann komme ich mit Melina. Das ist meine beste Freundin und sie wollte mich sowieso mal im Hotel besuchen, aber ich hatte den Eindruck, dass Gerlinde Freitag und Frau Groth das nicht besonders toll finden würden.«

Und ich würde natürlich Rocco einladen.

»Wollen wir uns jetzt mal deine Wand anschauen?«, fragte ich, auch wenn ich eigentlich ganz andere Fantasien in Bezug auf Rosalie hatte. In ihrem kurzen Jeansmini, dem rotweiß geringelten Neckholder-Top, den Sandalen mit hohen Absätzen und den offenen Haaren sah sie verdammt gut aus.

Rosalie nickte. Nachdem ich den Werkzeugkasten aus dem Flur geholt hatte, führte sie mich in ihr Schlafzimmer. Ich konnte meinen Blick kaum von ihrem Bett lösen. Wir hätten hier wunderbar . . .

»Und was hast du jetzt vor?«, fragte Rosalie, die jede meiner Bewegungen genau beobachtete, während ich mit dem Werkzeug hantierte, das ich im Hotel ausgeliehen hatte.

»Ich würde da unten gern ein kleines Stück aufbohren, wenn das okay für dich ist.«

Rosalie nickte, also begann ich, ein Loch in die Wand zu fräsen, was nicht besonders schwer war, denn sie bestand zum Glück nicht aus Beton.

»So, und jetzt guck mal rein«, sagte ich und reichte ihr eine Taschenlampe. »Kannst du was sehen?«

Während Rosalie versuchte zu ergründen, ob wirklich Mäuse hinter der Wand wohnten, versanken meine Blicke in ihrem Ausschnitt, da ich praktischerweise dicht hinter ihr stand.

Jetzt nur nicht durchdrehen!

»Ja, kann ich! Mein Gott, sind die süüüüüß!«

Okay, da schienen tatsächlich Mäuse zu sein!

»Und was wollen wir jetzt mit ihnen machen?«

Rosalie sah mich mit ihren großen himmelblauen Augen an. »Äh, keine Ahnung. Darüber habe ich mir ehrlich gesagt noch keine Gedanken gemacht. Aber auf gar keinen Fall töten!«

Ich dachte nach. Ehrlich gesagt, wenn es meine Wohnung wäre, würde ich einfach Fallen aufstellen, aber diesen Vorschlag behielt ich wohl besser für mich.

»Ich lass mir was einfallen«, sagte ich deshalb und verschloss das Loch in der Wand provisorisch. Auch wenn Rosalie Mäuse süß fand, schleppten die kleinen Nager jede Menge Krankheitserreger mit sich herum. »Vielleicht hat der Hotel-Techniker ja einen Tipp für mich oder ich surfe mal ein bisschen im Internet. Auf alle Fälle finden wir eine Lösung, um deine Mitbewohner umzusiedeln, versprochen!«

Rosalie sah mich an, als hätte ich ihr gerade den Himmel auf Erden versprochen, und gab mir völlig unvermittelt einen Kuss auf die Wange.

Erst wurde mir heiß und kalt.

Und dann übel.

Mist, ich hatte eindeutig zu viele von diesen ultrasüßen Vanilledingern gegessen.

»Alles in Ordnung mit dir? Du siehst auf einmal so blass aus«, fragte Rosalie besorgt, verschwand einen Moment und kam kurz darauf mit einem Glas Wasser wieder.

Ich hatte mich währenddessen auf ihren Dielenboden sinken lassen. Himmel, war mir schlecht! Was war denn plötzlich los mit mir?

»Doch, doch, alles gut«, stammelte ich.

»Hast du doch Angst vor Mäusen?«, fragte Rosalie lächelnd. »Gib's ruhig zu! Ich verspreche auch, es keinem zu verraten.«

Nun kam wieder Leben in mich.

»Natürlich nicht!«, sagte ich im Brustton der Überzeugung und stand auf. »Ich mag Mäuse! Und Ratten! Ich liebe Nagetiere. Als Kind hatte ich Frettchen, Hamster und Meerschweinchen. Und *Bernard und Bianca* war einer meiner Lieblingsfilme!«

Shit, jetzt hatte ich mich verplappert. Wie uncool war das denn, meine peinlichen Kindheitsvorlieben einfach so preiszugeben?!

»Echt, du mochtest den auch?«, fragte Rosalie begeistert. »Und wie sieht es mit *Ratatouille* aus?«

Ich überlegte einen Moment, wie sie von Mäusen auf das provenzalische Gemüsegericht kam. Doch dann fiel der Groschen: Sie meinte diesen albernen Disney-Film mit der kochenden Ratte namens Rémy.

»Den kenne ich noch nicht. Soll aber ganz . . . gut sein. Weltklasse Animationstechnik und so . . .«

Regie: Kann bitte jemand die Reset-Taste drücken?

»Ich hab ihn auf DVD. Wir können ihn ja mal zusammen anschauen, wenn du . . . äh, Lust dazu hast . . .«, stotterte Rosalie.

Das war mir allerdings zu viel. Nur über meine Leiche würde ich mit ihr eine Disney-Schmonzette gucken!

»Du, sorry, aber ich muss jetzt los. Vielen Dank für die Törtchen, wir sehen uns dann morgen im Hotel. Und das mit den Mäusen besprechen wir später.«

Rosalie schaute zunächst etwas verdutzt, brachte mich dann aber widerspruchslos zur Tür.

Ich sagte kurz »Ciao!« und hechtete die Treppe hinunter, ohne mich noch einmal umzudrehen.

Unten angekommen sprintete ich zum Hafen und rannte die komplette Strecke zu mir nach Hause.

Nach einer ausgiebigen Dusche kam ich wieder ein bisschen zur Besinnung und schrieb eine SMS an Rosalie:

Würde sehr gern Ratatouille mit dir schauen! Wäre Samstag okay für dich? Schönen Abend noch … R*

Es war nach Mitternacht, als ich zum letzten Mal mein Handy kontrollierte. Doch außer einer Nachricht von Val, die anscheinend nicht locker lassen wollte, war nichts auf meiner Mailbox.

Seltsam! Normalerweise simsten die Mädchen, die ich kannte, noch in derselben Sekunde zurück. Ob ich ausgedient hatte, nachdem ihr Mäuseproblem halbwegs gelöst war? Oder war das alles nur Taktik?

Ich war zum ersten Mal in meinem Leben ratlos.

Und das fühlte sich ÜBERHAUPT nicht gut an!

13. Rosalie – Donnerstag, 13. August 2011

Wie bitte? Ich versteh dich nicht!«, schrie ich und deutete Segelohr an, lieber mit mir zur Bar zu kommen, bevor ich komplett meine Stimme verlor.

Das *Café Schöne Aussichten* war rappelvoll, drinnen wie draußen. Da es tagsüber ein Gewitter gegeben hatte, war die Luft tropisch schwül, und mir lief feiner Schweiß den Rücken hinunter. Kein Wunder, ich hatte seit beinahe zwei Stunden ohne Pause getanzt.

»Zwei Bitter Lemon bitte«, orderte Segelohr bei der bildhübschen Barkeeperin, die ich augenblicklich um ihren megaflachen Bauch beneidete, der durch die tief sitzende Jeans besonders betont wurde. Ich sollte endlich mal Sport machen, anstatt immer nur darüber nachzudenken.

»Und ich hätte gerne einen Caipi«, orderte Melina, die ebenfalls so aussah, als könne sie eine Abkühlung gebrauchen. Nachdem wir unsere Getränke hatten, gingen wir hinaus auf die Terrasse und steuerten den Pool an, um dort unsere Füße zu kühlen.

»Super hier, oder?«, kam es nun von Florian, dem vierten Mitglied unseres Ausgeh-Quartetts. Leider hatte Leilani nicht mitkommen können, weil sie auf ihre kleinen Geschwister aufpassen musste.

Wir nickten synchron, schlürften an unseren Drinks, ließen die Beine im Wasser baumeln und beobachteten die *Party People* um uns herum. Ich hatte besonders ein Pärchen im Visier, das sich offenbar gerade erst kennengelernt hatte.

SIE fuhr sich nervös kichernd durchs Haar und ER glotzte pausenlos in ihren Ausschnitt. Es dauerte bestimmt nicht mehr lange, bis die beiden anfingen zu knutschen.

»Alles klar bei dir?«, fragte Segelohr, der mich scheinbar die ganze Zeit beobachtet hatte. »Du bist so still!«

Kein Wunder!

Der Anblick des flirtenden Paares versetzte mir einen Stich, weil ich sofort wieder an René denken musste. Und daran, dass er so schnell aus meiner Wohnung geflüchtet war, als sei die Mafia hinter ihm her. Im Hotel hatte er sich ebenfalls so benommen, als würden wir uns kaum kennen.

Ob ihn mein Dankeschön-Kuss in die Flucht geschlagen hatte?

Oder hatte ich mich sonst irgendwie danebenbenommen?

»Ach, ich bin nur ein bisschen nachdenklich«, antwortete ich und ärgerte mich gleichzeitig darüber, dass ich mir so einen schönen Abend durch dumme Gedanken über René verderben ließ.

Im Gegensatz zu mir amüsierte er sich bestimmt bestens und verschwendete nicht eine Sekunde damit, an mich zu denken.

»Und was kann ich tun, um dich aufzuheitern?«, fragte Segelohr und legte den Arm um mich.

Flo und Melli verschluckten sich beide beinahe an ihren Getränken, als sie das sahen.

»Danke, geht schon«, antwortete ich lächelnd und nahm Björns Arm so sanft wie möglich von meiner Schulter.

Melli zog fragend die Augenbraue hoch. Bestimmt bat sie mich gleich, zusammen mit ihr auf die Toilette zu gehen. Womit sie aber bei mir an der falschen Adresse war – es sei denn, ich musste wirklich. Ich gehörte nun mal nicht zu der Sorte Mädels, die ihre intimsten Geheimnisse auf öffentlichen Toiletten preisgaben.

Doch es geschah nichts dergleichen, denn sie wurde stattdessen von einem Typen angequatscht, der zu einer Kombo Haarloser gehörte, die ich vorhin schon auf der Tanzfläche beobachtet hatte. Melli ließ sich überreden und folgte dem Glatzkopf, während ich ihr hinterhersah. Offenbar war es in gewissen Kreisen gerade hip, sich komplett kahl zu scheren und dann den Ultracoolen zu geben. Seltsam, seltsam. Und außerdem ein bisschen zu nazimäßig für meinen Geschmack.

Aber Hauptsache, Melli hatte Spaß!

»Was meinst du, würde mir das auch stehen?«, fragte Björn, der offenbar gerade dasselbe dachte wie ich, und strich sein rötliches Haar zurück, was natürlich seine Ohren extrem betonte.

»Nee, lass mal, ich steh nicht so auf Gruppentiere«, antwortete ich und amüsierte mich über die Ratlosigkeit in seinem Gesicht. »Was ich damit sagen wollte, ist, dass ich es gut finde, wenn jemand individuell ist und nicht jeden Mist mitmacht, nur weil seine Kumpels das gerade lustig oder hip finden. Ich mag dich so, wie du bist.«

Björn strahlte übers ganze Gesicht und ich bereute beinahe, was ich gesagt hatte. Nicht, dass ich ihn auf dumme Gedanken brachte – in meinem Kopf spukte nun einmal René herum, auch wenn mir das gar nicht passte.

Als ich meinen Blick hob, setzte mein Herz einen kurzen Moment aus. Denn wie aus heiterem Himmel stand er plötzlich vor mir.

Wie eine Fata Morgana.

Doch die Fata Morgana sah mich an und lächelte: »Lust zu tanzen?«, fragte er und zog mich, ohne meine Antwort abzuwarten, vom Poolrand hoch.

Ich hangelte nach meinen Sandalen und folgte ihm wie in Trance auf den Dancefloor.

War er zufällig hier oder hatte er mich gesucht? Ich versuchte, meinen Pulsschlag unter Kontrolle zu bekommen und mir nicht anmerken zu lassen, wie durcheinander ich war.

»Wenn du keine Lust hast, am Samstag mit mir *Ratatouille* zu schauen, hättest du es einfach sagen können«, rief René mir ins Ohr und ich wäre beinahe über meine eigenen Füße gestolpert.

»Wovon sprichst du?«, brüllte ich gegen den Lärm an.

»Davon, dass du nicht auf meine SMS reagiert hast«, brüllte René zurück.

Zeit für einen Ortswechsel!

»Lass uns rausgehen!«, rief ich und deutete Richtung Ausgang. René folgte mir und dann standen wir auch schon auf der Brücke mit Blick auf den Alsterlauf. Im Hintergrund leuchtete der Vollmond am Nachthimmel.

»So, jetzt noch mal Klartext: Welche SMS?«, fragte ich und versuchte, gegen die romantische Wirkung des Mondscheins und das Glücksgefühl anzukämpfen, das Renés unerwartetes Auftauchen in mir auslöste.

»Ich hatte dich Dienstagabend gefragt, ob wir am Samstag zusammen den Film schauen wollen. Aber du hast nicht geantwortet.«

»Weil ich keine SMS bekommen habe!«

»Aber ich habe dir eine geschickt!«

»Das kann ja sein, aber ich habe keine bekommen!«

René runzelte die Stirn und holte dann das Handy aus der Hosentasche. Er scrollte durch den Postausgang und hielt mir zum Beweis die Nachricht vor die Nase, die ich nie bekommen hatte. Tatsächlich.

Da stand es schwarz auf weiß – René wollte ein Date mit mir!

»Vielleicht hättest du die SMS lieber an mich schicken sollen als an diesen Roswin. Roswin . . . was ist das überhaupt für ein seltsamer Name? Hab ich noch nie gehört.«

René stutzte einen Moment und sah dann, dass ich recht hatte.

Er hatte einen falschen Empfänger eingegeben.

Sein Gesicht hellte sich merklich auf und er begann zu lachen. »Das ist ein Cousin zweiten oder dritten Grades. Wir tragen in der Familie ja alle etwas seltsame Namen, nur ich habe aus irgendeinem Grund Glück gehabt. Roswin kommt aus dem Althochdeutschen und bedeutet *Ross und Reiter*. Oder so ähnlich. Tja, da wird mein Cousin sich bestimmt ein bisschen gewundert haben.«

»Aber offenbar nicht genug, um sich bei dir zu melden und das Missverständnis aufzuklären.« Und mir damit zwei echt blöde Tage zu ersparen, fügte ich in Gedanken hinzu.

»Also gut, Rosalie, nachdem wir das jetzt geklärt haben. Wie sieht es aus? Hast du Lust, Samstagabend zu mir zu kommen und die DVD mitzubringen? Ich besorge alles, was wir für einen stilvollen Filmabend brauchen: Chips, Cola, Salzstangen, Schokolade. Oder habe ich irgendetwas vergessen, was du besonders gern magst?«

Ich dachte kurz nach. Außer einem Kuss fiel mir spontan nichts ein. »Nee, klingt alles gut. Ich komme gern!«

René lächelte und der Mond schimmerte in seinen Haaren. In mir pulsierte pures Glück, ich hätte zerfließen können.

Und es wurde noch besser: René schien die Message verstanden zu haben und nahm mich endlich, endlich in den Arm.

Ich spürte sein Herz, wie es um die Wette mit meinem pochte, und dann war ich auch schon mitten im Himmel.

Ich konnte es kaum glauben: Ich stand hier, in einer lauen Sommernacht, und küsste den Jungen, in den ich unsterblich verliebt war . . .

»Hast du eigentlich gewusst, dass ich heute Abend hier bin?«, fragte ich zwischendurch, um wieder Luft zu holen.

René grinste: »Rate mal!«

»Florian hat geplaudert, habe ich recht?«

»Scharf kombiniert, Miss Holmes. Ich bin beeindruckt!«

René war extra meinetwegen hierhergekommen, dachte ich und schwebte noch ein Stückchen höher als eben. Wenn das so weiterging, konnte ich direkt auf den Mond klettern.

Unsere Knutscherei fand irgendwann ein jähes Ende, weil mein Handy klingelte. Es war Melli, die wissen wollte, ob ich von Außerirdischen entführt worden oder spontan mit Segelohr nach Las Vegas durchgebrannt war.

Ich antwortete lediglich »Komme gleich« und gab René einen letzten Kuss. »Ich muss zurück, bevor man noch Suchtrupps nach mir schickt. Kommst du mit?«

René schüttelte den Kopf. »Nein, ich mach mich jetzt auf den Heimweg. Es ist schon spät und ich habe keine Lust, mich morgen wieder von Obermeister anblöken zu lassen, weil ich angeblich unkonzentriert bin. Wobei das nach diesem Abend leicht passieren könnte«, sagte er und grinste mich an.

Es fiel mir schwer, mich von René zu trennen, und ich sah ihm noch eine ganze Weile hinterher, bis er im Gewirr der nachtdunklen Straßen verschwand.

Allzu lange durfte ich auch nicht mehr bleiben, sonst würde ich morgen in der Schule einschlafen.

Als ich wieder ins Café kam, dachte ich allerdings: Egal! Heute ist heute – und heute war definitiv ein genialer Tag. Der DJ gab alles, Melli flirtete mit Glatzkopf, nur Flo und Segelohr guckten ein wenig dumm aus der Wäsche.

Am liebsten hätte ich die beiden mit irgendwelchen süßen Girls verkuppelt, die hier massenweise herumliefen – denn ich wollte, dass alle so glücklich waren wie ich.

Gegen zwei Uhr morgens schloss ich die Tür zu meiner Wohnung auf und stellte seufzend den Wecker auf sechs Uhr.

Noch vier Stunden bis zum Aufstehen, nicht gerade üppig.

Wie René wohl aussah, wenn er schlief?

Ich kuschelte mich in die Decke und presste mein Gesicht gegen das Kopfkissen. Mit viel, viel Einbildungskraft konnte ich mir vorstellen, hier mit René zu liegen. Doch bis es so weit war, würde wohl noch einige Zeit ins Land gehen, und die verging definitiv schneller, wenn ich jetzt einschlief.

Eine halbe Stunde später – es war mittlerweile zehn nach drei – erwachte ich, weil mir jemand (oder etwas) über den Rücken streichelte.

Starr vor Angst wagte ich weder zu atmen noch mich zu rühren. Das Streicheln fühlte sich an, als hätte jemand meine bloße Haut mit einer Feder gestreift. Luftig, leicht, flüchtig und irgendwie nicht von dieser Welt.

Von einem Augenblick zum anderen war wieder alles vorbei und ich wagte erst nach einer Weile, mich umzudrehen und aufzusetzen. Und dann sah ich sie.

Die weiße Frau stand am Fenster, lächelte mir zu und verschwand so plötzlich, wie sie gekommen war, hinter den Gardinen.

Jetzt standen mir sämtliche Haare einzeln zu Berge, denn es war das erste Mal gewesen, dass die Frau mich berührt hatte.

Ich stand auf, knipste alle Lichter an, nahm einen Hub meines Asthmasprays und versuchte, mich zu beruhigen.

Ein Teil von mir spürte, dass die *White Lady* mir nicht feindlich gesonnen war. Ihre Berührung war warm und zärtlich gewesen. Beinahe wie die einer Mutter, die ihre Tochter zu Bett bringt und sie streichelt, bevor sie das Licht löscht.

Andererseits war ich jedoch schockiert. Was war in dieser Wohnung passiert, dass der Geist einer toten Frau hier sein Unwesen trieb?

Während ich wieder zurück unter die Bettdecke kroch, nahm ich mir fest vor, ein wenig über die Geschichte des Hauses zu recherchieren. Vielleicht fand ich dann ja endlich eine Antwort auf meine Fragen . . .

14. René – Samstag, 15. August 2011

Da hat aber jemand blendende Laune!«, grinste Rocco, als ich fröhlich pfeifend den Frühstückstisch auf dem Balkon deckte.

»Ich bekomme heute Abend ja auch Besuch von Rosalie«, erklärte ich und schenkte uns beiden Kaffee ein.

»Und weil du sie flachlegen möchtest, willst du jetzt bestimmt wissen, was ich heute vorhabe und wann ich nach Hause komme, hab ich recht?«

»Ja, so in etwa«, antwortete ich vage und konnte gerade noch den Impuls unterdrücken, genervt die Augen zu verdrehen. Bisher hatte mir Roccos schnoddrige Art nie etwas ausgemacht. Und ja, ich hatte große Lust darauf, mit Rosalie zu schlafen. Aber so, wie Rocco es ausdrückte, passte es einfach nicht. Ich hatte so etwas bisher noch nicht erlebt. Mit Rosalie fühlte es sich anders an. Doch war ich momentan nicht in der Stimmung, das Rocco zu erklären. Der würde sich wahrscheinlich eh nur über mich lustig machen.

»Also, Rosalie kommt um sieben hierher, bis dahin darfst du gern bleiben. Vor morgen Mittag würde ich dich allerdings ungern wieder hier sehen. Wäre das okay für dich?«

Rocco zog einen Megaflunsch und ließ die Schultern hängen. »Der Mohr hat also seine Schuldigkeit getan und muss heute Nacht auf der Parkbank pennen. Und so was nennt sich bester Freund . . .!«

»Schon mal über eine Karriere als Schauspieler nachgedacht?«, gab ich ungerührt zurück. Ich machte mir keine Sorgen um Rocco. Der hatte, seit er hier war, an jedem Finger drei Mädels. Eine von ihnen würde ihn schon bei sich schlafen lassen.

»Und wo wir gerade beim Thema sind: Hast du eigentlich ein Rückflug-Ticket gebucht oder möchtest du auf Dauer hier einziehen?«

»Willst du mich loswerden, Alter? Wir beide haben es doch nett miteinander.«

Ich lachte. »Von mir aus kannst du so lange bleiben, wie du willst. Ich find's super, dass du da bist. Allerdings ist mein Aufenthalt in Hamburg auf drei Monate begrenzt, wie du weißt. Und ich glaube kaum, dass meine Mutter danach an dich untervermieten will.«

»Ich könnte hierbleiben, um auf das Loft aufzupassen und die Pflanzen zu gießen«, gab Rocco grinsend zurück und biss dann in das ofenfrische Croissant, das ich gerade vom Bäcker geholt hatte.

»Danke, aber das erledigt schon die Nachbarin. Meine Mom bezahlt sie fürstlich für ihre Dienste. Ich schätze mal, dass sie sich diesen Job nur ungern von dir wegnehmen lässt.«

»Okay, okay, dann haue ich eben ab, wenn du hier die Biege machst. Wird ja auch mal Zeit, dass ich mich um einen Studienplatz kümmere. Und um die Münchner Damenwelt.«

»Hat dein Vater gedroht, dir sonst den Unterhalt zu streichen, oder woher kommt dieses plötzliche Engagement?«, frotzelte ich. Seit dem Abi war Rocco dabei, *sich selbst zu finden,* und hatte es irgendwie geschafft, seine (entsprechend wohlhabenden) Eltern dafür zahlen zu lassen. Die beiden waren seit drei Jahren in einen blutigen Scheidungskrieg verwickelt und so war Rocco aus allem fein raus und konnte tun und lassen, was er wollte.

»Vielleicht, vielleicht auch nicht«, antwortete er mit einem vielsagenden Lächeln, womit das Thema für mich auch erledigt war. »Aber du kannst dich auf mich verlassen. Ich bin spätestens um sechs weg und komme vor morgen Nachmittag nicht wieder!«

Als ich nach dem Frühstück einkaufen ging, fand ich es plötzlich total langweilig und unspektakulär, mit Rosalie nur einen Film zu schauen. Und noch dazu so einen. Doch dummerweise fiel mir keine bessere Alternative ein.

Gedankenverloren spazierte ich auf dem Weg zum Supermarkt durch die HafenCity und beobachtete die Boote, die friedlich auf der Elbe schaukelten.

Eines davon fesselte meine Aufmerksamkeit besonders: Auf dem Bug befanden sich zwei schöne Korbstühle und ein Teakholztisch, an den Seiten waren Halterungen für Fackeln befestigt und es standen sogar Keramiktöpfe darauf, die üppig bepflanzt waren.

Ich ging ein paarmal auf und ab, bis ein älterer Herr mich begrüßte, der gerade dabei war, Planken zu streichen.

»Die *Pippilotta* gefällt Ihnen anscheinend«, sagte er grinsend.

Pippilotta, Pippilotta. Woher kannte ich diesen Namen?

»Schönes Schiff und super gepflegt«, antwortete ich. Mit Booten kannte ich mich aus. Schließlich waren meine Eltern jahrelang gesegelt, mich meist im Schlepptau.

»Am besten gefällt mir allerdings, wie Sie den Bug ausgestattet haben. Sehr geschmackvoll!«

»Normalerweise interessieren sich eher Frauen für so was und finden, dass das hier der ideale Ort für ein romantisches Rendezvous ist«, lachte der Herr. »Übrigens auch zu Recht: Ich habe hier schon so manches Liebespaar zusammengebracht.«

»Wie das denn?«, fragte ich verwirrt.

»Indem ich den Kahn vermiete. Hier haben sogar schon Trauungen stattgefunden!«

Ich wollte Rosalie zwar ganz bestimmt nicht heiraten, aber mir gefiel die Vorstellung, hier mit ihr zu sitzen und mich von der spendablen Seite zu zeigen. Wie ich seit der Hafenrundfahrt wusste, liebte Rosalie das Wasser und vor allem die Elbe. »Heute Abend ist das Boot vermutlich nicht mehr frei, oder?«, fragte ich auf gut Glück.

»Sie werden es nicht glauben, aber das ist es. Ich habe nämlich vor einer Stunde eine Absage aus Krankheitsgründen bekommen. Wenn Sie wollen, können Sie ab acht Uhr an Bord.«

»Wow, das ist ja eine tolle Idee«, rief Rosalie begeistert, als ich sie am Abend auf die *Pippilotta* lotste.

Ich hatte ihr zuvor gesimst, dass es eine kleine Planänderung bezüglich Uhrzeit und Programm gab. Wir hatten uns an der Marco-Polo-Terrasse getroffen, saßen nun auf dem Boot und schauten auf die Elbe. Ich betete, dass ich auf diese Weise um die blöde *Ratatouille*-DVD-Nummer herumkam.

»Ich finde es total lustig, dass ausgerechnet in dieser coolen Gegend, wo ausschließlich Leute wohnen, die einen echten Plan vom Leben haben, ein Boot *Pippilotta* heißt.«

Ich versuchte so zu tun, als wüsste ich, wovon Rosalie sprach, und gab ein zustimmendes »Hm« von mir, während ich Rosé-Champagner entkorkte, der zuvor in einem stilvollen silbernen Eiskühler gelegen hatte. Die Münchner Girls standen total auf so was, mal sehen, wie die Hamburg-Fraktion darauf reagierte.

Rosalie kam in Fahrt. »Ich meine, Pippi Langstrumpf ist doch der Inbegriff des Chaos, der kindlichen Anarchie ... super! Und guck mal da. Dieser Schiffsname ist auch der Hammer: *Fair Play!* Wo doch ein Großteil der Bewohner hier sein Geld bestimmt mit allem anderen verdient, nur nicht mit Fairness.«

Was sollte das denn jetzt auf einmal heißen? War Rosalie insgeheim eine Reichen-Hasserin?

»Wie meinst du das?«, wollte ich wissen und ließ den Champagner erst mal Champagner sein.

»Ich meine damit, dass hier überwiegend Banker, Unternehmensberaterfritzen und Werber wohnen, die sicher auch mal über Leichen gehen, um ihren Besitz zu vermehren. Mein Dad sagt immer: *Du kannst nicht wirklich reich werden, ohne Dreck am Stecken zu haben.*«

»Du weißt aber schon, dass meine Eltern nicht gerade am Hungertuch nagen, oder?«

Rosalie schlug sich mit der Hand auf den Mund: »Bitte entschuldige! So habe ich das überhaupt nicht gemeint. Ich würde keine Ausbildung bei euch machen, wenn ich den Eindruck hätte, dass deine Eltern seelenlose Profitgeier wären.«

»Na gut, dann können wir ja jetzt auch über etwas anderes sprechen«, gab ich mich zufrieden. Ich hatte keine Lust, mir den schönen Samstagabend von solchen Themen verderben zu lassen. »Hast du Lust auf ein Glas Schampus, bevor wir essen, oder ist dir das auch zu schickimickimäßig?«

Rosalie lächelte vielsagend, stand dann auf und saß plötzlich auf meinem Schoß. Offenbar hatte sie vor, heute dort weiterzumachen, wo wir neulich nach dem Tanzen aufgehört hatten. Mir sollte es recht sein. Ich mochte Frauen, die wussten, was sie wollten!

»Wenn du so weitermachst, kann ich bald für nichts mehr garantieren«, flüsterte ich Rosalie ins Ohr, weil wir nach dem ersten ein wenig zaghaften Kuss immer heftiger knutschten.

Bestimmt ging das Boot gleich in Schräglage.

Rosalie grinste und strich sich eine Haarsträhne hinters Ohr: »Okay, dann legen wir jetzt besser mal eine Pause ein, denn ich muss gestehen, dass ich entsetzlichen Hunger habe!«

Das war das Stichwort, um all die Leckereien auszupacken, die ich im Kühlschrank der Kombüse verstaut hatte und von denen ich hoffte, dass Rosalie sie mögen würde.

»Du hast dir ja echt Mühe gegeben«, lobte Rosalie mich dann auch wenig später, als sie gerade an einem Spieß mit marinierten, gebratenen Scampis knabberte.

Dann hatte der ganze Aufriss sich also gelohnt, dachte ich zufrieden. Rosalie sah glücklich aus – und ich war es auch.

»Ach ja, was ich dich noch fragen wollte: Weißt du zufällig, wer vor mir in meiner Wohnung gewohnt hat oder wie lange sie schon deinen Eltern gehört?«, wechselte Rosalie das Thema.

Ich dachte kurz nach. Bei den vielen Immobilien, die meine Eltern besaßen, war es schwer, den Überblick zu behalten. »Kann sein, dass ich falsch liege, aber ich glaube, dass das Haus schon seit mindestens drei Generationen in ihrem Besitz ist. Beziehungsweise in der meines Vaters. Der stammt nämlich aus Hamburg, wohingegen Ma aus Bayern kommt. Warum fragst du?«

Rosalie rutschte unruhig auf ihrem Sessel hin und her.

»Nun sag schon, ich bin verschwiegen, wie ein Grab – egal, was es auch ist!«

»Ich frage weil . . . weil . . . in meinem Schlafzimmer . . . also, um es kurz zu machen: Bei mir wohnen zurzeit nicht nur Mäuse, sondern auch eine Frau, die ich eindeutig der Spezies Gespenster zuordnen würde.«

»Gespenster?«, wiederholte ich ungläubig. Hoffentlich war Rosalie nicht so eine verkappte Eso-Tante, denn auf so was stand ich überhaupt nicht.

»Ja, so mit allem, was dazugehört. Und deshalb wüsste ich gern mehr über die Geschichte meiner Wohnung. Vielleicht gibt es ja eine Erklärung, die mir weiterhilft.«

Ich dachte kurz an die Mythen und Gerüchte, die sich um das Turmzimmer des Schlosshotels rankten, schob diesen ganzen Mist dann aber schnell wieder beiseite. Das waren eh nur die Legenden einiger gelangweilter Angestellter!

»Ich werde mal meine Eltern fragen, wenn du willst«, lenkte ich dann aber trotzdem ein, ehe mir eine viel bessere Idee kam. »Und ich kann mir das gerne demnächst selbst mal anschauen.«

»Danke, aber die White Lady ist sehr scheu und kommt nur, wenn ich alleine bin«, antwortete Rosalie. »Als Melina bei mir geschlafen hat, hat sie sich auch nicht blicken lassen.«

»Für jemanden, der daheim einen Geist sitzen hat, klingst du aber ziemlich abgeklärt. Hast du denn gar keine Angst?«

»Na ja, was heißt keine Angst ... Besonders toll finde ich das natürlich nicht. Aber ich habe tief im Inneren nicht das Gefühl, dass sie ein Geist ist, der mir etwas Böses will. Im Übrigen hätte sie das auch schon längst getan, wenn es so wäre.«

Ich trank hastig meinen Champagner leer und goss mir nach, während Rosalie immer noch an ihrem nippte. Erst Mäuse, dann Gespenster. Was würde als Nächstes kommen? Wenn Rosalie nicht so verdammt süß wäre, hätte ich wohl spätestens jetzt die Flucht ergriffen. »Also gut, ich verspreche dir, dass ich meinen Vater gleich morgen frage, ob er von ähnlichen Vorkommnissen in diesem Haus gehört hat oder ob mal irgendetwas Außergewöhnliches dort passiert ist.«

»Das ist lieb von dir. Reichen Küsse als Dankeschön?«, fragte Rosalie und beugte sich über den Tisch.

Als es dunkel wurde, zündete ich die Fackeln an und wir kuschelten uns in die weichen Fleecedecken, die ebenfalls zur Bordaustattung gehörten. Und gerade als ich überlegte, wie ich es schaffen konnte, sie in meine Wohnung zu lotsen, stand Rosalie auf, nahm meine Hand und zog mich vom Sessel hoch. »Ich weiß ja nicht, wie es dir geht«, flüsterte sie in mein Ohr. »Aber ich für meinen Teil würde jetzt gerne sehen, wie du so wohnst . . .«

Elektrisiert von ihren Worten, packten wir in Windeseile unsere Sachen und verließen das Boot.

Keine zehn Minuten später standen wir vor meiner Haustür.

Rosalie betrachtete die Hausfassade und studierte das blank polierte Türschild.

»Willkommen in der Harbour-Hall«, sagte ich, als wir den Flur betraten.

»Nicht schlecht!«, staunte Rosalie und machte große Augen, als sie eintrat. »Superschön eingerichtet. Und wie gut es hier duftet. Hast du irgendwo Lilien stehen?«

Ich war kurz irritiert. Wenn Rocco nicht in einem Anfall von Wahn zum Floristen gestürmt war, dann nicht. Warum auch? Blumen hätten bei uns beiden keine drei Tage überlebt.

»Magst du mir zeigen, wo du schläfst?«, fragte Rosalie mit einem Glitzern in den Augen, das ein heftiges Kribbeln in meinem Bauch auslöste.

Ich antwortete »Gern!« und zog sie sanft hinter mir her.

Als ich die Tür zu meinem Schlafzimmer öffnete, traf mich beinahe der Schlag: Das Zimmer war über und über mit Kerzen illuminiert und es duftete aufdringlich nach Lilien. Im Bett räkelte sich ein Mädchen mit halterlosen Strümpfen und schwarzer Spitzenunterwäsche. Sie sagte: »Da bist du ja endlich, ich hab dich vermisst.«

Das Nächste, was ich hörte, war der Knall der Haustür.

Als ich versuchte, Rosalie hinterherzusprinten, war sie

auch schon weg. Also stürmte ich zurück ins Schlafzimmer und ging auf Valerie los: »Sag mal, hast du sie noch alle? Ich habe dir doch gesagt, dass es zwischen uns aus ist. Und wie kommst du überhaupt hier rein?«

Wenn Rocco für die Aktion verantwortlich war, würde ich ihm die Freundschaft kündigen. Das durfte echt nicht wahr sein!

Valerie lächelte verlegen und zog die Decke über sich. »Deine Nachbarin war so nett . . .«

In mir brodelte es. Solche Geschichten kannte ich bislang nur aus ganz, ganz miesen Filmen und billigen Vorabendserien.

»Ich glaube, du hast zu viele Daily Soaps geguckt. Zieh dich an, und mach, dass du von hier verschwindest. Und zwar sofort!« Dann wählte ich hektisch Rosalies Nummer.

Ich musste ihr erklären, was passiert war.

Doch ich bekam nichts anderes als die Mailbox zu hören.

Die ganze lange Nacht . . .

15. Rosalie – Sonntag, 16. August 2011

Gerlinde Schlange gab mir den Computerausdruck und meine Laune wurde noch mieser, als sie es ohnehin schon war: Heute musste ich zum ersten Mal alleine putzen. Und als sei das noch nicht fies genug, hatte Frau Freitag mir ausschließlich Suiten und Doppelzimmer gegeben. Kein *Einzel* und erst recht keine *Bleibe*.

Und das an einem SONNTAG!!!!!!!!!!!!!!!!

Während ich das zehnte Laken vom Bett riss, stellte ich mir vor, dass es die Haare von dieser Tussi waren, die sich gestern Nacht in Renés Bett gerekelt hatte, als sei sie geradewegs einem Porno entsprungen.

Schwarze, halterlose Strümpfe in diesem Alter? Hallo? Wie billig war das denn bitte? Wenn René auf so was stand, war er bei mir komplett an der falschen Adresse.

Ach so, ja, war er ja sowieso.

Ich würde nie, nie wieder auch nur eine Silbe mit ihm reden.

Was bildete der sich eigentlich ein? Dachte er wirklich, diese oberkitschige Boots- und Champagner-Nummer würde bei mir ziehen? Für wie blöd hielt der mich?

Im Grunde konnte ich froh sein, dass diese Schlampe aufgetaucht war. Verliebtes Schaf, das ich am Samstag noch gewesen war, hätte ich mich womöglich zu sonst was hinreißen lassen.

»Wozu hättest du dich hinreißen lassen?«, wollte Leilani wissen, die plötzlich wie aus dem Nichts vor mir stand und mich prüfend ansah. Schamesröte stieg mir ins Gesicht, mir war megaheiß. Was dieser widerliche Plastikkittel auch nicht gerade besser machte. Wieso war ich nur auf die blöde Idee verfallen, ausgerechnet Hotelkauffrau werden zu wollen?

Und seit wann führte ich Selbstgespräche?

»Äh, nichts, ich ... ich ... habe heute nur ein bisschen schlechte Laune ... und du? Wie geht's dir?«

Erst jetzt sah ich, dass Leilani strahlte.

»Ich war gestern mit einem der Filmleute aus, die ich bei dem Empfang am Donnerstag kennengelernt habe«, sagte sie und ließ sich auf das Bett plumpsen.

»Könntest du dich bitte woanders hinsetzen, ich bin hier noch nicht fertig«, sagte ich schärfer als beabsichtigt.

Leilani sprang sofort auf. »Tut mir leid, ich bin heute Morgen ein bisschen durcheinander. Aber ich habe gerade erfahren, dass es die Möglichkeit gibt, auch ohne einen guten Schulabschluss an einem Drehbuchseminar teilzunehmen, ist das nicht toll?«

»Aha, und wie das?«, fragte ich zurück, während ich die Nachttische mit Möbelpolitur bearbeitete und mir dabei vorstellte, wie ich das stinkende Zeug René ins Gesicht klatschte und danach genussvoll in jede einzelne Pore rieb.

»Indem ich an einem Wettbewerb teilnehme. Ich brauche dazu nur eine tolle Idee für eine Film-Story und hundert Probeseiten, inklusive Dialoge. Sollte ich gewinnen, bekomme ich ein Stipendium für das Seminar.«

Ich würde René diese Tinktur so lange in Gesicht, Mund und Nase rubbeln, bis ihm seine Arroganz und seine widerliche Überheblichkeit aus den Ohren kamen ... Wofür hielt der sich eigentlich? Für den Sexiest Man Alive?

Und dann diese jauligen Ansagen auf meiner Mailbox!

Von wegen es sei nicht gewesen, wonach es ausgesehen hätte, die Tussi sei total durchgeknallt und er komplett unschuldig. Blablablabla.

»Hörst du mir überhaupt zu, Rosalie?«

»Äh, ja, das ist doch super!«, stammelte ich und hoffte, dass das die richtige Antwort gewesen war.

»Frau Luna, Sie wissen ganz genau, dass Frau Dorn heute alleine arbeiten soll, was also machen Sie bitte schön hier? Haben Sie nichts zu tun?«

Die Schlange – auch das noch!

Leilani verließ mit einem gemurmelten »Entschuldigung, kommt nicht wieder vor!« das Zimmer.

Gerlinde Freitag schnüffelte in allen Ecken herum, dabei war ich doch noch gar nicht fertig. »Das muss besser werden, Frau Dorn. Sie sind immer noch nicht gründlich genug. In jedem Zimmer, das Sie heute Morgen geputzt haben, war irgendetwas nicht in Ordnung . . .«

Ich schaltete so gut es ging auf Durchzug, während die Schlange sich in Rage redete.

»Und das Wichtigste ist, niemals, aber wirklich NIEMALS einen Gang zu machen, ohne dabei etwas mitzunehmen. Sie verlieren sonst nur unnötig Zeit und müssen deshalb zwangsläufig schludern. Schauen Sie mal hier . . .«

Ich nickte ergeben und tat, als könne ich mir nichts Großartigeres vorstellen, als an einem strahlend schönen Sonntagvormittag in einem Hotel unters Waschbecken zu kriechen, um nachzusehen, ob sich dort eventuell ein kleiner harmloser Wasserfleck entschlossen haben könnte, zu einem bösen, bösen Kalkflecken zu mutieren.

Als ich Besserung gelobt und Frau Freitag sich endlich vom Acker gemacht hatte, setzte ich mich auf den Rand der Badewanne und begann zu heulen.

Warum nur tat ich mir das alles an?

Warum war ich nicht wie Melli an unserem Gymnasium geblieben und hatte zusammen mit ihr das Abi gemacht? Ich hätte drei halbwegs relaxte Jahre verbringen können, mal abgesehen vom Lern- und Prüfungsstress. Dann hätte ich auch niemals René Prinz kennengelernt und säße jetzt nicht wie das personifizierte Wasserwerk hier herum. Ich wäre heute mit Melli und den anderen an die Ostsee gefahren oder zumindest ins Schwimmbad. Wir hätten abends grillen können und ich . . .

Als erste schwarze Tropfen auf meinen Kittel fielen, wusste ich, dass es an der Zeit war, mich zusammenzureißen und die Mascara-Flecken zu entfernen.

Mal sehen . . . womit konnte ich mich von meiner augenblicklichen Misere ablenken? Was wäre so stark, dass es mich daran hinderte, ständig das Bild von René und dieser Porno-Bitch vor Augen zu haben?

Auf Putzen hatte ich momentan überhaupt keine Lust, außerdem hatte ich sowieso in zehn Minuten Pause. Und dann kam mir die rettende Idee: Ich würde zum Turmzimmer gehen und schauen, ob es da oben wirklich so gruselig war, wie alle behaupteten.

Mit klopfendem Herzen, aber dem eindeutigen Gefühl, das Richtige zu tun, schlich ich durch den Notausgang ins Treppenhaus, das so gut wie nie benutzt wurde, weil alle den Fahrstuhl nahmen.

Ich war ein bisschen außer Puste, als ich endlich oben

angekommen war – und erstaunt, weil es hier plötzlich vollkommen anders aussah als im Rest des Hotels:

Anstatt der hellen Dielenbretter lag hier dunkelroter Teppichboden und auf ihm Brücken mit grüngoldenen Ornamenten. Wenn man genau hinsah, konnte man rechts oben eine kleine Krone erkennen.

Die Wände waren mit Stofftapeten aus Rohseide bezogen und mit Ölbildern behangen, die mit Sicherheit bedeutende Persönlichkeiten vergangener Zeiten darstellten. Die Firnis war zum Teil aufgesprungen oder abgeblättert, die Gesichter der Porträtierten fahl und blass. Ging man an ihnen vorbei, schien es so, als würden ihre Augen einem folgen . . .

Ich versuchte, das leichte Gruseln zu unterdrücken, das sich leise an mich heranschlich, und las einige der Bildunterschriften, die auf ovalen Messingtafeln eingraviert waren. Es handelte sich hier offenbar um die Vorfahren von Renés Vater, überwiegend Kaufleute, Reeder und Bankiers. Frauen tauchten nur in Zusammenhang mit den damals üblichen Familienporträts auf und waren unter den üppigen Hüten fast nicht zu erkennen. Es roch nach Staub und Moder – und nach einer längst vergangenen Zeit . . .

Mit klopfendem Herzen näherte ich mich dem Turmzimmer, das ich ganz hinten im Flur vermutete. Als ich schließlich vor der schweren Eichenholztür mit dem Messinggriff stand, fühlte ich jedoch wider Erwarten nichts. GAR NICHTS.

Anstatt mich zu Tode zu fürchten, überkam mich auf einmal eine unerklärliche Ruhe. Meine Gänsehaut verschwand, mein Pulsschlag beruhigte sich und ich betrachtete fasziniert den verschlossenen Eingang in eine mir unbekannte Welt. Im Flur war es mucksmäuschenstill, ich hörte lediglich meinen eigenen Herzschlag. Das einzige Geräusch, das ich nicht selbst verursachte, war eine Art Säuseln, als würde sanfter Sommerwind durch die Äste einer Weide wehen.

Es drang aus dem Raum hinter der Tür, und je stärker ich mich darauf konzentrierte, desto mehr klang es wie eine flüsternde Frauenstimme. Ich spitzte meine Ohren und lehnte mich an die Tür. War es möglich, dass da jemand meinen Namen rief?

»Rosalie . . . Rosalie . . . komm zu mir. Ich habe so lange auf dich gewartet . . .«

Ich presste mich dichter gegen das schwere Holz. Doch auch diesmal vernahm ich ein leises, lockendes *»Rosalie . . . Rosalie . . . komm zu mir. Ich habe so lange auf dich gewartet . . .«*.

Irritiert wandte ich mich ab. Konnte es sein, dass jemand aus dem Hotel mein Fehlen entdeckt hatte und nun lautstark nach mir rief?

Ich ging probehalber Richtung Treppe, doch hier war alles still.

Also machte ich wieder kehrt, legte ein drittes Mal meinen Kopf an die Tür und hörte wieder dieselbe Stimme denselben Satz sagen. Gerade als ich die Hand auf die Türklinke legen wollte, ging mein Pieper.

Es war Leilani, die zusammen mit mir Mittagspause machen wollte und mich suchte.

Ohne mich weiter umzudrehen, rannte ich den Flur entlang.

Kurz vor dem Treppenabsatz sah ich aus dem Augenwinkel auf einem der Bilder eine Frau, die mir irgendwie bekannt vorkam.

Doch ich hatte keine Zeit, mich länger mit diesem Spuk zu beschäftigen, denn ich hatte auf einmal unbändige Sehnsucht nach Sonne, Licht und Wärme.

Und nach der Realität! Mein Kopf schien nach dem gestrigen Abend gehörig durcheinander zu sein!

»Hey, da bist du ja«, strahlte Leilani, als ich in den Pausenraum stürmte. »Was hältst du davon, an die Elbe zu gehen? Wir könnten ein bisschen Sonne tanken und uns ein Eis holen.«

Ich nickte und folgte ihr auf die Terrasse, wo einige der Gäste immer noch relaxt frühstückten.

Wir rannten an ihnen vorbei die schmale Treppe hinunter an den Elbstrand, und ich hatte große Mühe, mich auf Leilanis Erzählungen zu konzentrieren, anstatt pausenlos an mein mysteriöses Erlebnis in der Turmetage zu denken.

Als wir unten angekommen waren, sah ich das Wasser friedlich in der Sommersonne glitzern. Und plötzlich überkam mich diese altbekannte Sehnsucht, zu reisen und fremde, aufregende Orte und Menschen kennenzulernen. Mein Blick schweifte gedankenverloren die Elbe entlang, als plötzlich jemand in mein Gesichtsfeld trat und mich jäh aus meinen träumerischen Gedanken riss.

Es war der Letzte, den ich gerade sehen wollte – es war René.

16. René – Sonntag, 16. August 2011

Was 'n hier los?«, fragte Rocco, als er auf die Terrasse trat, auf der ich zusammen mit Val saß und versuchte, halbwegs entspannt zu frühstücken.

»Valerie hatte sich zu einem Spontanbesuch entschlossen und ist noch hier, weil ihr Flug erst heute Abend um neun geht«, erklärte ich und fügte im Geiste ein *leider* hinzu.

Natürlich hatte ich es gestern Nacht trotz meiner Wut nicht fertiggebracht, meine schluchzende Ex zu allem Überfluss auch noch hinauszuwerfen.

Also hatte ich in Roccos Bett geschlafen und sie in meinem.

»Wenn das so ist, will ich euch mal nicht stören«, erwiderte Rocco.

»Nein, nein, bleib ruhig! Du störst ÜBERHAUPT nicht!«, sagte ich und hoffte, dass er die Botschaft verstand. Sie lautete: Ich brauche Hilfe, und zwar jede, die ich kriegen kann.

»Na gut, dann will ich euch zwei Hübschen mal Gesellschaft leisten. Hab sowieso mordsmäßigen Kohldampf. Kann ich auch Rührei mit Krabben haben?«

Alles, was du willst Alter, Hauptsache ich hocke hier nicht alleine mit Val!, schoss es mir durch den Kopf.

»Ich geh mal in den Laden um die Ecke, die haben bestimmt alles Nötige«, rief ich und stürmte Richtung Tür.

Vielleicht schaffte ich es ja jetzt endlich, Rosalie an die Strippe zu bekommen.

Doch es klappte wieder nicht. Keine Ahnung, ob sie auch nur eine einzige der Nachrichten abgehört hatte, die ich ihr im Laufe der letzten Nacht hinterlassen hatte.

Diese würde allerdings definitiv meine letzte sein!

Wenn Rosalie mir nicht glauben wollte, konnte ich es auch nicht ändern! Ich für meinen Teil hatte nämlich null Lust, mir wegen dieser blöden Sache einen abzubrechen.

Auch diesmal sprang wieder nur die Mailbox an und ich war kurz davor, mein Handy in die Elbe zu werfen.

Was für ein beschissener Tag!

Während ich Eier, Krabben und frische Brötchen kaufte, überlegte ich fieberhaft, was ich bloß mit Valerie anfangen sollte, bis ihr Flieger endlich ging. Doch dann hatte ich eine Idee: Ich konnte doch behaupten, ich müsse noch mal dringend weg ...

Als ich wieder zurück in der Wohnung war, tat ich also so, als hätte ich mein Handy läuten hören, ging in den Flur und kam kurz darauf mit meinem Telefon wieder: »Sorry, Leute, aber ich habe eben eine SOS-Meldung aus dem Schlosshotel bekommen. Da ist jemand krank geworden und ich muss einspringen. Kommt ihr beiden auch alleine klar?«

Val sah aus, als hätte ich ihr einen Eimer Wasser ins Gesicht gekippt, und Rocco grinste. »Solange ich mein Rührei kriege, halte ich gern für dich die Stellung. Bist du rechtzeitig wieder da, um die Süße hier zum Flughafen zu bringen, oder soll ich das übernehmen?«

Ich war schon versucht zu fragen, wozu der liebe Gott eigentlich das Taxi erfunden hatte, hielt mich dann aber zurück. »Das wäre echt lieb von dir, danke. Ich hab zwar keine Lust zu dieser Spontanaktion, gerade an einem Sonntag, aber du weißt ja, wie so was ist . . .«

»Der Sohn des Chefs zu sein, ist kein Kindergeburtstag. Man muss rund um die Uhr zur Verfügung stehen und brav tun, was Mommy und Daddy von einem verlangen . . .«, vollendete Rocco den Satz.

In Valeries Augen glitzerten Tränen. Oh nein, nicht schon wieder!

»Ja, dann, Val, mach's mal gut. Und komm gut nach Hause! Ach ja, Rocco: Die Eier und die Krabben habe ich in den Kühlschrank gestellt. Der Wagen steht in der Garage und hier sind die Schlüssel. Tschüss, ihr beiden.«

Ich drückte Valerie einen flüchtigen Kuss auf die Wange, schnappte mir meine Jacke und ging zur Tür.

Als ich vor dem Haus stand, überlegte ich, was ich jetzt machen sollte. Vor acht Uhr heute Abend konnte ich keinesfalls mehr in der Harbour-Hall auftauchen.

Was für ein beschissenes Wochenende!

Eine Stunde später fand ich mich wie durch Zauberhand geleitet an der Elbe wieder. Genauer gesagt an dem Abschnitt, der dem Hotel vorgelagert war. Die Terrasse war in den Sommermonaten zu einer Art Beach-Club umgewandelt, mit weißem Zelt, Himmelbetten, Lounge-Sesseln und allem Pipapo, den man sonst noch zum niveauvollen Chillen brauchte.

Sehr, sehr stylish und verlockend.

Warum sich also nicht in einen Liegestuhl knallen und die Sonne auf den Bauch scheinen lassen?

»Hallo, Herr Prinz, heute privat hier?«, fragte Cordula

Groth, die offenbar Dienst hatte und gerade auf der Terrasse nach dem Rechten sah.

»Genau!«, antwortete ich knapp und bereute beinahe, dass ich nicht Richtung Fischmarkt gefahren war, wo die *wirklichen* Beach-Clubs lagen. Ich hatte nämlich überhaupt keinen Bock auf Hotelgelaber. Zum Glück verzog die Groth sich wieder und ich hatte endlich, endlich meine Ruhe.

Als ich genüsslich eine Cranberry-Schorle trank und dabei zusah, wie ein gigantisches Containerschiff am Horizont vorbeifuhr und ziemlichen Wellengang erzeugte, wusste ich plötzlich, was mich hierhergezogen hatte: Mein Blick fiel nämlich auf Rosalie und Leilani, die auf den Steinen schräg vor mir saßen, ihre Füße im Elbwasser baumeln ließen, ein Eis aßen und sich lebhaft unterhielten.

Rosalie sah blendend aus – offensichtlich hatte sie unser kleines Intermezzo von gestern bestens weggesteckt. Aus irgendeinem Grunde machte mich das plötzlich sauer.

War es den Angestellten überhaupt erlaubt, in direkter Nähe des Hotels Pause zu machen? Kurz entschlossen sprang ich auf und ging zu den beiden ans Wasser hinunter.

»Tag, die Damen!«, grüßte ich so lässig wie möglich und freute mich ein bisschen, als Rosalie zusammenzuckte.

»Ich weiß ja nicht, wie das hier im Allgemeinen so gehandhabt wird . . . aber ich finde es nicht besonders passend, dass Sie beide ausgerechnet hier Pause machen, wo jeder Hotelgast Sie sehen kann.«

Äh, hatte ich das eben wirklich gesagt?

Leilani wurde rot und Rosalie stand langsam auf. »Bitte entschuldigen Sie, Herr Prinz, aber ich wusste nicht, dass die Elbe ebenfalls zu den Besitztümern Ihrer Familie gehört. Verzeihen Sie bitte unser ungehöriges Benehmen, es wird nie wieder vorkommen. Wir gehen selbstverständlich zurück ins Hotel, wo wir Leibeig. . . äh, Angestellten hingehören.«

Ihre Augen funkelten und blitzten, während Leilani aussah, als würde sie sich vor Scham am liebsten unsichtbar machen.

»Aber so habe ich das doch gar nicht gemeint«, versuchte ich, meinen Auftritt zu entschuldigen. Wieso siezte Rosalie mich denn auf einmal?

»Dann sagen Sie nichts, was Sie nicht auch so meinen – und tun vor allem auch nichts, was Sie nicht so meinen!«, zischte Rosalie und stapfte davon, Leilani im Schlepptau.

Ich sah den beiden hinterher.

Das Ding hatte ich eindeutig voll verrissen!

Ich sagte es ja bereits: *Was für ein beschissenes Wochenende!*

17. Rosalie – Mittwoch, 19. August 2011

Ich war gerade dabei, den *Floorstar* zu beladen, als mein Pieper ging – Gerlinde Freitag zitierte mich ins Hausdamen-Büro.

Mit dem unguten Gefühl, mal wieder irgendetwas falsch gemacht zu haben, ging ich los und betete, dass ich auf dem Weg dorthin nicht René in die Arme lief.

Frau Freitag saß mit gerunzelter Stirn an ihrem Schreibtisch und sah nur kurz auf, als ich den Raum betrat: »Daniel Dorsch hat sich beim Fußballspielen die rechte Hand gebrochen und fällt bis auf Weiteres aus. Aus diesem Grunde habe ich nach Rücksprache mit Frau Groth Ihren Ausbildungsplan umgestellt. Das bedeutet, dass Sie ab sofort in der Küche eingeteilt sind und die fehlende Zeit im Housekeeping später nachholen. Bitte beeilen Sie sich, Herr Obermeister wartet schon!«

Wie vom Donner gerührt verabschiedete ich mich, zog meinen Kittel aus und hängte ihn zurück in den Spind.

Abteilung Küche . . . auch das noch!

»Na, das wurde aber auch Zeit«, blaffte Obermeister mich anstelle einer Begrüßung an und überreichte mir eine Kochmütze sowie den obligatorischen weißen Kochanzug. Bevor ich zur Besinnung kam, fand ich mich auch schon bei einem Rundgang durch die Kühl- und Lagerräume wieder und wurde dann ans Frühstückbüfett gescheucht, um nachzusehen, ob etwas nachgefüllt werden musste.

»Weißt du, wie man Eier kocht?«, blaffte Obermeister,

kaum, dass ich wieder da war. Offenbar war er in einer Zeit hängen geblieben, als man Lehrlinge noch duzte und wie Sklaven behandelte.

»Ich denke schon«, antwortete ich.

»Denkst du oder kannst du's?«, kam es zurück, und ehe ich michs versah, hatte er mich auch schon vor den Herd geschoben, wo eine Pfanne schräg auf der Platte stand und auf den Küchenboden zu kippen drohte.

Reflexartig packte ich den Griff, um ihn sofort wieder fluchend loszulassen – das Ding war glühend heiß!

»Sind wir etwa ein bisschen empfindlich?«, blökte Obermeister, der seine Augen zu fiesen, kleinen Schlitzen verengte.

Da ich mir keine Blöße geben wollte, versteckte ich die schmerzende Hand hinter dem Rücken und atmete so tief ich konnte.

Hatte der Typ das etwa mit Absicht gemacht?

»Keineswegs«, antwortete ich und holte die Spiegeleier aus der Pfanne, bevor sie anbrannten. Obermeister stand neben mir und beobachtete mit Argusaugen jede meiner Bewegungen.

»Die sind für Tisch siebzehn«, erklärte Florian, der das Geschehen bislang kommentarlos verfolgt hatte. »Stell sie einfach für Harriet in die Durchreiche, sie bringt den Teller dann zum Gast. Danach zeige ich dir, wie man die Frühstückssäfte presst und den Obstquark und das Bircher Müsli zubereitet.«

»Na dann ist ja alles klar!«, brummte Obermeister und verschwand ohne weiteren Kommentar irgendwo in den Katakomben des Küchenlabyrinths.

»Tut es sehr weh?«, fragte Flo besorgt, als sein Chef weg war, und holte eine Wundsalbe aus der Tasche seiner Kochschürze. Ich nickte und streckte ihm meine Hand entgegen, auf der sich mittlerweile mehrere Brandblasen gebildet hatten.

Gut, dass Mom das nicht sah!

»Ist der immer so?«, fragte ich und versuchte, gegen das Unbehagen anzukämpfen, das sich in mir breitmachte.

Die letzten Tage waren alles andere als erfreulich gewesen und gegen Obermeister war Gerlinde Schlange eine harmlose Blindschleiche.

Was hatte ich eigentlich angestellt, dass sich gerade alles gegen mich verschwor?

Flo zuckte mit den Schultern und streichelte meine Hand.

Schon klar, er durfte seinem Boss nicht in den Rücken fallen, indem er negativ über ihn sprach.

»Wenn ich dir einen Tipp geben darf, damit du die Zeit hier gut überstehst, dann den: Lass dir niemals anmerken, dass es dich trifft, wenn der Chef mal seine Laune an dir auslässt. Je cooler du bist, desto eher lässt er dich in Ruhe.«

Na, das konnte ja heiter werden . . .

Als ich am späten Nachmittag an den Landungsbrücken ausstieg, hatte ich immer noch miese Laune.

Warum musste Melli ausgerechnet jetzt eine Klassenreise nach Rom machen? Sie war schon seit letztem Freitag weg, deshalb wusste sie noch gar nichts von dem missglückten Date mit René. Mit meinen anderen Freundinnen war mein Kontakt seit Ausbildungsbeginn nicht intensiv genug, um ihnen davon zu erzählen – ich musste mich wirklich dringend mal wieder bei ihnen melden.

Während ich die Ditmar-Koel-Straße entlangging und sah, wie die Touristen vor den zahlreichen Restaurants in der Sonne saßen, sich amüsierten und das schöne Wetter genossen, beschloss ich, dass es nicht so weitergehen durfte. Ich würde mich weder von René noch von Gerlinde Schlange noch von Obermeister kleinkriegen lassen! Ich musste immer daran denken, dass ich diesen Beruf erlernte, weil ich später reisen und im Ausland leben wollte. Frei und weit weg von allen Schlangen und Obermeisters dieser Welt.

Um mich noch ein wenig mehr aufzumuntern, marschierte ich schnurstracks zu Kais Laden: »Hallo, Kai, ich wollte mal dein Wiesen-Bild angucken, wenn du nichts dagegen hast«, erklärte ich und postierte mich vor der Ladentheke.

»Schön, dich zu sehen, Rosalie. Wenn du magst, bekommst du dazu sogar einen Logensitzplatz und eine Eisschokolade«, bot Kai an und stellte mir einen Hocker hin.

Da momentan kein Kunde im Laden war, hatte ich genug Ruhe und Muße, mich in dem wunderschönen Bild zu verlieren.

Was gäbe ich darum, es zu besitzen . . .

Kai werkelte im Hintergrund herum und ließ mich netterweise in Ruhe. Doch irgendwann siegte bei ihm wohl die Neugier und er fragte nach dem Grund für meinen Kummer.

Also erzählte ich von den vergangenen beiden Wochen

und dass momentan nicht alles rund lief. Und dass ich heute nicht zum ersten Mal überlegte, ob es wirklich eine gute Idee gewesen war, diese Ausbildung zu machen. Ich vertraute ihm sogar das Desaster mit René an.

»Gibt es denn so gar nichts Schönes an diesem Job? Keine netten Kollegen? Nichts, worauf du dich morgens freust, bevor du losgehst?«, fragte Kai und zog sich ebenfalls einen Hocker heran.

Ich stutzte einen Moment. War ich etwa zu negativ drauf? War ich auf dem besten Weg, eine blöde, nervende Meckerziege zu werden?

»Nun ja . . .«, begann ich zögernd. »Es gibt da ein nettes Zimmermädchen namens Leilani und Florian, einen sympathischen Koch. Das Hotel ist wunderschön und die Berufsschule macht auch Spaß.« Ich dachte an Segelohr, meinen absoluten Lichtblick.

»Aber das klingt doch schon mal ganz gut«, sagte Kai und betrachtete nun ebenfalls das Bild. »Wenn ich mies drauf bin, versuche ich, für jede Blume auf der Leinwand einen Punkt zu finden, den ich an meinem Leben mag. Das klappt meist ganz gut, denn es gibt unendlich viel, worüber man glücklich sein kann, wenn man es sich nur regelmäßig vor Augen führt. Und selbst wenn ich vorher der Meinung war, dass gerade alles schiefläuft und sich die ganze Welt gegen mich verschworen hat, bin ich nach so einer Aktion wie ausgewechselt . . .«

Ich schwieg beeindruckt.

Kai hatte recht!

Ich würde mich in Zukunft auf die schönen Seiten meiner Ausbildung konzentrieren und lieber etwas mit Segelohr, Leilani oder Flo unternehmen, statt darauf zu warten, dass ein Wunder geschah und René Prinz sich änderte.

»Aber jetzt noch mal zu deinem jungen Mann, diesem René. Hast du schon mal daran gedacht, dass es für ihn schwierig sein könnte, sich mit dir anzufreunden?«

Wieso schwierig? Ich war verwirrt. Die Sache mit der Liebe war an sich doch ganz einfach: Entweder hatte man Gefühle für jemanden oder man hatte sie nicht. Punkt!

»Immerhin ist er der Sohn der Besitzer . . .«, setzte Kai seinen Gedankengang fort. »Da muss er auf alle Fälle Distanz wahren, weil du Auszubildende im Betrieb seiner Eltern bist. Und wer weiß, was die dazu sagen, wenn ihr euch privat trefft. Kann sein, dass sie eure Verbindung nicht besonders gern sehen . . .«

Ich dachte nach. Das war ja alles schön und gut – aber ich konnte Kais Theorie nicht zustimmen. Schließlich hatten René und ich uns schon dreimal getroffen, ohne dass seine Eltern es verboten hatten. Das eigentliche Problem war nicht der *Standesunterschied* zwischen uns, sondern sein Verhältnis zu der billigen Tussi, die in seinem Bett gelegen hatte.

Nein, nein, nein!

Aus meiner Sicht war René genau der Typ Mann, um den romantische Seelchen wie ich am besten einen ganz, ganz großen Bogen machten, bevor er ihnen das Herz in kleine Stücke riss.

Nachdem ich mich von Kai verabschiedet und für alles bedankt hatte, machte ich mich auf den Weg nach Hause.

Dabei fiel mir ein, dass ich noch eine Zeitschrift holen wollte, und beschloss, einen Abstecher zum Kiosk gegenüber zu machen. Ich blinzelte in die Sonne, atmete ein paarmal tief durch und versuchte mir einzureden, dass ich mich auf den vor mir liegenden Abend freute.

Ich würde es mir auf dem Balkon nett machen, mein Magazin lesen, mit meiner Mom telefonieren und einfach versuchen, mal an gar nichts zu denken.

Gedankenverloren setzte ich einen Fuß vor den anderen und bemerkte zu spät das rote Cabriolet, das auf mich zuraste . . .

18. René – Donnerstag, 20. August 2011

Mann, Alter, du machst mir echt Sorgen! Du siehst beschissen aus und hast komplett deinen Drive verloren. Was ist denn los mit dir, so kenne ich dich ja gar nicht?«

»Danke, du mich auch«, antwortete ich, kaute lustlos auf meinem Brötchen herum, schaute erst Rocco an und starrte dann aus dem Fenster. Der Himmel war bedeckt, es nieselte – und die HafenCity versank in grauem Einerlei.

Was nützte es, dass ich heute freihatte, wenn das Wetter so mies war?

»Ich finde, wir sollten uns heute einen richtigen Männertag genehmigen«, fuhr Rocco fort und sah dermaßen unternehmungslustig und gut gelaunt aus, dass ich ihn am liebsten gewürgt hätte.

»Wenn du mich auf den Kiez schleppen oder irgendeinen anderen Mist in der Art machen willst, musst du das alleine tun. Ich für meinen Teil habe nämlich vor, mich den ganzen Tag vor die Glotze zu hauen, ungesundes Zeug in mich hineinzustopfen und früh ins Bett zu gehen.«

Rocco riss die Augen auf und sah mich an, als hätte ich behauptet, nach Tibet auswandern zu wollen.

»Nix da«, protestierte er. »Wir beiden Süßen gehen heute in den *Club Meridian,* pumpen unsere Muckis auf, gucken in der Sauna den Bräuten auf die Brüste und lassen uns von einer Masseurin anständig durchkneten. Danach können wir uns von mir aus ein paar DVDs ausleihen und chillen, wenn du darauf bestehst. Allerdings würde ich noch lieber mit dir ein bisschen Sightseeing machen und in den Hamburg Dungeon gehen.«

»Was willst du denn da?«, fragte ich erstaunt.

»Ich hab gehört, dass es dort ziemlich spooky sein soll. So mit Moorleichen und Störtebeker, dessen Blut überall herumspritzt, nachdem man ihn geköpft hat. Die werben mit Slogans wie dem ›Pfad des Grauens‹ oder dem ›Sturz in die Hölle‹. Das klingt doch total geil! Für Letzteres muss man allerdings mindestens eins zwanzig groß sein, sagt das Internet.«

»Und was willst du mir jetzt damit sagen? Dass ich – jetzt wo ich angeblich meinen Drive verloren habe – auch noch geschrumpft bin? Danke, Rocco. Wer dich zum Freund hat, braucht echt keine Feinde mehr!«

Wir schwiegen beide einen Moment.

Ich persönlich fand ja, dass man auch mal gemeinsam schweigen können sollte. Rocco sah das offenbar anders.

»Los jetzt, heb deinen Hintern vom Stuhl und pack deine Sporttasche. Ich will dich in zehn Minuten abmarschbereit an der Tür sehen.«

»Ja, Mama«, maulte ich und stand tatsächlich auf.

Wahrscheinlich hatte Rocco recht.

Besser den Blues mit einem anständigen Training bekämpfen, anstatt hier nur sinnlos abzuhängen und zu warten, bis mir die Decke auf den Kopf fiel.

Kurze Zeit später fand ich mich auf dem Crosstrainer wieder und astete mir einen ab. Ich war tatsächlich vollkommen aus der Form.

Neben mir lief eine megasüße Rothaarige, ungefähr in

meinem Alter. Keine Ahnung, warum die sich hier so quälte, denn sie hatte einen traumhaften Körper. Ich versuchte, Blickkontakt mit ihr aufzunehmen, doch sie war so in die Videoclips versunken, die auf den Fernsehern an der Wand liefen, dass sie um sich herum nichts wahrnahm.

Mal sehen, mit welchem Spruch konnte ich sie nur davon loseisen?

»Kennst du den Film *Männerherzen?«*, startete ich meinen Flirtangriff und versuchte, mit meiner Stimme die laute Musik zu übertönen.

Die Rothaarige brauchte einen Moment, bis sie merkte, dass die Frage ihr galt. Rocco verfolgte das Geschehen und schnitt Grimassen.

»Nein, kenne ich nicht«, antwortete sie. »Aber wenn das der Start zu einer Anmache mit anschließender Einladung ins Kino sein soll, kann ich nur sagen: *Sorry, no chance!«*

Rocco fiel beinahe vom Laufband.

»Sollte es eigentlich nicht«, entgegnete ich so souverän wie möglich. Wie konnte jemand, der so süß aussah, nur so arrogant sein?

»Und warum hast du die Frage dann gestellt?«

Plötzlich fiel die Raumtemperatur um zwanzig Grad.

»Weil es da ... nun ja ... also, es gibt da eine Szene am Anfang des Films, wo Christian Ulmen in einem Fitnessstudio eine hübsche Blondine neben sich auf dem Crosstrainer anmacht und sagt: ›Ich heiße übrigens Günter. Und Sie?‹ Worauf die Blonde ohne mit der Wimper zu zucken antwortet: ›Ich nicht!‹«

Die Rothaarige zog die Augenbraue hoch und lief weiter.

Rocco bekam sich nicht mehr ein und verließ schwer schnaufend den Raum. Gut so, denn er war schon lange genug Zeuge meiner schmachvollen Niederlage gewesen.

»Und das findest du jetzt witzig, oder was?«

Okay, jetzt war definitiv Schluss! Ich würde mich keinesfalls länger vor dieser Eisprinzessin zum Affen machen. Was glaubte die eigentlich, wer sie war? *Germany's next Topmodel?*

Ich stieg vom Crosstrainer und beschloss, drüben beim Butterfly-Gerät mein Glück zu versuchen. Meine Beine waren sowieso ganz gut in Form, also gab es keinen Grund, noch länger neben der Rothaar-Schnepfe zu trainieren.

Doch kaum war ich abgestiegen, gönnte mir die Eisprinzessin auf einmal ein strahlendes Lächeln und ließ megaweiße Zähne aufblitzen. »Willst du schon los?«, fragte sie mit einer Stimme aus Samt und Seide.

»Genau das will ich«, antwortete ich und kehrte ihr den Rücken. Wenn jemand so mit mir umging, hatte er es ein für alle Mal bei mir vergeigt.

»Kapitulation auf ganzer Linie?«, fragte Rocco, der gerade mit einer Leichtigkeit Dreißig-Kilo-Hanteln stemmte, als seien sie Marshmallows.

»Kapitulation«, antwortete ich.

»Als Mann muss man eben wissen, wann Schluss ist«, kam es von Rocco, worauf ich nur nicken konnte.

Das mit den Frauen und mir war derzeit kein besonders erfreuliches Thema … Aber hey, musste es das eigentlich?

Ich hatte auch so jede Menge zu tun. Außerdem wollte ich sowieso nicht auf Dauer in Hamburg meine Zelte aufschlagen.

Also fuhr ich einfach fort, meinen Body zu stählen, und freute mich jetzt schon darauf, eine Runde in der Sauna zu schwitzen, ein bisschen zu schwimmen und mich anschließend ordentlich durchkneten lassen.

Mitten hinein in diese Pläne platzte eine SMS von Florian Renner:

Rosalie wurde gestern Abend von einem Auto angefahren und wir brauchen dringend Unterstützung in der Küche. Kannst du heute kommen? F.

Für einen kurzen Moment blieb mein Herz stehen.

Rosalie hatte einen Autounfall gehabt?

»Was ist denn los?«, fragte Rocco.

Doch ich hatte keine Zeit, ihm zu antworten, denn ich wollte sofort wissen, wie es Rosalie ging, und rief daher Florian an.

Hoffentlich war ihr nicht etwas wirklich Schlimmes passiert!

19. Rosalie – Donnerstag, 20. August 2011

Ich erwachte vom Quietschen der Tür und rieb mir die Augen. Mom lächelte mich an und stellte ein Tablett auf den Nachttisch.

Wo war ich?

Und warum war meine Mutter hier?

Dann erinnerte ich mich wieder: Nachdem ich in der Notaufnahme eingeliefert worden war, hatten mich meine Eltern abgeholt und mit zu sich nach Hause genommen.

»Wie geht es dir, mein Engelchen?«, fragte Mom, deren Augen verquollen und gerötet waren.

Ich setzte mich auf und versuchte herauszufinden, ob noch alles dran war, was dran sein sollte. Aber ich hatte offenbar Glück gehabt. Mein Nacken und mein linker Arm schmerzten, aber das war auszuhalten.

»Möchtest du ein bisschen Tee und Kuchen? Ich habe dir extra eine Donauwelle gebacken«, sagte Mom und schenkte den Becher voll. Dann setzte sie sich zu mir aufs Bett.

»Mhm, Donauwelle, wie lecker«, antwortete ich und sah mich um. Ich lag in meinem alten Zimmer und fühlte mich in den riesigen weichen Daunenkissen auf einmal wieder wie fünf.

»Und der hier ist von der Fahrerin des Wagens mit den besten Genesungswünsche für dich«, sagte mein Vater, der gerade zur Tür hereingekommen war, und stellte ein gigantisches Blumenbouquet auf den Tisch gegenüber. »Sie hat heute schon dreimal angerufen, um sich zu vergewissern, dass es dir auch wirklich gut geht.«

»Es geht mir gut, macht euch keine Sorgen«, bemühte ich mich zu versichern. Aber obwohl ich mich körperlich einigermaßen im Lot fühlte, saß mir der Schreck immer noch in den Knochen. Das rote Cabriolet, die ältere Dame, die hinter der Windschutzscheibe zu erkennen war, ihr schreckverzerrtes Gesicht, der Aufprall . . .

Ich hatte wirklich enormes Glück gehabt, anders konnte man das wohl nicht sagen.

»Wie lange bin ich eigentlich krankgeschrieben?«, wollte ich wissen, weil mir einfiel, dass das Küchenteam durch den Ausfall von Daniel Dorsch ziemlich ausgedünnt war.

»Zunächst einmal bis Montag, aber dann sollst du noch mal zur Kontrolle zu Doktor Petersen«, erklärte meine Mutter und drückte meine Hand. »Aber mach dir jetzt bitte keine Gedanken wegen des Hotels. Die Hauptsache ist doch erst einmal, dass du auf dem Weg zur Besserung bist und dass du dich erholst.«

Ob René schon von dem Unfall wusste?, schoss es mir durch den Kopf und im selben Moment ärgerte ich mich über diesen Gedanken. Obwohl ich noch immer tierisch sauer auf ihn war, konnte ich doch nicht aufhören, an ihn zu denken. Als genau in diesem Moment das Telefon klingelte, dachte ich eine Sekunde lang, es sei tatsächlich René, der sich nach meinem Befinden erkundigte.

Doch der Anruf galt meiner Mutter. »Eva, da ist eine Petra Hübner am Apparat. Sie sagt, es sei dringend!«, rief Dad aus dem Flur und Mom sprang, wie von der Tarantel gestochen, von der Bettkante auf. Irrte ich mich oder wurde sie gerade noch blasser, als sie es ohnehin schon war?

»Petra Hübner?«, wiederholte sie ungläubig und verließ das Zimmer, um zu telefonieren.

Zehn Minuten später war sie wieder da. »Matthias, kommst du mal bitte?!«, bat sie und klang sehr gedrückt.

Was auch immer da gerade lief – ich war eindeutig zu müde, um zu fragen, worum es ging.

Nach zwei weiteren erholsamen Stunden Schlaf wurde ich aber dennoch neugierig. Den Namen Petra Hübner hatte ich noch nie zuvor gehört – und ich kannte alle Freundinnen meiner Mutter. Als sie wenig später nach mir schaute, bat ich sie, bei mir zu bleiben. »Wer ist denn diese Petra Hübner?«, fragte ich also.

Mom sah aus, als müsse sie mit sich ringen, um mir zu antworten. »Petra ist die Schwester von Hetta, einer ehemaligen Klassenkameradin, mit der ich früher sehr gut befreundet war. Sie rief an, um mir zu sagen, dass Hetta gestern gestorben ist, und wollte wissen, ob ich zu ihrer Beerdigung komme.«

»Und wieso hast du mir nie von Hetta erzählt, wenn sie so wichtig für dich war?«, fragte ich erstaunt. Ich selbst konnte mir nämlich überhaupt nicht vorstellen, irgendwann einmal nicht mehr mit Melli befreundet zu sein. Sie und ich – das ging nur zusammen!

Mom wurde sichtlich verlegen. »Ich habe dir ... also ... nun ja ... wir haben uns damals, kurz nach deiner Geburt, zerstritten und nicht wieder versöhnt. Was mir jetzt, wo sie tot ist, sehr leidtut ...«

Nun begann es allmählich, in meinem Kopf zu rattern. *Hetta Hübner* ... Hatte Cassandra ihren Namen nicht einmal mir gegenüber erwähnt? War es da nicht irgendwie um Eifersucht gegangen?

»Weshalb habt ihr denn gestritten?«, fragte ich, weil ich erneut Tränen in den Augen meiner Mutter glitzern sah.

Es kam mir geradezu grotesk vor, dass ein so liebevoller und liebenswerter Mensch wie meine Mutter mit irgendjemandem Streit gehabt haben sollte. Nun stand mein Vater wieder im Türrahmen und Mom sah ihn Hilfe suchend an.

»Ich denke, es ist an der Zeit, Rosalie endlich diese blöde alte Geschichte zu erzählen. Hetta ist tot und nach allem, was passiert ist, kann ich noch nicht einmal sagen, dass mir das besonders leidtut. Aber ich finde, dass ein für alle Mal Schluss mit diesen Spukgeschichten sein sollte und dass diese Angst endlich aufhören muss! Zumal ich die ganze Sache immer noch für blanken Unsinn halte«, erklärte er mit Nachdruck in der Stimme.

Die Worte »Spuk« und »Angst« wirbelten durch meinen Kopf. Was war so Schlimmes passiert, dass meine Eltern es vor mir geheim halten mussten?

Meine Mutter nickte schließlich zustimmend und nahm meine Hand. Und dann erzählte sie mir die Geschichte von der Party anlässlich meiner Geburt und davon, dass Hetta mich an jenem Abend verflucht und mir den Tod im Alter von siebzehn Jahren prophezeit hatte. Und das alles nur, weil Dad beim Verschicken der Einladungen ein dummer Fehler unterlaufen war und er eine falsche Adresse angegeben hatte.

Ich brauchte einen Moment, um diese absurde Geschichte einigermaßen zu begreifen. Doch je länger ich über sie nachdachte, desto lächerlicher erschien sie mir. Eine einsame, gekränkte Frau sollte angeblich so viel Macht über mich und mein Leben haben? Das war doch blanker Unsinn! Dass Cassandra an so etwas glaubte, war ja klar. Aber meine Eltern?!

»Nun macht nicht solche Gesichter, ihr beiden, ich lebe ja noch. Und ich habe vor, das noch sehr lang zu tun. Dieser Fluchkram ist doch totaler Schwachsinn und das wisst ihr genau. Außerdem: Wie sollte ich ihrer Meinung nach denn ums Leben kommen?«

»Hetta hat damals etwas von einem tödlichen Stich gesagt«, erklärte Mom, der das Thema sichtbar naheging.

»Sollte ich von einer Wespe gestochen werden oder wie Dornröschen im Märchen von einer Spindel? Mann, ihr seid doch erwachsene, rational denkende Menschen. Weder bin ich gegen Wespen allergisch noch neige ich dazu, mit spitzen Gegenständen herumzuhantieren. Da ist der Straßenverkehr, wie wir gestern gesehen haben, ehrlich gesagt wesentlich gefährlicher!«

Die letzte Bemerkung hätte ich mir mal besser verkneifen sollen, denn nun brach Mom erneut in Tränen aus. Und plötzlich – wie aus dem Nichts – fiel mir das Dartspiel mit René ein, das immerhin einen starken Asthmaanfall bei mir ausgelöst hatte.

Doch dies war nicht die einzige Erinnerung, die mich überfiel. Ich dachte auch an die unzähligen Momente, in denen meine Eltern mich von allem ferngehalten hatten, was spitz oder stachelig war. Und zwar in einem Maße, das durchaus als unnatürlich bezeichnet werden konnte. Ebenso wie die ständige Sorge meiner Mutter um mich.

Doch nun kannte ich endlich die Antwort, nach der ich intuitiv schon so lange gesucht hatte.

»Woran ist Hetta denn eigentlich gestorben?«, presste ich heraus, denn ich fand es auf einmal selbst ganz beruhigend zu wissen, dass sie nicht mehr am Leben war, auch wenn ich ihr das unter anderen Umständen natürlich niemals gewünscht hätte.

»Sie hatte eine Herzattacke und war auf der Stelle tot. Und zwar gestern Abend um die gleiche Uhrzeit, als du vom Auto angefahren wurdest«, erklärte Dad mit ruhiger Stimme.

Während ich darüber nachdachte, inwiefern es zwischen den beiden Vorfällen einen Zusammenhang gab, klingelte es an der Haustür. Dad ging nach unten, um zu öffnen.

Kurze Zeit später hörte ich ihn sagen: »Sie liegt oben. Ich gehe mal vor und frage, ob sie bereit ist, Besuch zu empfangen.«

Ob das Melli war, die nach der Romreise bei mir vorbeischauen wollte? Doch woher sollte sie wissen, dass ich hier bei meinen Eltern war?

Mein Herz schlug etliche Takte schneller, als mein Vater hereinkam und fragte, ob ich mich über den Besuch eines jungen Mannes namens René Prinz freuen würde . . .

20. René – Freitag, 21. August 2011

Da lag sie. Zart, schmal, blass. Sie versank beinahe in den riesigen Daunenkissen und ich hätte nichts lieber getan, als sie in den Arm zu nehmen. Doch anstatt das zu tun, überreichte ich Rosalie einen Blumenstrauß sowie die Karte, die Cordula Groth, Leilani und Florian mit unterschrieben hatten.

»Und das hier soll ich dir mit den besten Wünschen von Flo geben«, erklärte ich und legte Rosalie eine Tüte mit edlen, selbst gemachten Trüffelpralinen auf die Bettdecke.

»Danke schön, das ist echt lieb von euch«, antwortete sie und nickte ihren Eltern zu, die das Zimmer verließen, weil sie im Café nach dem Rechten sehen wollten.

»Ich bin wirklich froh, dass es dir halbwegs gut geht. Wie ist das denn überhaupt passiert?«, fragte ich und setzte mich auf den Stuhl neben ihrem Bett.

Rosalie erzählte, dass sie in Gedanken versunken über die Straße gegangen war und ein heranfahrendes Cabriolet übersehen hatte.

Ich bekam Gänsehaut bei der Vorstellung, dass sie bei dem Unfall hätte sterben können.

»Und wie sieht es bei euch im Hotel aus? Kommen die in der Küche klar, jetzt, wo Daniel und ich beide außer Gefecht gesetzt sind?«

Rosalie war einfach unglaublich, sich in einer solchen Situation auch noch Gedanken über ihre Kollegen zu machen!

»Na klar schaffen wir das. Ich bin heute außerplanmäßig eingesprungen, weshalb ich auch leider nicht lange bleiben kann, und ab morgen kommt zusätzlich eine Aushilfe. Wir bekommen das schon hin, auch ohne dich!«

Rosalie lächelte nur matt. Vielleicht hätte ich doch besser Leilani schicken sollen, als so unangemeldet hier hereinzuplatzen. Schließlich waren unsere letzten beiden Begegnungen nicht gerade der Hit gewesen.

»Ach, und noch was, auch wenn der Moment nicht besonders passend ist: Es tut mir leid, wie ich mich Leilani und dir gegenüber letzten Sonntag benommen habe. Natürlich könnt ihr Pause machen, wo ihr wollt. Ich habe keine Ahnung, was in dem Moment in mich gefahren war. Und noch eins: Bitte glaub mir endlich, dass ich wirklich nichts von Valeries Plan wusste, hier in Hamburg bei mir aufzukreuzen. Ich hatte vorher mit ihr Schluss gemacht und eigentlich war alles klar zwischen uns. Keine Ahnung, weshalb sie noch diese peinliche Show abziehen musste.«

Rosalie schwieg, was ich ziemlich unangenehm fand. Und nicht ganz fair. Schließlich hatte ich mich jetzt mehrfach erklärt und entschuldigt. Entweder sie glaubte mir endlich oder sie ließ es bleiben. Irgendwann war auch bei mir mal Schluss mit lustig!

»Ja dann . . . dann musst du ja jetzt wohl wieder zurück ins Hotel . . . Bitte grüß alle von mir und richte ihnen aus, wie sehr ich mich über die Blumen freue . . . und natürlich über Flos Trüffel«, sagte sie mit leiser Stimme.

Okay, die Message war deutlich: *Schön, dass du da warst, aber jetzt mach dich bitte schleunigst vom Acker!*

Also tat ich genau das und verabschiedete mich lediglich mit einem knappen »Gute Besserung«.

Wieder zurück im Hotel, beschloss ich, das Thema Rosalie ein für alle Mal ad acta zu legen. Sie schien offenbar kein Interesse mehr an mir zu haben, also gab es auch keinen Grund für mich, noch länger meine Zeit zu verschwenden.

»Und? Wie geht es ihr?«, wollte Flo wissen, kaum dass ich wieder einen Fuß in die Tür gesetzt hatte.

»So wie es einem eben geht, wenn man von einem Auto umgenietet wurde. Aber sie hat sich sehr über die Blumen gefreut und lässt schön grüßen.« Dass Rosalies Begeisterung besonders seinen Trüffeln gegolten hatte, verschwieg ich.

Ich hatte auch gar keine Zeit mehr, mir weiter über diesen ganzen emotionalen Mist Gedanken zu machen, weil in der Küche die Hölle los war. Und das war eindeutig das Beste, um auf andere Gedanken zu kommen.

21. Rosalie – Samstag 29. August 2011

Die Liebe in Italien ist so dermaßen *molto bellissimo,* dass ich sie kaum beschreiben kann«, schwärmte Melli und schwenkte ihr Erdbeer-Sekt-Glas so schwungvoll, dass ein Teil des Inhalts auf meinen Badezimmerboden tropfte.

»Ich krieg meinen Kajalstrich nicht hin, wenn du hier so rumhampelst«, meckerte ich und brachte mein eigenes Glas in Sicherheit, indem ich es auf das Korbregal neben mir stellte.

»Wer braucht schon Kosmetik, wenn *Amore* uns Frauen doch so schön macht«, schwadronierte Melina weiter und ich hatte nicht übel Lust, sie in die Wanne zu schubsen und kalt abzubrausen.

Seit sie von der Klassenfahrt nach Rom zurückgekehrt war, nervte Melli ohne Ende. Ihr italienischer Flirt Luigi Caravelli (Barkeeper im *Goa Club Roma)* war ihr in dieser kurzen Zeit offenbar wichtiger geworden als ich – und ich war immerhin ihre beste Freundin. Sogar meinen Unfall hatte sie auch nur am Rande registriert . . .

»Kannst du jetzt bitte mal einen kurzen Moment Luft holen oder zumindest über etwas anderes reden als über Luigi?«

Melli zog einen Flunsch: »Mecker mich nicht an, nur weil es mit deinem René momentan nicht so läuft, wie du es dir wünschst! Freu dich lieber mit mir. Wann hast du mich bitte schön das letzte Mal so verknallt gesehen?«

Ich versuchte das Kunststück zu vollbringen, gleichzeitig die Liste von Mellis Lovern der letzten Wochen in meinem Hirn abzurufen und den Konturenstift so aufzutragen, dass ich nicht wie ein eben dem Sarg entstiegener Vampir aussah. »Lass mich überlegen: Da waren Yannik und der Glatzen-Fred, den du im *Café Schöne Aussichten* aufgerissen hast. Parallel dazu hast du Max aus deinem Ruderverein gedatet, und soweit ich weiß, gab es zwischendurch auch heiße Küsse mit einem Typen, den du im Schwimmbad kennengelernt hast . . .«

»Du vergisst Tom aus dem Supermarkt«, korrigierte Melli und grinste von einem Ohr zum anderen. »Ich schwöre dir, dass du René nicht so hinterherjammern würdest, wenn du dich, so wie ich, kopfüber ins pralle Leben stürzen würdest. Du könntest doch auch haufenweise Dates haben. Björn Behrendsen würde alles für dich tun, wenn ich mich nicht komplett irre, und auch Florian scheint dich zu mögen. Also los: Schnapp dir die Jungs und amüsier dich ein bisschen! Seitdem du in diesem Hotel angefangen hast, bist du echt ein bisschen verkniffen geworden und hast deinen Humor verloren.«

»Ich hab auch wesentlich mehr Stress als du«, knurrte ich. Und einfach nicht dein Naturell!, fügte ich in Gedanken hinzu.

»Stress, den du dir ganz eindeutig selbst machst. Kein Wunder, dass du nachts Gespenster siehst. Und dass du schon so unvorsichtig geworden bist, dass dich beinahe ein Auto umgefahren hätte!«

Peng – das saß!

Melli hatte wirklich recht. Es war definitiv an der Zeit, ein neues Kapitel im Leben der Rosalie Dorn aufzuschlagen.

»Apropos Gespenst: Was macht eigentlich die White Lady?«, fragte Melli und wechselte endlich das Thema.

Ich unterbrach meine Schminkversuche für einen Moment und setzte mich mit dem Sektglas auf den Rand der Badewanne, während Melina im Spiegel unterschiedliche Frisuren ausprobierte.

»Momentan steht sie immer nur am Fenster«, antwortete ich in Gedanken an mein Nachtgespenst.

»Na, das klingt doch schon mal nach ganz gesunder Distanz. Vielleicht hat das Räuchern doch ein bisschen geholfen. Gestreichelt hat sie dich ja wohl hoffentlich nicht mehr?«

»Nein, zum Glück nicht. Jetzt steht sie nur da, lächelt mich friedlich an, dreht sich dann um und deutet auf irgendetwas hinter dem Fenster.«

»Hast du eine Ahnung, was sie dir damit sagen will?« Nun war Melli ganz bei der Sache – Luigi hatte Pause.

»Wenn ich einen guten Orientierungssinn hätte, dann womöglich. Da ich aber zu doof bin, mir zu merken, wo Norden und Süden sind, müsste ich mir einen Kompass besorgen, bevor ich diese Frage beantworten kann. Oder einen Kurs bei den Pfadfindern belegen . . .«

»So süß solche Jungs auch sein können, es geht auch simpler! Nimm einfach mein Handy«, schlug Melina vor, zog mich Richtung Schlafzimmer und legte ihr iPhone auf die Fensterbank. »Wozu diese Apps doch nützlich sein können . . . Ohne das Teil wäre ich nachts in Rom verloren gewesen, abgesehen natürlich von den Momenten, in denen Luigi bei mir war.«

Ich sah zu, wie Melli die Funktion »Kompass« aufrief,

und versuchte mir in Erinnerung zu rufen, wohin die White Lady in den vergangenen Nächten gedeutet hatte.

»Ich denke so in etwa dorthin«, erklärte ich und zeigte die Richtung an.

Melli zog die Stirn kraus. »Wenn mich nicht alles täuscht, ist das Richtung Blankenese. Glaubst du, sie rät dir, wieder nach Hause zurück zu ziehen?« Melli sagte das mit so todernster Miene, dass ich lachen musste.

»Meinst du, dass die White Lady in Wahrheit eine Abgesandte meiner Mutter ist und mich mit perfiden Methoden wieder zurücklotsen will?«

Doch das Lachen blieb mir sogleich wieder in der Kehle stecken, weil ich an die mysteriöse Hetta und ihren Fluch denken musste. Aber heute – so kurz vor dem Fest im Schlosshotel – war keinesfalls der richtige Zeitpunkt, um Melina von dieser Geschichte zu erzählen. Und ebenfalls nicht der passende Moment, um darüber nachzudenken, ob die Dame in Weiß eventuell etwas mit meiner alten Heimat Blankenese zu tun hatte.

»Wir haben noch genau fünfzehn Minuten, bis die S-Bahn fährt. Wenn wir nicht als Letzte auf die Party kommen wollen, müssen wir uns beeilen«, drängte ich und hoffte, Melina damit vom Thema Gespenster abzubringen.

Auf zum *Hozubi-Fest!*

Wir trafen exakt fünf Minuten vor der Rede ein, die Renés Vater zur Begrüßung der Gäste – und insbesondere uns drei Azubis – hielt.

René sah Ralph Prinz verblüffend ähnlich, außer dass er offenbar die blauen Augen seiner Mutter geerbt hatte, anstelle der dunklen seines Vaters. Neben den beiden stand Frau Prinz, augenscheinlich Ende vierzig, mit verkniffenen, schmalen Lippen, einer kunstvoll toupierten Frisur in Blond und gekleidet in ein rosa Kostüm aus Bouclé-Wolle. Mir wurde schon beim bloßen Anblick heiß – Melli und ich trugen gemäß den Temperaturen Sommerkleider.

Meine Eltern standen in einem Grüppchen mit anderen Eltern in der Nähe des Hotelier-Ehepaars. Verglichen mit Mom wirkte Irene Prinz wie eine Statue, reglos und kalt. Ihr Mann schien dagegen auf den ersten Blick sympathisch und ich war schon gespannt darauf, was er gleich sagen würde.

»Ist er das?«, zischte Melli mir zu und sah Richtung René, der in seinem lässigen hellblau-grau gestreiften Hemd, das er offen über einer ausgewaschenen Jeans trug, verboten gut aussah. Ich nickte anstelle einer Antwort.

»Ich kann dich verstehen«, flüsterte Melli, woraufhin ich sie in den Arm kniff. Diese Begeisterung war so ziemlich das Letzte, was ich jetzt brauchen konnte.

Während Herr Prinz uns neue Lehrlinge im Schlosshotel willkommen hieß und eine erfolgreiche Ausbildung wünschte, versuchte ich, jeglichen Blickkontakt mit René zu vermeiden. Sein Besuch an meinem Krankenbett und die neuerliche Versicherung, das mit Valerie sei nichts als eine dumme *Panne* gewesen, hatten nichts an meiner Meinung geändert: Er und ich – das sollte wohl irgendwie nicht sein.

Und wenn ich mir seine Mutter ansah, konnte ich mir gut vorstellen, dass Kai recht hatte. Eine wie sie würde eine wie mich bestimmt nicht als gleichwertig ansehen, geschweige denn akzeptieren.

Als ich nach vorne gerufen wurde, um zusammen mit Daniel und Harriet per Handschlag von Herrn Prinz begrüßt zu werden, fühlte ich, wie sich der Blick von Frau Prinz unangenehm in mich und meine Seele bohrte.

Gut, dass meine Eltern da waren, mir zulächelten und aussahen, als würden sie gleich vor Stolz platzen.

»Und jetzt würde ich vorschlagen, dass wir alle gemeinsam hinunter an die Elbe gehen, wo Gerd Obermeister und sein Team uns ein köstliches Barbecue servieren werden. Ich wünsche uns allen einen wunderschönen Abend!«

Mit den abschließenden Worten von Renés Vater war der offizielle Teil der Party endlich beendet und ich hielt nach Leilani Ausschau, die ich mit Melli bekannt machen wollte.

Doch bevor ich dazu kam, versperrte mir auf einmal ein Typ in roter Lederjacke den Weg.

»Ladys, darf ich Sie persönlich nach unten begleiten?«

Ich war zunächst ein bisschen verwirrt, aber auf Melina war wie immer in solchen Situationen Verlass.

»Und wer bist du Spaßvogel? Haben dir deine Eltern denn nicht beigebracht, dass man sich erst einmal vorstellt? Und übrigens: Rosalie und ich gehen grundsätzlich nicht mit Fremden mit ... das haben wir nämlich von *unseren* Eltern gelernt!«

Mister Rote-Lederjacke nahm den Spruch gelassen. Anstatt sich jedoch vorzustellen, schnappte er sich Mellis Hand und küsste sie. Ich flog vor Überraschung beinahe die Steinstufen hinunter. Wer zum Teufel war der Typ?

»Bevor deine Freundin gleich hyperventiliert, werde ich eurer Bitte Folge leisten und artig sagen, wer ich bin. Also: Mein Name ist Rocco Löwenberg, ich komme aus München und bin der beste Freund von René. Gibt es sonst noch irgendwelche Fragen, die ich beantworten sollte, bevor wir nach unten gehen?«

»Na bitte, geht doch!«, grinste Melli und zog ihre Hand weg. »Ich bin Melina und das ist Rosalie, wie du noch von der Vorstellungsrunde wissen müsstest.«

»Ah, die holde Rose, mit der mein Freund bereits zarte Bande geknüpft hat . . .«

»Sag mal, redest du immer so geschwollen daher?«, fragte Melli mit einer solchen Arroganz in der Stimme, wie ich sie nur selten bei ihr erlebt hatte.

»Nur, wenn ich Lust dazu habe! Also, Mädels: Was kann ich euch zu trinken bringen?«

Während Rocco auf die Bar zusteuerte, sah ich mich um und freute mich darüber, wie liebevoll das Elb-Fest vorbereitet worden war. Der Vorplatz der Terrasse war umsäumt von Feuertöpfen und Fackeln, auf den Stehtischen lagen weiße Decken und es waren insgesamt drei Grills aufgebaut – zum Glück auch einer, auf dem ausschließlich Fisch, Meeresfrüchte und Gemüse zubereitet wurden. Ich nahm mir als Erstes einen goldgelben Maiskolben, auf dem die Butter appetitlich schmolz, auf Fleisch hatte ich heute überhaupt keinen Appetit.

»Das ist ja wirklich himmlisch hier!«, sagte Mom, die sich zusammen mit Dad und den Eltern von Daniel und Harriet zu Melli und mir gesellte. »Eine sehr stilvolle und großzügige Art, seine Auszubildenden willkommen zu heißen!«

»Und die Prinzens scheinen wirklich sympathisch zu sein«, stimmte Dad genau in dem Moment zu, als René auftauchte.

»Ach, Herr Prinz, schön Sie wiederzusehen! Mein Mann und ich fanden es ja sehr rührend, dass Sie persönlich bei unserer Tochter vorbeigekommen sind, um ihr nach dem Unfall die Genesungswünsche der Kollegen zu übermitteln«, flötete Mom in einem Ton, der Melli zu einem Lachanfall animierte.

Sie verabschiedete sich mit den Worten »Ich bin dann mal weg« und ging Richtung Bar, wo Rocco immer noch auf die Getränke wartete.

»Mein Sohn war bei Ihnen zu Hause?«, ertönte auf einmal eine dünne, hohe Stimme, die zu Irene Prinz gehörte. Mom, kommunikativ wie immer, schenkte ihr ein warmes Lächeln und erzählte von Renés Besuch.

Das künstliche Lächeln von Frau Prinz erstarrte zu einer Maske und sie musterte mich mit einer Intensität, als versuchte sie, jede einzelne meiner Zellen in ihre Bestandteile zu zerlegen. Ich war froh, dass in diesem Moment auch Herr Prinz dazukam.

»Fühlen Sie sich in unserer Azubi-Wohnung wohl?«, fragte er freundlich.

Sollte ich diese unerwartete Chance nutzen und ihn nach der Geschichte des Hauses fragen?

»Ja, sehr. Die Lage ist super, die Räume sind wunderschön . . .«

»Ach Dad, wo wir gerade davon sprechen. Weißt du irgendetwas über die Historie des Hauses? Darüber, wer in den letzten Jahren in Rosalies Wohnung gewohnt hat?«, mischte sich nun René ein und kam mir mit seiner Frage zuvor.

Ralph Prinz runzelte die Stirn. »Nein, eigentlich nicht. Die Vermietung erfolgt ja durch die Hausverwaltung, wie du weißt, und offenbar gab es die Mieter betreffend nie irgendwelche Probleme oder Besonderheiten, sonst hätte ich davon gehört. Warum fragst du?«

»Ach, vergiss es, war nicht so wichtig! Ich hatte einfach nur überlegt, ob früher dort vielleicht auch Verwandte von uns gelebt haben oder Angestellte des Schlosshotels«, wiegelte René ab, und ich dachte, dass er meine Gespenstergeschichte wahrscheinlich ziemlich peinlich fand. »Ich finde es grundsätzlich ganz interessant, etwas über die Geschichte so alter Gebäude zu wissen, und wenn sie dann auch noch in Familienbesitz sind . . .«

Ralph klopfte seinem Sohn gerade anerkennend auf die Schulter, als Rocco und Melli kamen und Getränke brachten. Mellis Gesicht war hochrot, ihre Augen flackerten. Auch Rocco wirkte noch eine Spur überdrehter als vorhin.

»Wenn du dich plötzlich für unsere Familiengeschichte interessierst, kann ich dir gern alte Chroniken geben«, schlug Renés Vater vor.

»Nein, das wirst du nicht!«, mischte Frau Prinz sich plötzlich ins Gespräch ein und wirkte irgendwie nervös. »Der Junge macht hier sein Praktikum und damit basta!«, fügte sie mit fester Stimme hinzu.

Ralph Prinz rollte kaum merklich mit den Augen. Nur ein aufmerksamer Beobachter konnte sehen, dass ihm der Auftritt seiner Frau auf die Nerven ging – und auch ich fragte mich, weshalb diese sonst so beherrscht wirkende Frau auf einmal so eine Szene hinlegte.

»Ich finde, wir sollten jetzt alle zusammen auf diesen schönen Sommerabend anstoßen«, sagte meine Mutter, offenbar bemüht, die angespannte Situation zu entschärfen. »Für Hamburger Verhältnisse ist das Wetter dieses Jahr wirklich außergewöhnlich und wir können dankbar sein, dass wir so viel Sonne abbekommen haben.«

Ich hatte Mühe, mich auf das Party-Geplänkel zu konzentrieren, weil mich zwei Dinge weitaus mehr beschäftigten als die aktuelle Wetterlage: Wieso wollte Irene Prinz verhindern, dass ihr eigener Sohn Einblick in die Familienchronik bekam?

Und wieso schaffte ich es nicht, meine Gefühle gegenüber René unter Kontrolle zu bekommen?

22. René – Montag 31. August 2011

»Hallo, René Prinz am Apparat. Ich rufe im Auftrag meines Vaters an, der gern eine Übersicht über die Namen und Adressen der Mieter in der Ditmar-Koel-Straße 23a hätte . . .«, erklärte ich der freundlichen Sekretärin der Hausverwaltung, die unsere Hamburger Mietobjekte betreute.

»Welchen Zeitraum suchen Sie genau?«

Ich dachte kurz nach. Das Haus musste um die vorige Jahrhundertwende erbaut worden sein. »Ab neunzehnhundert wäre nicht schlecht . . .«

»Tut mir leid, aber so weit geht unser Archiv nicht zurück.«

Shit, genau das hatte ich befürchtet!

»Wie weit reicht es denn?«

Während die Sekretärin den Hörer beiseitelegte, um an den Aktenschrank zu gehen, überlegte ich fieberhaft, wie ich an die Daten kommen konnte, die ich brauchte. Eine innere Stimme sagte mir, dass ich in der frühen Historie des Hauses eher fündig werden würde als in der Neuzeit.

»Ich kann Ihnen Einsicht in die Mietverträge ab 1950 geben«, informierte mich Sandra Köster, als sie wieder am Apparat war.

»Wollen Sie vorbeikommen? Dann bereite ich alles vor.«

Eine Stunde später saß ich vor einem Berg muffig riechender, vergilbter Ordner und versuchte, mir ein Bild davon zu machen, wer alles in Rosalies Haus gewohnt hatte.

Nach einer weiteren Stunde begann meine Nase zu kribbeln und mein Kopf zu dröhnen. Kein einziger Name ergab irgendeinen Hinweis auf... ja, auf was eigentlich?

Wenn ich ehrlich war, wusste ich noch nicht einmal, wonach ich suchte. Geschweige denn, wofür ich es tat. Für eine Frau, die mich ganz offensichtlich nicht mehr sehen wollte.

Was für eine bescheuerte Idee, seinen freien Tag auf diese Weise zu verplempern!

Ich schloss für einen Moment die Augen und versuchte, meine Gedanken zu sortieren. Geister hin oder her – irgendwie hatte ich das Gefühl, dass das hier meine letzte Chance war, Rosalie doch noch für mich zu gewinnen, auch wenn ich von diesem Gespensterkram alles andere als überzeugt war. Aber nur mal angenommen, es spukte tatsächlich in Rosalies Wohnung – dann müsste ich doch einfach nur nach einem Hinweis suchen, ob sich in dem Haus irgendwann ein tragisches Schicksal ereignet hatte.

Ich öffnete die Augen und starrte auf die Aktenberge, die sich vor mir türmten. Bisher hatte ich allerdings noch absolut nichts Interessantes gefunden, keine Tragödien, keine Unfälle, kein Mord, noch nicht mal einen Hinweis auf Mitglieder meiner Familie ...

»Läuft nicht ganz so, wie Sie es sich vorstellen, oder?«, riss Frau Köster mich aus meinen Gedanken und stellte eine Tasse Kaffee auf den letzten freien Platz des Schreibtisches.

»Was ist denn mit den alten Ordnern passiert? Sind sie alle im Krieg verloren gegangen?«

»Ich fürchte ja. Ich habe mich allerdings noch nie damit

beschäftigt, und falls es sie überhaupt noch gibt, habe ich keine Ahnung, wo diese Papiere lagern. Aber ich kann mich gern mal ein bisschen umhören und mit den älteren Kollegen aus der Verwaltung sprechen, vielleicht weiß einer von ihnen ja zufällig was Genaueres.«

Ich verließ das Büro, nachdem ich den Kaffee ausgetrunken und Sandra Köster meine Handynummer gegeben hatte, und fuhr Richtung Innenstadt, wo ich mit Rocco verabredet war.

»Was machst du denn für ein Gesicht?«, wollte er wissen, als ich ihn in der Umkleidekabine des G-Star-Flagship-Stores an der Bleichenbrücke aufstöberte.

»Und wie siehst du überhaupt aus?«, pflaumte ich zurück, als ich sah, was Rocco anhatte: eine dunkelblaue Jeans im Zimmermann-Look mit gefühlten fünf Millionen Taschen – und Hosenträgern, die links und rechts an seinen Hüften herunterbaumelten.

»Super, wie sonst?«, gab Rocco ungerührt zurück und ich konnte mich gerade noch beherrschen, die Träger hochzuziehen. »Meinst du, mein Outfit gefällt Melli?«

Melli, Melli? Ich konnte spontan gar nichts mit dem Namen anfangen, was zum einen daran lag, dass ich in Gedanken komplett woanders war, und zum anderen daran, dass ich es irgendwann aufgegeben hatte, mir die Namen von Roccos Chicas zu merken.

»Wenn diese Melli auf achtjährige Jungs steht, solltest du das unbedingt kaufen!«, antwortete ich wahrheitsgemäß. »Ansonsten aber eher nicht.«

»Diese Melli ist die beste Freundin von Rosalie, wenn ich deinem schwachen Gedächtnis etwas auf die Sprünge

helfen darf«, antwortete Rocco, zog den Vorhang beiseite und steuerte schnurstracks auf die Kasse zu. »Machen Sie mir bitte die Schilder ab, ich würde die gern gleich anlassen«, bat er und drehte der Kassiererin sein Hinterteil zu.

Ich musste grinsen, als ich sah, wie vorsichtig die junge Blonde mit der Schere ans Werk ging und es vermied, auch nur im Ansatz mit Roccos Allerwertestem in Berührung zu kommen.

»Und was hast du mit Melli vor?«, wollte ich wissen, als wir aus dem Laden traten und in die Sonne blinzelten.

»Na das, was ich immer vorhabe: die süße Nuss knacken, vernaschen und dann . . .«

»Fallen lassen wie eine heiße Kartoffel«, vervollständigte ich den Satz. »Findest du dieses Spiel nicht langsam mal ein bisschen öde?«, fragte ich nach, als wir uns in ein Café auf einem Alsterponton gesetzt hatten.

»Wieso? Was soll daran öde sein? Die Mädels sind doch alle total unterschiedlich. Und gerade die Vielzahl verhindert ja, dass es langweilig wird!«

Ich mochte gar nicht daran denken, wie Rosalie darauf reagieren würde, wenn ihre beste Freundin irgendwann wegen Rocco Liebeskummer hätte.

»Und wann triffst du dich mit ihr?«

»Das kann ich dir sagen, sobald ich dieses Telefonat geführt habe«, antwortete Rocco und tippte lässig auf dem Display seines Handys herum.

Kurze Zeit später war er nicht mehr ganz so cool – denn Melli hatte ihm eine Abfuhr erteilt.

»Und warum will sie dich nicht sehen?«, fragte ich, nicht ohne ein gewisses Quäntchen Schadenfreude.

Rocco starrte ins Leere. »Sie hat einen Freund.«

»Tja, dann musst du das wohl akzeptieren!«

Nun kam wieder Leben in ihn: »Nö, muss ich nicht. Melli wäre schließlich nicht die Erste, die ich davon überzeugen muss, dass ich tausendmal spannender und heißer bin als der Loser an ihrer Seite.«

»Kannst du die Dinge nicht ausnahmsweise einmal lassen, wie sie sind? Es gibt hier Trillionen toller Mädels. Muss es ausgerechnet Melli sein? Sorry, Sandra Köster ruft gerade an, ich muss mal eben kurz ans Telefon.«

Die Sekretärin der Hausverwaltung gab mir Name und Adresse eines alten Herrn durch, der vor vielen Jahrzehnten seine Ausbildung in unserer Hausverwaltung gemacht hatte und für sein exzellentes Gedächtnis bekannt war. Ich notierte die Angaben und bedankte mich für Frau Kösters Hilfe.

»Kannst du mir bitte verraten, für wen du das alles machst? Du hast dich doch bislang auch kein Stück für eure Immobilien interessiert. Kann es sein, dass dein Detektivspielen etwas mit Rosalie zu tun hat?«, wollte Rocco wissen, nachdem ich ihm kurz erzählt hatte, worum es ging.

Ich fühlte mich ertappt. Doch warum eigentlich? Rocco sammelte Frauen – und ich offenbar seit Neuestem Informationen über Hamburger Mieter.

»Hast du Lust mitzukommen, für den Fall, dass dieser Anders Sönksen sich wirklich bereit erklärt, mit mir zu sprechen?«

»Wenn's nicht zu lange dauert – warum nicht. Nachdem Melli mich versetzt hat, habe ich ja den Rest des Tages frei . . .!«

Und so kam es, dass wir beide uns kurze Zeit später auf dem alten Cordsamtsofa eines fünfundneunzigjährigen Mannes wiederfanden, der in der Nähe des Hafens alleine mit seinem ebenfalls ergrauten Dackel lebte: »Schön, dass sich junge Leute heutzutage noch für ihre Heimatstadt interessieren«, begrüßte er uns mit freundlichem Lächeln und kredenzte Schwarztee und Kekse, die ihre besten Tage schon ein Weilchen hinter sich hatten.

»Ich interessiere mich speziell für die Zeit zwischen 1900 und 1950«, begann ich zu erklären, obwohl Anders Sönksen dies bereits von Sandra Köster wusste. »Und würde gern wissen, ob Sie eventuell Informationen über irgendwelche besonderen Vorkommnisse aus dieser Zeit haben, egal welcher Art.«

Anders schien einen Moment zu überlegen und streichelte währenddessen seinen Hund, der es sich auf seinem rechten Filzpantoffel bequem gemacht hatte und ein Schläfchen hielt. »Als Frau Köster anrief und mir erzählte, dass Sie mich sprechen wollen, dachte ich noch, wie interessant es ist, einen der Nachfahren von Lydia Prinz kennenzulernen, die zwischen 1913 und 1916 in der Nummer 23a gewohnt hat«, sagte Anders Sönksen und blickte aus seinen milchig gewordenen Augen aus dem Fenster.

Lydia Prinz? Ich war schlagartig wie elektrisiert.

»Lydia Prinz? Den Namen habe ich noch nie zuvor gehört. Können Sie mir etwas über sie erzählen?«, fragte ich mit klopfendem Herzen, während Roccos Blick gelangweilt durch das Wohnzimmer streifte.

»Gern, obwohl ich sie natürlich nicht persönlich gekannt habe. So alt bin ich nämlich auch wieder nicht«, antwortete Andres Sönksen und lächelte verschmitzt. »Lydia war eine geborene Prinz, verwandt mit der väterlichen Linie der Hoteliers. Sie wurde damals von allen nur die *Schwarze Witwe* genannt, soweit ich weiß. Aber bitte fragen Sie mich nicht nach dem Grund für diesen Namen, denn ich kenne ihn nicht.«

»Haben Sie sonst noch irgendwelche Informationen über sie?«

»Leider nein. Alles was ich weiß, ist, dass die Dame nur etwa drei Jahre in dem Haus gewohnt hat, und dann ganz plötzlich umgezogen ist. Tut mir leid, dass ich Ihnen nicht mehr sagen kann . . .«

Nach weiterem Smalltalk und einer zweiten Tasse Tee verabschiedeten wir uns schließlich und bedankten uns bei Anders Sönksen für seine Gastfreundschaft.

»Kommen Sie jederzeit gerne bei mir vorbei, wenn Sie weitere Fragen haben. Ich freue mich immer über Besuch!«, rief uns der alte Mann noch nach, als wir bereits im Treppenhaus waren.

»Weißt du, was eine *Schwarze Witwe* ist?«, fragte ich Rocco auf dem Nachhauseweg und durchforstete im Geiste mein Wissen über exotische Tierarten. Auch Rocco schien nur eine vage Ahnung zu haben, denn er murmelte etwas von »so ’ner Art Spinne« – also exakt das, was mir in den Sinn gekommen war.

Das half mir zwar auch nicht weiter und ich glaubte immer noch nicht an Rosalies Gespenster, aber da ich nun einmal auf einen offensichtlich mysteriösen Part unserer

Familiengeschichte gestoßen war, wollte ich unbedingt mehr darüber wissen.

Zu Hause angekommen, ging ich sofort ins Internet, um zu recherchieren. Dort war zu lesen, dass die *Schwarze Witwe* eine in weiten Teilen Mittel- und Südamerikas verbreitete Spinnenart war, deren Biss für Kinder, kranke oder geschwächte Menschen tödliche Folgen haben konnte.

»Und was hast du jetzt vor?«, wollte Rocco wissen, nachdem wir beide etwas ratlos auf den Laptop gestarrt hatten.

»Momentan habe ich nicht den blassesten Schimmer einer Ahnung«, gab ich ehrlich zu.

Ein Teil von mir fand das alles sehr spannend – doch der andere wünschte, ich hätte meine Nase gar nicht erst in diese Dinge gesteckt. Da ich es aber nun schon mal getan hatte, führte wohl auch kein Weg mehr zurück.

Außerdem hatte ich mich noch immer nicht damit abgefunden, dass das mit mir und Rosalie schon alles gewesen sein sollte.

23. Rosalie – Mittwoch, 2. September 2011

Hey, lange nicht gesehen«, sagte Leilani, umarmte mich und sah sich in der Küche um. »Seit du hier arbeitest, bist du entweder krankgeschrieben, in der Berufsschule oder unsichtbar. Auf dem *Hozubi-Fest* warst du auch dermaßen belagert von Familie Prinz, dass es gar kein Rankommen an dich gab.«

»Ich weiß, tut mir leid«, antwortete ich und rührte währenddessen im frisch gepressten Saft aus Passionsfrüchten, Ananas, Mango und Kokos. Wenn dieses Getränk nicht innerhalb der nächsten zwei Minuten vorne am Bufett stand, würde Gerd Obermeister mich lynchen! »Warte 'ne Sekunde, ich bin gleich wieder da. Und dann musst du mir unbedingt erzählen, was dein Drehbuch macht und wie es dir geht.«

Dummerweise machte mir Obermeister einen Strich durch meine Pläne, als ich in die Küche zurückkehrte, denn er schickte mich umgehend in den Kühlraum.

Leilani zog sich kommentarlos zurück, aber nicht ohne einen kurzen, schmachtenden Blick in Richtung Florian zu werfen, der von alldem nichts mitbekam, weil er über der Menükarte der kommenden Woche brütete.

Als ich schwer beladen mit einer Kiste voll Obst und Gemüse aus dem Kühlraum kam und zurück in die Küche wollte, stand auf einmal Gerd Obermeister vor mir und versperrte mir den Weg.

Er sah aus, als hätte er die ganze Nacht kein Auge zugetan, und roch eigentümlich. Hatte er etwa Restalkohol im Blut? Oder – noch schlimmer – gerade etwas getrunken?

Ich beschloss, ihn zu ignorieren und auf direktem Weg an meinen Arbeitsplatz zurückzukehren. Doch Obermeister wich keinen Millimeter beiseite, schaute mich aus rot unterlaufenen Augen an und schlug mir die Kiste aus der Hand.

Fassungslos sah ich zu, wie Äpfel, Zitronen, Birnen, Tomaten und Möhren über den Boden kullerten.

»Heb das auf, und zwar sofort!«, blaffte er, die Hände in die Hüften gestemmt.

Alles in mir rebellierte. *Er* hatte das alles zu Boden befördert, also war *er* es auch, der es wieder aufheben musste.

»Na los, worauf wartest du? Darauf, dass René Prinz auf seinem Schimmel einreitet und dir zu Hilfe eilt? Ich hab dich durchschaut, Mädel! Du bist scharf darauf, in diese Familie einzuheiraten, aber glaub mir, das haben schon andere versucht.«

Ich erinnerte mich daran, dass Florian gesagt hatte, ich solle gegenüber Obermeister Stärke demonstrieren und mich keinesfalls verunsichern lassen. Das Ganze hier war nur ein elendes Machtspiel! Also reckte ich das Kinn, sah meinem Boss in die Augen und versuchte, das Zittern meiner Stimme unter Kontrolle zu bekommen: »Ich werde die Sachen nicht aufheben, da ich sie nicht auf den Boden geworfen habe, nur damit Sie Bescheid wissen!«

Auf seine Beschuldigungen einzugehen, erschien mir nicht besonders ratsam. Außerdem: Was hätte ich sagen sollen? Vermutlich sah jeder, der halbwegs Augen im

Kopf hatte, dass ich leider immer noch bis über beide Ohren in René verliebt war.

Ohne Obermeisters Reaktion abzuwarten, schob ich mich an ihm vorbei und ging hoch erhobenen Hauptes in die Küche.

Dort saß Flo immer noch über seinem Plan und hatte von alldem nichts mitbekommen. Sollte ich ihm erzählen, was gerade passiert war?

Nach einem kurzen Moment des Nachdenkens entschied ich mich dagegen, denn ich wollte ihn nicht in einen Konflikt stürzen. Aber ich würde mit meinen Eltern darüber reden. Die Sache mit der heißen Pfanne konnte man ja noch mit etwas gutem Willen als missglückten Küchenstreich ansehen – aber diese miese Aktion grenzte eindeutig an Wahnsinn!

Was war nur los mit dem Mann?

Sehnsuchtsvoll dachte ich an den gestrigen Schultag und daran, dass ich im Anschluss mit Björn spontan zu Hagenbecks Tierpark gefahren war. Wir hatten uns dort königlich über zwei Elefantenbabys amüsiert, von denen eines so lange über das andere gestiegen war, bis die Mutter sich irgendwann eingemischt und die beiden zur Räson gebracht hatte. Anschließend waren wir bei den Pinguinen gewesen, hatten im Streichelzoo Tonnen an Körnerfutter verteilt und waren dann – obwohl ich eigentlich gar nicht hineinwollte – im neu eröffneten Tropen-Aquarium gelandet.

»Guck mal, sind die nicht toll und unglaublich beeindruckend?«, hatte Segelohr beim Anblick der Bewohner des sogenannten *Schlangendorfes* geschwärmt, während ich beim bloßen Anblick dieser Tiere schlagartig Gänsehaut bekam.

Björn klebte an der Scheibe wie ein Gecko und war kaum noch wegzubekommen. Um mich abzulenken, hatte ich die Tafeln, auf denen die Tiere des Aquariums aufgelistet waren, studiert und war nicht besonders traurig darüber gewesen, dass sich die Weißknie-Vogelspinne und die Afrikanische Vogelspinne gerade nicht blicken ließen.

»Können wir jetzt bitte wieder zu etwas gehen, das ein Fell hat, kuschelig ist und ungefährlich?«, hatte ich gejammert, woraufhin Björn prompt Mitleid bekam.

Und so befanden wir uns wenig später im Geschenkeshop und ich war nun stolze Besitzerin eines Plüschzebras.

»Träumst du?«, fragte Flo plötzlich so dicht neben meinem Ohr, dass ich zusammenzuckte.

»Sorry, ich war in Gedanken gerade woanders. Was gibt's denn?«

»Nun ja, jede Menge zu tun, würde ich mal sagen«, antwortete Flo und ich war schlagartig wieder in der Realität. »Du könntest zum Beispiel die Pfifferlinge für die Suppe putzen, damit bist du erst mal eine Weile beschäftigt.«

Das war ich in der Tat – und blieb es auch noch ein ganzes Weilchen. Doch ich war froh über die relativ stupide Arbeit, denn sie war zumindest überschaubar.

Im Radio lief tolle Musik und ich versuchte so gut es ging, den Vorfall mit Obermeister zu verdrängen und mich stattdessen auf meine Verabredung mit Melli heute Abend zu freuen. Wir wollten ins Kino und danach noch was trinken gehen – vorausgesetzt, ich war nicht zu müde dafür.

Eine Stunde vor Dienstschluss tauchte jedoch dummerweise Obermeister wieder auf, der sich nach dem Zwischenfall am Vormittag nicht wieder hatte blicken lassen. Ich war gerade alleine in der Küche, weil Florian eine Besprechung mit Cordula Groth hatte und die Aushilfe Kaffeepause.

Er betrachtete wohlwollend den Berg geputzter Pilze, als sei vorhin überhaupt nichts passiert, und wirkte mit einem Mal äußerst gut gelaunt. »Was hältst du davon, wenn wir den Gästen morgen zum Frühstück Blaubeermuffins anbieten?«, fragte er mit einem breiten Lächeln, das ich als Friedensangebot wertete.

»Gute Idee!«, antwortete ich knapp.

So leicht wollte ich es ihm dann doch nicht machen!

»Schön, dass wir uns verstehen. Also brauchen wir nur noch Blaubeeren und dann kann es losgehen. Bist du so nett, zehn Schalen davon zu holen?«

Froh über den positiven Stimmungswechsel, rang ich mich ebenfalls zu einem Lächeln durch. Ich sagte: »Klar, mach ich!«, und stiefelte los.

Im Kühlraum angekommen, brauchte ich erst mal Zeit, bis ich mich orientiert hatte. Doch seltsamerweise lagerten neben dem sonstigen Obst keine Blaubeeren. Nur Himbeeren und Cranberrys.

Ob Obermeister sich vertan hatte?

Doch ich kam gar nicht erst dazu, mir weiter Gedanken über Frühstücksmuffins zu machen, denn in diesem Moment hörte ich die Tür klacken.

Panisch rannte ich zum Ausgang und rüttelte an der Klinke.

Doch die ließ sich nicht bewegen – die Tür war verschlossen. Zu allem Überfluss ging auch noch das Licht aus und ich hörte, wie sich Schuhe klappernd vom Kühlraum entfernten.

Ich hämmerte gegen die Tür und brüllte so laut ich konnte: »Hilfe, ich bin eingeschlossen. Macht sofort auf!«

Doch es nützte nichts.

Als nach dem fünften Mal immer noch nichts passierte und es um mich herum kalt und still wurde, bekam ich es wirklich mit der Angst zu tun. In spätestens zwei Stunden war es Zeit für meine zweite tägliche Dosis Asthmaspray, das in meiner Tasche im Spind war. Und natürlich war es bitterkalt.

Wie lange man es hier drin wohl aushielt, ohne jämmerlich zu erfrieren?

Dreh jetzt bloß nicht durch, sondern überleg, was du tun kannst!, sprach ich mir selbst Mut zu. Wenigstens gab es zwei winzige Lichtquellen, an denen ich mich ein bisschen orientieren konnte. Beide stammten von Kontrolllampen der Kühlboxen, in denen die tiefgefrorenen Lebensmittel lagen.

Ich versuchte es zunächst mit Atemübungen, so wie ich es von meinem Lungenfacharzt gelernt hatte, und starrte unablässig auf die beiden roten Lämpchen.

Das Wichtigste war, mich zu beruhigen und darauf zu vertrauen, dass entweder jemand mein Fehlen bemerkte oder irgendjemand aus der Küche etwas aus dem Kühlraum holen und mich entdecken würde.

Als jedoch nichts passierte und auch meine weiteren Hilferufe ungehört verhallten, meine Finger bereits steif vor Kälte wurden und meine Lungen sich immer mehr verengten, begann ich zu weinen.

24. René – Mittwoch, 2. September 2011

Ich saß im Konferenzraum und versuchte, mich auf das Meeting der Direktoren unserer deutschen Romantik-Hotels zu konzentrieren. Mein Vater leitete die Veranstaltung, sie fand jedes Jahr zweimal statt. Es ging um Werbestrategien, Marketingkonzepte, Spezial-Arrangements und Ähnliches. Normalerweise hätte mich das alles brennend interessiert, doch dummerweise war ich, statt konzentriert zuzuhören, in Gedanken bei Rosalie.

Heute Nacht war ich zu dem Entschluss gekommen, ihr erst einmal nichts von meinen Recherchen zu erzählen, sondern auf eigene Faust weiter nachzuforschen. Da ich noch nichts Handfestes wusste, musste ich sie auch nicht unnötig mit meinen bislang eher spärlichen Informationen über Lydia Prinz verwirren.

»Und was halten Sie von unserem Winter-Arrangement?«, fragte die attraktive, dunkelhaarige Mitarbeiterin der Werbeagentur, die das Schlosshotel betreute.

»Ich . . . ich denke, das klingt alles ganz gut . . . Weihnachten vor prasselndem Kaminfeuer, Glühweinpunsch, klassische Hausmusik . . .«, stammelte ich und handelte mir damit einen strafenden Blick meines Vaters ein.

Verdammt!

Rosalie nahm einen viel zu großen Raum in meinen Gedanken ein.

Dad sah erst auf die Uhr und blickte dann lächelnd in die Runde: »Ich denke, dass wir anhand der Reaktion meines Sohnes sehen, dass es höchste Zeit für eine Pause ist.

Und deshalb würde ich vorschlagen, dass wir zu unserem Kaffee auch ein Gläschen Champagner trinken. Wir haben heute schließlich unter Hochdruck gearbeitet und haben uns eine kleine Belohnung verdient. Außerdem kurbelt es den Kreislauf an und beflügelt die Sinne.«

»Gute Idee, Dad – ich gebe mal eben im Service Bescheid«, bot ich an, um möglichst schnell rauszukommen. Ich brauchte dringend frische Luft!

In der Küche angekommen, sah ich zu meinem Erstaunen, dass sie leer war. Keine Spur von Obermeister, Florian, den Aushilfen – oder Rosalie. Dabei war es zehn vor vier – also kurz vor ihrem Dienstschluss.

Ich unterdrückte den leisen Ärger darüber, dass das Küchenpersonal sich gerade in alle Winde verstreut hatte, und beschloss, den Champagner selbst zu holen. Also schnappte ich mir den Schlüssel zum Kühlraum, der wie immer an einem Nagelbrett hing, und ging in Richtung der Lagerräume.

Als ich die Tür öffnete, traute ich meinen Augen kaum: Auf dem Boden lag Rosalie – sie schien ohnmächtig zu sein.

Einen Moment blieb ich wie erstarrt stehen, dann begann mein Herz zu rasen und ich beugte mich zu ihr nach unten. Ich konnte sehen, dass sie noch atmete, doch sie war sehr blass und ihre Lippen waren leicht blau.

Ohne weiter nachzudenken, wählte ich die Nummer des Notrufs und brüllte ins Telefon, dass auf der Stelle ein Einsatzwagen zum Schlosshotel kommen müsse. Bis zum Eintreffen der Helfer kniete ich neben Rosalie und streichelte ihr hilflos über den Kopf. Ich wagte nicht, ihre Position zu verändern, weil ich nicht wusste, was genau ihr fehlte.

Kurze Zeit später kümmerten sich zwei Sanitäter und der Notarzt um sie und sie schlug endlich, endlich die Augen auf.

»Rosalie, Gott sei Dank«, brach es aus mir heraus und mein Herz klopfte noch immer bis zum Hals. Ich hätte sie am liebsten geküsst und umarmt – doch natürlich war hier weder Ort noch Zeit, um meinen Gefühlen ungebremst freien Lauf zu lassen.

»Da hat aber jemand wirklich Glück gehabt!«, sagte der Arzt, nachdem er Rosalie mehrere Dosen Cortisonspray verabreicht hatte. »Asthma, Unterkühlung und Panik – das ist eine wirklich gefährliche Mischung! Wie konnte denn so etwas passieren?«

»Keine Ahnung!«, knurrte ich. »Aber wenn ich den Verantwortlichen erwische, reiße ich ihm persönlich den Kopf ab!«

Aus den Augenwinkeln sah ich, wie Leilani sichtlich besorgt das Geschehen beobachtete. Sie war vorhin zufällig vorbeigekommen und war dann sofort losgelaufen, um ein paar Wolldecken für Rosalie zu holen. Vom Küchenpersonal war jedoch immer noch niemand zu sehen.

»Ich denke, wir müssen Frau Dorn nicht mitnehmen. Wenn sie sich jetzt einfach ausruht und sich warm hält, wird sie sich schnell von ihrem Schock erholen. Wenn Sie jedoch aus Sicherheitsgründen darauf bestehen, können wir Sie natürlich auch ins Krankenhaus bringen . . .«

»Nein, danke, da komme ich gerade her«, wisperte Rosalie kaum hörbar. Ihre Stimmbänder waren merklich angegriffen – wahrscheinlich hatte sie sich in der Kühlkammer die Seele aus dem Leib geschrien.

»Ich werde Frau Dorn erst einmal in einem freien Zimmer unterbringen und ihren Eltern Bescheid geben«, antwortete ich. Erst dann fiel mir wieder ein, dass das Direktorenteam oben immer noch auf den Champagner wartete.

Wie aufs Stichwort stand in diesem Moment mein Vater vor mir und sah verwundert von einem zum anderen. »Was ist denn hier los?«, wollte er wissen und runzelte die Stirn.

Ich erklärte kurz, was vorgefallen war, während das Notarztteam seine Sachen zusammenpackte und Rosalie auf eine Trage legte, um sie auf ein Zimmer zu bringen, zu dem Leilani ihnen den Weg zeigte.

»Toll, dass du so schnell und verantwortungsvoll reagiert hast!«, sagte Dad und klopfte mir auf die Schulter. »Aber kannst du mir verraten, wie das passieren konnte?«

»Keine Ahnung, bevor ich darüber nachdenke, muss ich erst einmal Rosalies Eltern anrufen und ihnen sagen, dass sie ihre Tochter abholen sollen.«

Während ich mit Matthias Dorn telefonierte, ging mein Vater unruhig den Flur auf und ab. Dann betrachtete er das Schnappschloss des Kühlraums und schüttelte den Kopf. »Ich werde auf alle Fälle mit Gerd Obermeister über diese unselige Geschichte sprechen müssen. Es ist geradezu sträflich, dass die Tür nicht von innen zu öffnen ist!«

Dem konnte ich nichts mehr hinzufügen.

Nach Beendigung des Meetings – Rosalie war mittlerweile von ihren Eltern abgeholt und nach Hause gebracht worden – saß ich mit meinem Vater zusammen in der Bibliothek.

»Du magst Rosalie Dorn, oder?«, fragte er völlig unvermittelt und sah mich erwartungsvoll an.

»Ja, schon . . . Ich finde sie sympathisch, sie ist klug und fleißig . . .«

»Bist du in sie verliebt?«

Oh Gott, was sollte ich denn jetzt sagen?

»Und wenn es so wäre – hättet ihr ein Problem damit?«

Dad lächelte und nippte an einem Glas Rotwein. Nach dem Zwischenfall im Kühlraum war das Champagner-Trinken natürlich entfallen. »Ich nicht unbedingt, aber deine Mutter ganz bestimmt.«

Ich dachte an unsere telefonische Auseinandersetzung nach meinem ersten Date mit Rosalie, als sie mir den Umgang mit ihr quasi verboten hatte.

»Was hat Mom eigentlich für ein Problem? Wir leben im einundzwanzigsten Jahrhundert – und ich bin noch nicht einmal Rosalies Boss. Ich mache hier nur ein *Praktikum!*«

»Wie du weißt, besitzt deine Mutter einen gewissen Standesdünkel. Sie war schon immer der Meinung, dass es besser ist, wenn Gleich und Gleich sich zusammentun. Und wir haben in unserer Familie durchaus Beispiele dafür, dass es mitunter nicht leicht ist, wenn zwei Menschen, die sich lieben, aus vollkommen unterschiedlichen Welten stammen . . .«

»Das klingt ja gerade so, als sei ich ein hochherrschaftlicher Prinz ohne Fehl und Tadel – und Rosalie so etwas wie ein weiblicher Underdog. Auf welchem Planeten lebt ihr denn bitte schön?«

Dad räusperte sich, wie immer, wenn er verlegen war. »Lieber René, du übertreibst maßlos, wie so häufig, wenn du dich über etwas ärgerst. Natürlich ist Rosalie Dorn eine ganz bezaubernde junge Frau und eine gute Auszubildende, wie ich von Cordula Groth weiß. Aber wie du schon ganz richtig sagst: Du machst hier nur ein Praktikum, wirst im Ausland studieren und in absehbarer Zeit eines unserer Hotels in Österreich oder Italien übernehmen. Rosalie ist wesentlich jünger als du und steht erst am Anfang ihrer Ausbildung.«

»Was sagt dir der Name Lydia Prinz?«, fragte ich, weil ich keine Lust mehr auf diesen Schwachsinn hatte.

»Woher hast du diesen Namen?«

»Aus den Akten der Hausverwaltung. Ich habe ein wenig über die Historie des Hauses recherchiert, in dem Rosalie wohnt, und dabei herausgefunden, dass eine gewisse Lydia Prinz Anfang des zwanzigsten Jahrhunderts drei Jahre lang in derselben Wohnung gewohnt hat.«

»Und wieso interessierst du dich für Mieter von vor hundert Jahren?«

»Weil Rosalie seit ihrem Einzug Nacht für Nacht Besuch von einem weiblichen Gespenst bekommt.« Ich war gespannt, wie mein Vater darauf reagieren würde. Bisher hatte er keine Miene verzogen, doch nun lächelte er spöttisch und zündete sich eine Zigarre an. Wenn Frau Groth das mitbekäme, würde sie mit Sicherheit kollabieren: *Herr Prinz, wir sind ein NICHTRAUCHERHOTEL!*

»So, so, ihr glaubt also beide an Gespenster«, meinte er belustigt. »Was seid ihr nur für eine seltsame Generation? Ihr glaubt, dass eure Bekanntschaften auf Facebook echte

Freunde sind – und an so etwas Irrationales wie Geister. Findest du das nicht selbst ein bisschen merkwürdig?«

»Ich finde es, ehrlich gesagt, viel merkwürdiger, dass du meine Frage nicht beantwortest«, ging ich bewusst auf Konfrontationskurs. »Du hast auf der Party angeboten, mir die Familienchronik zu zeigen – und bist jetzt nicht in der Lage, mir zu sagen, wer diese Lydia Prinz ist? Was versteckt Mom und du eigentlich vor mir? Und wenn wir gerade beim Thema Mysterien sind: Was ist mit dem Turmzimmer? Warum wird es nicht vermietet?«

Mein Vater war mir eindeutig ein paar Antworten schuldig!

25. Rosalie – Freitag, 4. September 2011

Allora: Pastasalat à la Segelohr. Ich hoffe, er schmeckt dir.« Björn lächelte fröhlich und stellte eine dunkle Tonschüssel auf den Esstisch.

»Das sieht super aus, woher hast du das Rezept?«, fragte ich und setzte mich auf den etwas kippeligen geflochtenen Korbstuhl in Björns uriger WG-Wohnküche.

»Aus meinem kreativen Innersten«, grinste Segelohr und häufelte Pasta, Rucola, Venusmuscheln sowie getrocknete Tomaten und geröstete Pinienkerne auf meinen Teller. »Ein wenig *Parmeggiano?*«, fragte er und wedelte mit einer gigantisch großen Reibe und Parmesankäse vor meiner Nase herum. Ich nickte und ließ meinen Blick durch den Raum gleiten.

Björn wohnte zusammen mit seinem Kumpel Jan in einer Seitenstraße der Reeperbahn. Die kleine Altbauwohnung war sensationell günstig, hatte aber jede Menge Macken. Warmes Wasser gab es zum Beispiel nur, wenn man es zuvor stundenlang im Boiler erhitzte, und geheizt wurde mit zwei uralten Ölöfen.

»Lieb, dass du mich zum Abendessen eingeladen hast«, sagte ich, als Björn sich ebenfalls gesetzt und uns beiden Pellegrino eingeschenkt hatte.

»Ich wollte dir eine kleine Freude machen, nach dem ganzen Mist, der dir in letzter Zeit passiert ist.«

Natürlich hatte ich Björn jedes noch so kleine Detail erzählt – vor allem von meinem angespannten Verhältnis zu Obermeister und dem Verdacht, dass er mich im Kühlraum eingeschlossen hatte. »Hast du dich denn mittlerweile ein bisschen von dem Schock erholt?«

»Das werde ich wohl erst, wenn mein Vater mit ihm gesprochen hat und klar ist, wie es für mich im Schlosshotel weitergeht.«

»Wieso *weitergeht?* Denkst du daran hinzuschmeißen?«

»An sich möchte ich das nicht . . . doch wenn es keine andere Möglichkeit gibt, muss ich konsequent sein. Aber sollte ich dort wirklich aufhören, versuche ich auf alle Fälle, meine Ausbildung woanders fortzusetzen. Der Beruf an sich macht mir ja Spaß. Ich habe nur allmählich das Gefühl, dass das Hotel und ich nicht so besonders gut zusammenpassen . . .«

»Tut mir echt leid, Dornröschen, das hast du wirklich nicht verdient! Ich kann überhaupt nicht verstehen, wie man so ein liebenswertes Wesen wie dich dermaßen auf dem Kieker haben kann. Du tust doch niemandem etwas. Und gegen diesen Obermeister sollte man echt was unternehmen!«

»Lass uns lieber über was anderes sprechen. Du hast dir so viel Mühe mit dem Essen gegeben, da wäre es doch schade, wenn wir uns den schönen Abend mit diesem Hotelmüll verderben.«

»Hey, Leute, was geht denn hier ab? Promi-Dinner oder heißes Rendezvous?«

Björn und ich schauten beide irritiert von unserem Essen auf. Im Türrahmen lehnte ein Riese.

Mit offenem Mund starrte ich ihn an – der Typ war mindestens zwei Meter groß. Genau genommen stand er auch nicht *im* Türrahmen, sondern eher halb in der Küche.

»Jan, was machst du denn hier? Ich dachte, du wolltest übers Wochenende zu deinen Eltern nach Paderborn fahren.«

Der Riese ging zum Küchenschrank und nahm sich einen Teller. »Pläne ändern sich«, antwortete er schulterzuckend und setzte sich zu uns. »Und du bist also Björns neue Flamme«, sagte er und taxierte mich von unten bis oben. »Alles klar, ich kann ihn verstehen, bist wirklich eine heiße Braut.«

»Rosalie ist nicht meine . . . also . . .«

»Wir sind nur gute Freunde«, beeilte ich mich klarzustellen und versuchte die Tatsache zu ignorieren, dass ein leichter Schatten über Segelohrs Gesicht huschte.

Ob an Mellis Vermutung, Björn sei in mich verliebt, vielleicht doch etwas dran war?

»Ja, ja, das sagt man dann so«, grinste Jan und bediente sich am Salat.

»Hat dir schon mal jemand gesagt, dass du dich benimmst wie die Axt im Walde?«, fragte Segelohr und musterte seinen Mitbewohner schmallippig.

»Hör ich andauernd«, kam es ungerührt zurück, was mich dazu veranlasste, mir den Typen näher anzugucken: Seine Jeans war komplett zerrissen, das Sweatshirt mit Flecken übersät, seine Haare schmierig und der linke Unterarm mit einem Totenkopf tätowiert.

Allmählich dämmerte mir, weshalb Segelohr ihn als etwas *gewöhnungsbedürftig* geschildert und es immer vermieden hatte, dass wir beide uns über den Weg liefen.

»Also, ihr Süßen: Wen soll ich für euch umlegen? Wer macht dieser Maus das Leben schwer?«

Ich musste wider Willen grinsen. Jan war zwar ziemlich daneben, aber er hatte trotzdem Charme.

Bevor ich antworten konnte, klingelte mein Handy. Auf dem Display stand »Unbekannt«, deshalb wollte ich zuerst gar nicht rangehen. Doch schließlich siegte die Neugier.

»Daniel hier«, kam es gedrückt vom anderen Ende der Leitung.

Ich stand einen kurzen Moment auf dem Schlauch.

»Daniel Dorsch. Aus dem Hotel . . . hast du einen Moment Zeit?«

»Ach, du bist's. Momentan bin ich gerade bei einem Freund, ist es denn dringend?«

»Ehrlich gesagt schon.«

Ich ging in den Flur, um in Ruhe telefonieren zu können.

»Rosalie, es tut mir total leid. Ich war derjenige, der dich versehentlich in der Kühlkammer eingeschlossen hat.«

Es dauerte einen Moment, bis seine Worte wirklich zu mir durchdrangen. Bedeutete das etwa, dass das alles tatsächlich nur ein ganz blödes Versehen war – und weder Hettas böser Fluch noch eine miese Intrige von Gerd Obermeister?

»Rosalie, bist du noch dran?« Daniels Stimme zitterte. Ich konnte mir gut vorstellen, wie viel Überwindung ihn dieser Anruf gekostet hatte.

»Aber wie konnte das denn passieren?«

»Obermeister hatte mich schon mehrfach dabei erwischt, dass ich in der Hektik vergessen hatte, den Kühlraum zu schließen. Und du weißt ja, wie unangenehm er manchmal sein kann. An dem Tag war ich schon halb aus dem Hotel und habe mich auf den freien Nachmittag gefreut, als ich plötzlich das dumme Gefühl hatte, die Tür nicht richtig abgeschlossen zu haben. Also bin ich wieder zurück, die Tür stand tatsächlich einen Spalt offen und da habe ich, ohne weiter nachzudenken, einfach zugemacht.«

Ich versuchte, mir wieder in Erinnerung zu rufen, wo ich gestanden hatte, als Daniel kam. Und in der Tat – ich war hinten gewesen, wo das Obst gelagert wurde. Er hätte schon ganz hereinkommen müssen, um mich zu sehen.

Nichtsdestotrotz war sein Verhalten kaum zu entschuldigen!

»Und wieso hast du mir das nicht schon vorher gesagt? Hast du eigentlich irgendeine Vorstellung davon, wie sehr ich mir den Kopf darüber zerbrochen habe, wer das getan haben könnte?«

»Ich sag ja, es tut mir schrecklich, schrecklich leid. Ich habe erst Donnerstagmorgen davon erfahren, als Obermeister in der Küche herumtobte, weil er wohl großen Ärger mit Ralph Prinz bekommen hatte. Vielleicht kannst du dir vorstellen, dass ich da echt Panik hatte. Obermeister hält mich eh für eine Kombination aus Schwachkopf und Weichei. Das noch on top und ich hätte gleich meine Sachen packen können. Aber geht es dir denn inzwischen wieder besser?«

In mir tobten widersprüchliche Gefühle: Auf der einen Seite war ich unglaublich sauer auf Daniel, denn die Sache hätte wirklich übel für mich ausgehen können, wenn René mich nicht rechtzeitig gefunden hätte. Andererseits wusste ich ja selbst, wie Furcht einflößend der Küchenchef war ...

»Ja, es geht mir schon wieder besser. Mach dir darüber mal keine Sorgen. Ich werde dich auch nicht beim Boss verpfeifen. Aber pass einfach beim nächsten Mal besser auf!«

»Obermeister hat gleich gestern das Schloss austauschen lassen, also kann so etwas nicht noch mal passieren. Aber trotzdem hast du natürlich recht. Was kann ich tun, damit du nicht mehr sauer auf mich bist?«

»Lass mal, Daniel, es ist ja jetzt alles gut. Das war ein blöder Unfall und ich habe ihn zum Glück einigermaßen heil überstanden. Also belassen wir es dabei, okay?«

Als ich wieder an den Tisch zurückkam, sah Segelohr mich mit großen Augen an: »Dann war das also gar nicht dein Chef . . .?!«

Ich setzte mich, kaum in der Lage, meine wirren Gefühle unter Kontrolle zu bekommen. »Nein, es war ein Lehrling, der zeitgleich mit mir im Hotel angefangen hat und offenbar mindestens so viel Schiss vor Obermeister hat wie ich.«

»Dann wird es Zeit, dass ihr euch bei der Direktion über den Typen beschwert. Das geht ja wohl gar nicht!«, sagte Jan und schlug so fest mit der Faust auf den Tisch, dass die Wassergläser tanzten. »Azubis sind keine Sklaven, mit denen man tun und lassen kann, was man will. Ihr habt Rechte!«

Segelohr grinste: »Jan studiert Jura, musst du wissen, und er verfügt über einen ausgeprägten Gerechtigkeitssinn. Wann auch immer irgendwo eine Demo stattfindet oder sonstige Protestaktionen – er ist immer an vorderster Front mit dabei.« Aha – interessant!

»Und was willst du werden? Anwalt? Firmenjustiziar?«

Ich konnte mir Jan als alles Mögliche vorstellen, nur nicht als Juristen. Als Mandant würde ich das Fürchten kriegen!

»Richter!«, kam es so trocken von ihm, dass ich Mühe hatte, nicht in einen Lachanfall auszubrechen. Da kam mir eine SMS von Melli äußerst gelegen, die gerade über den Kiez zog und wusste, dass ich bei Segelohr eingeladen war.

»Hättet ihr was dagegen, wenn meine beste Freundin Melina auf einen Sprung vorbeischaut?«, fragte ich in die Runde. Ich wusste, dass Björn sie ganz nett fand – und Melli würde sich wiederum bestimmt königlich über Jan amüsieren.

»Nein, kein Problem. Ladet doch alle noch ein paar Freunde ein, dann können wir hier gleich eine Party steigen lassen«, antwortete Björn.

Auweia! Jetzt hatte ich ihn scheinbar vergrätzt.

»Vielleicht magst du auch noch deinen edlen Ritter ... äh Retter René Prinz einladen, wenn wir hier schon so gemütlich beisammensitzen.«

»Ich geh ja schon«, murmelte Jan in einem Anfall von Höflichkeit, stellte seinen leeren Teller in die Spüle und verschwand in seinem Zimmer.

Björn sah ihm schweigend hinterher – ich selbst spielte mit meiner Serviette. War es jetzt an der Zeit, ihm klarzumachen, dass mein Herz René gehörte?

»Sag Melli, dass ich mich über ihren Besuch freue«, murmelte Segelohr und begann, den Tisch abzuräumen. »Aber sag ihr auch, dass Jan leider ihre Portion gegessen hat und es hier momentan nichts weiter zu holen gibt als Chips, Erdnussflips und Schokoküsse!«

Wenige Minuten später stand Melli mit hochrotem Kopf und außer Atem vor uns. »Hast du was zu trinken?«, fragte sie Björn und ließ sich stöhnend auf Jans Stuhl fallen.

»Saft, Wasser – oder Alkohol?«, wollte Björn wissen, während ich überlegte, was wohl mit Melli los war.

»Hast du Wodka? Und vielleicht Orangensaft?«

Segelohr stellte kommentarlos ein großes Glas vor sie auf den Tisch und füllte es mit Wodka, O-Saft und Eiswürfeln. Er dekorierte sein Werk sogar mit einer Orangenscheibe und stellte eine Holzschale mit Chips daneben.

»Der Mann könnte eine Bar aufmachen«, befand Melli und stürzte ihren Drink in einem Zug hinunter.

Björn und ich sahen ihr zu.

»Wärst du jetzt bitte so nett, uns zu erklären, was mit dir los ist?«, bat ich, auch wenn mein Bedarf an Geschichten eigentlich bis zum Anschlag gedeckt war.

Melli räusperte sich, nestelte an ihrem viel zu kurzen Rock herum (seit wann hatte sie *den* denn?), strich sich dann eine ihrer roten Locken aus dem Gesicht und sagte schließlich ohne weitere Vorwarnung: »Rocco hat gefragt, ob ich ihn heiraten möchte . . .«

26. René – Freitag, 4. September 2011

Du hast bitte was?«

Fassungslos starrte ich Rocco an.

Doch der zog nur genüsslich an seinem Zigarillo und grinste wie ein Honigkuchenpferd.

»Sag mal, spinnst du? Du kennst sie doch gerade mal eine knappe Woche!«

»Morgen genau eine«, wandte Rocco ein, nahm einen letzten Zug und trat den Zigarillo schließlich mit dem Absatz seiner Cowboy-Boots aus. Ich schnappte immer noch nach Luft.

War Rocco jetzt total durchgedreht?

»Was hast du dir eingeworfen?«, fragte ich wütend und zog ihn hinter mir her. Wurde Zeit, dass wir nach Hause kamen!

»Reg dich ab, ich will sie ja nicht gleich morgen heiraten. Sondern erst, wenn sie ihr Abi gemacht hat und volljährig ist. So eine Liebe braucht schließlich Zeit, um zu reifen.«

»Du bist irre! Komplett irre! Keine Ahnung, wie ich das so lange ignorieren konnte . . .«

»Hey, reg dich ab, Alter. Ist doch gar nix passiert. Irgendwie musste ich die Braut doch auf Kurs bringen. Die ist total verwöhnt, was Typen angeht, da konnte ich nicht anders, als einfach eins draufzusetzen, um zu punkten. Du glaubst gar nicht, was mein Vorschlag bewirkt hat . . .«

Allmählich entspannte ich mich. Das war also nur wieder einer von Roccos blöden Tricks, mit denen er seine aktuelle

Favoritin anheizen wollte. Doch da fiel mir etwas ein. »Hast du nicht vor ein paar Tagen einen Korb von ihr bekommen, weil sie einen Freund hat?«, hakte ich nach, während wir am Elbufer entlang zurück zur Harbour-Hall gingen.

»Richtig. Und was mache ich normalerweise, wenn ich zurückgewiesen werde?«

»Du findest das Ganze noch spannender. Und setzt alles dran, deinen Willen zu bekommen.«

»Na siehst du, geht doch. Du verstehst mich, weil du im Grunde genauso gestrickt bist. Also: Wo genau ist dein Problem? Ich habe Melina am Telefon gesagt, dass ich ihretwegen nächtelang nicht geschlafen habe, weil ich das Gefühl habe, dass sie die eine ist, die ich lieben werde, bis ans Ende aller Tage . . .«

»Entschuldige bitte einen Moment, aber ich muss mich kurz übergeben.«

Rocco lachte und klopfte mir auf die Schulter. »Anstatt hier den Spießer zu geben und dich über meine Methoden zu mokieren, solltest du dich lieber mal um Rosalie kümmern. Es war zwar ganz romantisch, dass du sie aus der Kühlkammer gerettet hast, aber gedankt hat sie es dir trotzdem nicht. Also, was lernen wir daraus?«

»Dass du's draufhast – und ich nicht?«

»Richtig! Kluges Kerlchen!«

Wir trotteten eine Weile wortlos nebeneinanderher.

Rocco hatte es mal wieder auf den Punkt gebracht. Es half kein Leugnen mehr: Ich hatte mich rettungslos in Rosalie verliebt.

Und es war nun wirklich an der Zeit, mir selbst und vor allem ihr einzugestehen, was ich fühlte.

Doch wie stellte ich das nur an?

»Wie hat Melli denn auf diesen *Bullshit* reagiert?«, fragte ich, als wir zu Hause angekommen waren und uns auf die Couch schmissen.

»Wenn du mit Bullshit meinen Heiratsantrag meinst, dann hat sie gesagt, dass sie darüber nachdenken wird.«

»Habt ihr euch seit dem *Hozubi-Fest* denn überhaupt gesehen?«

»Nö!«, grinste Rocco. »Aber wir haben morgen ein Date.«

Demnach war Rosalie morgen Abend zumindest nicht mit Melina verabredet. Vielleicht klappte es ja, dass ich sie treffen konnte.

»Ich muss mal eben telefonieren, bin gleich wieder da«, sagte ich und nahm das Handy mit ins Schlafzimmer. Jetzt oder nie. Wenn es mit Rosalie und mir was werden sollte, musste ich Farbe bekennen.

Und sie auch.

»Hi, René hier«, sagte ich, als ich Rosalie an die Strippe bekam. Im Hintergrund hörte ich Gekicher, sie schien nicht alleine zu sein. »Störe ich?«

»Nein, tust du nicht. Dieser Abend verläuft sowieso schon komplett anders als geplant. Da kommt es auf dich jetzt auch nicht mehr an.«

Autsch! Das war so ganz und gar nicht die Antwort, die ich mir erhofft hatte.

»Oh Gott, das klang jetzt bestimmt total doof«, kam es auch gleich von Rosalie. »Was ich eigentlich sagen wollte, war, dass ich mich freue, dass du anrufst. Ich hätte mich übrigens auch noch bei dir gemeldet.«

Mein Herz begann zu klopfen. Rosalie hatte mich anrufen wollen – das machte mir Mut!

»Ich wollte dich fragen, ob du Lust hast, mich morgen zu sehen. Ich habe ein wenig wegen deiner White Lady recherchiert und einen Anhaltspunkt gefunden. Zwar keinen besonders großen, aber es ist immerhin ein Anfang.«

Rosalie schwieg einen Moment, bevor sie antwortete. Hätte ich das Thema Gespenst doch lieber lassen sollen?

»Wow . . . das ist ja . . . also, das kommt jetzt total überraschend . . . Aber ich bin natürlich neugierig. Hättest du vielleicht Lust, mich morgen Abend zu besuchen? Dann könnte ich mich auch für die tolle Einladung auf das Boot revanchieren.«

Nun sprang mir das Herz beinahe aus der Brust – ein völlig ungewohnter Zustand für mich. »Klar, gern, sehr gern«, stotterte ich. »Wann soll ich da sein?«

Nachdem wir geklärt hatten, dass ich um neun bei ihr sein würde, legte ich auf und streckte mich auf dem Bett aus.

»Bist du krank?«, fragte Rocco grinsend.

Wann war der denn hier hereingekommen?

»Schon mal das Wort Privatsphäre gehört?«, gab ich knurrend zurück, obwohl ich in Wahrheit grandios gute Laune hatte.

»Ja, hab ich. Aber dummerweise ist mir die Vokabel ›respektieren‹ ein wenig fremd.«

»Das kannst du laut sagen. Tja, mein Bester. Es sieht so aus, als hätten wir nun beide morgen Abend ein wichtiges Date. Was unternimmst du denn mit Melina?«

Rocco setzte sich zu mir aufs Bett. Sein Atem roch nach

Zigarillo und Whiskey, ganz offensichtlich hatte er sich an Dads Vorräten bedient. »Ich habe gedacht, ich gehe mit ihr in den *Hamburg Dungeon,* nachdem du gekniffen hast.«

»Weiß sie schon von deiner Idee?«

»Ja, tut sie – und sie findet es lustig. Coole Braut, passt super zu mir!«

Alles, wozu ich noch Energie aufbringen konnte, war, »Na dann« zu sagen und mich anschließend zusammen mit Rocco vor den Fernseher zu fläzen.

Während ich mit halbem Auge einer lausigen Comedyshow auf einem Privatsender folgte, stellte ich mir die ganze Zeit vor, wie der morgige Abend wohl laufen würde. Offensichtlich hatte Rosalie mir die Sache mit Val endlich geglaubt – aber hatte sie mir tatsächlich auch verziehen?

27. Rosalie – Samstag 5. September 2011

Nervös wie schon lange nicht mehr trippelte ich in meiner Wohnung auf und ab. Nach einem Zwischenstopp im Bad (war das mitten auf meiner Nase etwa ein Pickel oder der Abdruck des Knopfes von meinem Kopfkissen?), postierte ich mich zum x-ten Mal an diesem Tag vor dem Kleiderschrank.

Sollte ich mich total lässig einfach in meine Lieblingsjeans werfen und ein Top tragen? Meinen geblümten Mini anziehen und darüber das Shirt, das sexy über die Schulter rutschte, wenn ich es darauf anlegte? Oder lieber das knallrote Sommerkleid, das Cassandra mir letztes Jahr zum Geburtstag geschenkt hatte?

»Melli, ich brauche deine Hilfe. Ich weiß nicht, was ich heute Abend anziehen soll«, quengelte ich in den Hörer, froh, meine Freundin sofort ans Telefon bekommen zu haben.

Gleichzeitig schämte ich mich für meine Frage – was für ein saublödes Klischee!

»Gut, dass du anrufst, denn ich habe gerade dasselbe Problem. Was hältst du davon, wenn ich eben zu dir rüberkomme? Notfalls können wir ja auch Klamotten tauschen.«

Wie praktisch, dass Melina nur zwei Minuten von mir entfernt wohnte. Weniger praktisch war allerdings, dass Melli größer und schlanker war als ich . . .

»Das wäre genial, denn ich habe zusätzlich auch noch einen Frisuren-Super-Gau. Ich denke gerade ernsthaft über das Tragen eines Kopftuchs oder Turbans nach.«

Melli kicherte ins Telefon und schon kurze Zeit später saßen wir beide vor zwei riesigen Stücken Pflaumenkuchen mit Sahne (ich) und ohne (Melli) und tranken Milchkaffee. Melina war nämlich immer schon der Meinung, dass jedes noch so große Problem sich lösen ließ – vorausgesetzt, man hatte etwas im Magen. Also war sie gerade noch schnell zum nächstgelegenen Bäcker gestürmt.

»Was sagt eigentlich Luigi dazu, dass du Rocco heiraten willst?«, fragte ich feixend und versuchte, mir meine Freundin mit Brautkleid und Schleier vorzustellen.

»Luigi? Wer war noch mal Luigi?«, fragte Melli ungerührt und stibitzte einen Löffel Sahne von mir.

»Kein Wunder, dass du auf dem Ohr taub bist. Wer will noch was von einem italienischen Barkeeper wissen, wenn er einen Mann heiraten kann, der eine rote Lederjacke trägt . . .«

»Rosalein, nun mach dich mal locker. Die Ansage von Rocco war das Witzigste und Mutigste, was ich in der letzten Zeit von einem Typen gehört habe. Und ich mag die Vorstellung, diesem eingebildeten Spinner so richtig eins auszuwischen und ihm zu zeigen, dass nicht jede gleich vor Begeisterung in Ohnmacht fällt, nur weil er sich für sie interessiert. Nebenbei bemerkt wollte ich immer schon mal in den *Dungeon*. Wilde Knutschereien, während Störtebekers Kopf einem vor die Füße rollt . . . uaaaah . . .« Melli grinste und schüttelte sich. »Und was werdet ihr beiden Turteltäubchen heute Abend machen? Mäuse fangen? Gespenster jagen?«

Shit, vor lauter Aufregung in den vergangenen Wochen hatte ich total vergessen, das Mäuseproblem zu lösen.

»Wenn ich nicht bald weiß, was ich anziehen und mit meinen Haaren machen soll, wohl eher gar nichts«, entgegnete ich düster und beschloss, das Mäusethema zu vertagen.

Bis René kam, hatte ich noch exakt vier Stunden Zeit.

»Ich könnte sie dir schneiden, dann siehst du nicht mehr ganz so brav aus«, schlug Melli vor und schwenkte schwungvoll das Messer, mit dem ich zuvor den Kuchen zerteilt hatte.

»Du könntest aber auch einfach mal einen konstruktiven Vorschlag machen und mich ernst nehmen, anstatt den Clown zu geben. Du weißt genau, wie wichtig dieser Abend für mich ist!«, maulte ich leicht entnervt. Ich war wirklich ganz schön nervös.

»Weiß ich das?«, fragte Melli mit hochgezogener Augenbraue. »Die letzten Wochen hast du mir glaubhaft versichert, dass du René eingebildet, arrogant, unsensibel und ganz, ganz schrecklich findest. Hast du plötzlich deine Meinung geändert, nur weil er dich aus der Kühlkammer befreit hat? Dafür musst du ihm nicht bis in alle Ewigkeiten dankbar sein. Schlimm genug, dass es in diesem Hotel überhaupt so mangelhafte Sicherheitsbestimmungen gibt.«

Statt zu antworten, stocherte ich verlegen in meinem Kuchen herum. Es war schon schwer genug, mir selbst gegenüber ehrlich zu sein – aber gegenüber Melli?!

»Du findest ihn immer noch toll, stimmt's? Und romantisch wie du bist, würdest du auf der Stelle Ja hauchen, ohne auch nur eine Sekunde zu überlegen, in sein Schloss einziehen und Märchenprinzessin spielen, wenn er dich fragt. Hab ich recht?«

Ich nickte und Melli seufzte: »Deine Mutter hätte dir mal lieber was von Wilhelm Busch vorlesen sollen, anstatt dir mit diesem ganzen Schneewittchen-, Dornröschen- und Aschenputtel-Quatsch das Hirn aufzuweichen. Schau mich an: Ich bin vollkommen frei von diesem ganzen Unsinn und nehme das Leben und die Typen, wie sie sind.«

»Es ist aber nicht jeder wie du«, maulte ich. »Ich glaube eben an die wahre Liebe, die ein Leben lang hält. Mädchen, die sich bestrapst in fremden Betten wälzen, machen mir ebenso Angst wie die Tatsache, dass es Jungs gibt, die auf so was stehen. Oder die ihr Selbstbewusstsein dadurch tunen, dass sie jede Woche mit einer anderen rummachen . . .«

So, jetzt war es endlich raus! Ich hatte endlich laut ausgesprochen, was mich an René ängstigte.

»Du glaubst ihm also immer noch nicht, dass er nichts für die Aktion von Valerie-Bitch konnte. Aber jetzt mal abgesehen von dieser dummen Geschichte: Warum angelst du dir nicht lieber Björn? Der ist über beide Ohren verknallt in dich und würde dich mit Sicherheit auf Händen tragen, auch wenn er von zehn Supermodels angebaggert werden würde.«

»Ich weiß, ich weiß«, antwortete ich kleinlaut. »Segelohr ist süß, er sieht auf seine spezielle Art echt gut aus, er ist hilfsbereit, kann zuhören und ist in dieser kurzen Zeit ein echter Freund geworden.«

»Doch man küsst eben nicht den guten Freund, sondern den *Bad Boy,* der einem unter Garantie irgendwann das Herz brechen wird. Aber Süße, so ist das Leben. *No risk – no fun!* Wenn es weder Björn noch René sind, kommt eben ein anderer. Oder eben erst einmal keiner. Du hattest es doch bisher überhaupt nicht eilig damit, dich zu verlieben. Wenn ich mich recht erinnere, wolltest du unabhängig bleiben und nach deiner Ausbildung in der Schweiz studieren. Was ist denn aus der Rosalie geworden, die ihren eigenen Kopf hat?«

Ich ließ besagten Kopf hängen und dachte nach. Mellis Worte hatten mich getroffen – mehr, als ich gedacht hätte. Aber sie hatte recht. Es war tatsächlich an der Zeit, mal etwas zu wagen und nicht immer nur auf Nummer sicher zu gehen.

Obwohl ich nicht an Hettas Fluch glaubte, musste ich nun doch darüber nachdenken, wie es wäre, wenn mein Leben mit siebzehn tatsächlich vorbei wäre. Was, wenn ich bis dahin nicht so gelebt hatte, wie ich eigentlich wollte?

Momentan wollte ich René – und das mit ganzem Herzen und jeder Faser meines Körpers. Da war es doch vollkommen egal, ob ich einen Pickel hatte, meine Haare aussahen wie ein Wollknäuel und mein Minirock einen Fleck hatte, der nicht mehr rausging. Oder dass er und ich aus vermeintlich anderen Welten stammten.

Anstatt mir den Kopf über Dinge zu zerbrechen, auf die ich sowieso keinen Einfluss hatte, sollte ich lieber das Leben genießen.

»Hast du Lust zu shoppen?«, fragte ich, begeistert von meiner spontanen Idee.

Melli sah verwundert von ihrem Kuchen auf. »Willst du zu Kai?«

»Genau! Seine Kleider sind exakt das Richtige für einen

Abend wie diesen. Außerdem habe ich in einer Woche Geburtstag, da kann ich mir doch auch mal selbst was schenken!«

»Klingt gut«, grinste Melli. »Also los, worauf warten wir?«

Punkt neun Uhr klingelte es an der Tür.

Ich warf einen letzten Blick in den Spiegel und war zufrieden mit dem Ergebnis: Den Pickel hatte ich mit Concealer übermalt, meine Haare glänzten dank einer Bierspülung (Tipp von Cassandra) und ich trug ein lindgrünes Leinenkleid aus Kais Kollektion, das zugleich cool und sexy war.

Melli hatte ich zuvor freche Zöpfe geflochten und sie darin bestärkt, ihren Cordmini und eine weiße Hemdbluse zu tragen, die sie lässig über dem Bauchnabel geknotet hatte und auf diese Weise ihr Perlen-Piercing aufblitzen ließ.

Nach der Aufbrezel-Aktion hatten wir uns gegenseitig *toi, toi, toi* gewünscht, einander über die Schulter gespuckt und uns versichert, wie toll wir aussahen.

»Hi, schön, dich zu sehen«, begrüßte ich René, der lächelnd vor mir stand und mir ein Geschenk überreichte. »Aber ich habe doch erst nächsten Samstag Geburtstag«, sagte ich verwirrt, nahm das Mitbringsel entgegen und führte René in mein Wohnzimmer, das aufgrund seiner Größe kaum den Namen verdiente.

»Oh, du hast bald Geburtstag, wie schön. Willst du denn feiern?«

»Darüber habe ich mir ehrlich gesagt noch gar keine

Gedanken gemacht«, antwortete ich, während ich behutsam die hübsche Verpackung löste.

»Ich hoffe, du magst Rosen«, grinste René, als ich das Präsent ausgewickelt hatte. »Dieser Stock stammt aus der hoteleigenen Züchtung und heißt *Lydia.* Könnte ganz nett auf deinem Balkon aussehen, hab ich mir gedacht.«

Ich bestaunte den edlen Topf und schnupperte an den Blüten.

»Was für eine tolle Idee! Danke!«, freute ich mich und spürte mein Herz bis zum Hals klopfen. »Ich werde sie mal eben gießen und nach draußen stellen. Kann ich dir aus der Küche was zu trinken mitbringen? Ich habe selbst gemachte Zitronenlimonade, Smoothies, Bier, Aperol Sprizz . . .«

»Das Letztere habe ich zwar bisher noch nie getrunken, aber es klingt gut. Scheint ja momentan ein echtes In-Getränk zu sein.«

Als ich mit den Getränken zurückkam, legte ich den Flyer des Pizza-Lieferservice auf den Tisch und setzte mich René gegenüber. Ursprünglich hatte ich den Plan gehabt, etwas für uns beide zu essen zu machen (schließlich hatte René ja damals auf dem Boot mächtig aufgefahren!), war dann aber zu dem Ergebnis gekommen, dass so ein Vergleich unnötig war.

Außerdem hatte Melli mir bestätigt, dass ich zwar so einiges konnte – aber Kochen nicht unbedingt zu meinen Stärken gehörte.

»Gute Idee, das mit der Pizza«, stimmte René zu und studierte die Karte des Lieferservice.

Nach einigem Hin und Her entschieden wir uns schließlich dafür, uns eine *Quattro Stagioni* und eine *Frutti di*

Mare zu teilen. Nachdem ich telefonisch bestellt hatte, prosteten wir uns gegenseitig mit dem bittersüßen Aperol-Prosecco-Gemisch zu.

»Was wolltest du mir eigentlich erzählen?«, fragte ich, weil ich natürlich gespannt war, was René über meine Wohnung herausgefunden hatte.

Sein Gesichtsausdruck wurde sofort ernst und ich sah zum ersten Mal im Schein der Stehlampe, dass sein rechtes Auge – eigentlich azurblau – mit grünen Sprengseln durchsetzt war. Wieso war mir das bisher noch nicht aufgefallen? Überhaupt hatte er die tollsten Augen der Welt . . .

»Wie bereits gesagt, habe ich bei der Hausverwaltung nachgeforscht, einige Akten gewälzt und mich schließlich mit einem älteren Herrn getroffen«, riss René mich aus meinen Gedanken und ich versuchte, mich auf seine Worte anstatt auf seine Augen zu konzentrieren. »Und der hat mir erzählt, dass zwischen 1913 und 1916 eine gewisse Lydia Prinz hier gelebt hat.«

Es dauerte einen Moment, bis diese Information wirklich zu mir durchgedrungen war. »Bedeutet das etwa, dass diese Mieterin mit dir beziehungsweise deiner Familie verwandt war?«

»Offenbar«, nickte René.

»Aber wieso hat sie dann hier gewohnt und nicht ein bisschen . . . nobler?«

»Das kann ich dir leider auch nicht sagen. Genauso wenig wie ich weiß, wohin sie 1916 gezogen und was aus ihr geworden ist.«

Ich versuchte, mir einen Reim auf die Geschichte zu

machen. Während ich zur Balkontür hinausstarrte, fiel mein Blick auf den Rosenstrauch. »Glaubst du, dass es Zufall ist, dass eure Rosensorte *Lydia* heißt? Oder hat man sie nach dieser Lydia Prinz benannt?«

»Ich schätze schon. Der Gärtner wusste zwar auch nicht besonders viel, aber er hat mir bestätigt, dass diese spezielle Züchtung erst seit 1917 existiert, also ein Jahr nach Lydias Auszug aus deiner Wohnung.«

Verwirrt und furchtbar aufgeregt kippte ich meinen Drink in einem Zug hinunter. In mir keimte ein ungeheuerlicher Verdacht auf ... »Könnte es womöglich sein, dass die White Lady der Geist von Lydia Prinz ist?«, überlegte ich laut.

»Das könnte schon sein«, erwiderte René zögerlich. »Aber noch wissen wir ja nicht, was mit ihr passiert ist ... also, ob sie Grund dazu hätte, hier zu ... spuken.«

»Das würde auch erklären, warum sie seit Neuestem immer mit der Hand in Richtung Blankenese deutet«, murmelte ich mehr zu mir selbst als zu René.

»Ach, davon weiß ich ja noch gar nichts!«

»Kunststück, wir reden ja auch kaum noch miteinander, weil immer irgendetwas dazwischenkommt. Mal werde ich von einem Auto angefahren oder stecke in der Kühlkammer fest, dann streiten wir uns über irgendwelche Tussis, die sich in deinem Bett wälzen, oder darüber, ob es in Ordnung ist, wenn ich meine Mittagspause in der Nähe des Hotels verbringe.«

Anstatt einer Antwort stand René auf, ging zu mir und zog mich vom Stuhl hoch. Ehe ich michs versah, hatte er mich in seine Arme genommen, und auch ich umschlang ihn und vergrub meinen Kopf an seiner Schulter. Ich atmete den Duft seiner Haut ein und spürte seine Wärme und sein Herz, das gegen meinen Brustkorb hämmerte. Ich war so glücklich wie noch nie zuvor in meinem Leben.

Wenn es nach mir gegangen wäre, hätte in diesem Moment die Welt stillstehen können.

»Findest du nicht, dass es allmählich an der Zeit ist, endlich dieses dumme Kriegsbeil zwischen uns zu begraben und zu unseren Gefühlen zu stehen?«, flüsterte René dicht neben meinem Ohr.

»Nichts lieber als das«, flüsterte ich zurück und dann küssten wir uns endlich.

In diesem Moment war es mir vollkommen egal, wer Lydia Prinz war oder die White Lady. Was seine Eltern über mich dachten, oder ob Valerie immer noch an ihm hing. Alles, was zählte, war, mit René zusammen zu sein und zu spüren, dass er mich mindestens ebenso mochte wie ich ihn.

Das Klingeln des Lieferservice katapultierte uns dann leider in die banale Realität zurück. Wie lange wir wohl schon so dagestanden hatten? Fünf Minuten? Zehn? Eine Ewigkeit?

René löste sich widerwillig aus unserer Umarmung und ging zur Tür. »Findest du nicht auch, dass Zeit und Raum plötzlich egal sind, wenn man mit dem Menschen zusammen ist, den man liebt?«, fragte er lächelnd über seine Schulter.

»Klingt zwar ziemlich kitschig, aber ich hätte es nicht schöner ausdrücken können«, antwortete ich und ließ mich auf das Sofa sinken. Noch konnte ich gar nicht so richtig glauben, dass René und ich nun tatsächlich zusammen waren.

Ich lauschte auf seine Stimme, während er an der Tür mit dem Pizzaboten sprach. Das Kribbeln in meinem Bauch wollte gar nicht mehr aufhören und ich konnte mir gar nicht vorstellen, gleich etwas so Profanes zu tun wie zu essen. Doch meine Appetitlosigkeit legte sich schlagartig, als mir der Duft von Meeresfrüchten, Chili und frischem Koriander in die Nase stieg. Lecker!

»Was dagegen, wenn wir die Pizza mit der Hand direkt aus dem Karton essen?«, fragte René und stellte beide Schachteln auf den Wohnzimmertisch.

»Wenn Ihnen dieser Verstoß gegen die guten Manieren nicht zuwider ist, werter Herr Prinz, schließe ich mich Ihrem Vorschlag sehr gerne an«, antwortete ich gut gelaunt.

Die nächsten Stunden verbrachten wir weitgehend damit, uns zwischen den Pizzastücken zu küssen, Musik zu hören, zu lachen und die Flasche Aperol zu leeren.

Ich war so glücklich, dass ich hätte platzen können!

28. René – Sonntag, 6. September 2011

Mittlerweile war es halb drei Uhr morgens und ich hatte nicht die geringste Lust, mich von Rosalie zu trennen. »Soll ich bleiben, bis die White Lady kommt?«, fragte ich in der Hoffnung, die gemeinsame Zeit noch ein wenig verlängern zu können.

»Ich glaube zwar nicht, dass sie sich zeigt, wenn du hier bist«, entgegnete Rosalie. »Aber ich freue mich, dass du heute Nacht nicht mehr nach Hause möchtest.«

»Dann würde ich wirklich sehr gern bleiben«, antwortete ich. Kaum hatte ich den Satz ausgesprochen, fiel mir auf, dass ich ihn noch nie zuvor gesagt hatte. Normalerweise hatte ich immer so schnell wie möglich das Weite gesucht und die Mädels waren enttäuscht gewesen.

»Ich habe übrigens eine Gästezahnbürste für dich«, erklärte Rosalie, nachdem wir gemeinsam ein Kissen und eine Decke bezogen hatten, wobei sie eindeutig größeres Talent dazu hatte als ich.

»Da sieht man die gelernte Fachkraft«, grinste ich und küsste ihren Nacken, während sie beide Decken nebeneinanderlegte und glatt strich.

Um kurz vor drei lagen wir eng aneinandergekuschelt und starrten erwartungsvoll auf das Fenster. Das heißt – Rosalie starrte dorthin, während ich versuchte, keinen Lachanfall zu bekommen. Wir waren endlich ein Paar, lagen alleine in einem Bett – und warteten darauf, dass uns gleich ein Gespenst besuchen kam.

Durch die Vorhänge fiel fahles Mondlicht, der Wind raschelte durch die Blätter des Baums gegenüber. Ich schaute alle paar Sekunden auf meine Armbanduhr, als wartete ich auf den Silvester-Countdown – aber nur um zu wissen, wann ich endlich Rosalies ungeteilte Aufmerksamkeit wieder ganz für mich haben würde.

Doch als die Turmuhr endlich schlug, traute ich meinen Augen nicht. Ungläubig starrte ich auf die sphärische Erscheinung, die plötzlich mitten im Raum stand. Sie trug ein weißes Nachthemd, hatte blonde lange Haare und blickte uns direkt in die Augen.

Mir stellten sich sofort sämtliche Nackenhaare auf und ich konnte mich keinen Millimeter rühren. Meine Hände begannen zu schwitzen und wie von ganz weit her spürte ich Rosalies Finger auf meinem Arm.

Starr vor Schreck konnte ich meinen Blick nicht von der White Lady wenden.

Alles war exakt so, wie Rosalie es beschrieben hatte. Bis zuletzt hatte ich an ihren Geschichten gezweifelt – doch jetzt war der Moment, mir einzugestehen, dass sie keine Märchenerzählerin war.

Irgendwann ließ meine Anspannung etwas nach. Ich konnte mir dieses Phänomen zwar nicht erklären, aber seltsamerweise flößte es mir auch keine Angst mehr ein. Ich griff nach Rosalies Hand und spürte, wie ihre Finger die meinen umschlossen.

Die White Lady betrachtete uns zunächst eine Weile, dann rollten ihr auf einmal dicke Tränen über die Wangen.

Ich wurde schlagartig auch traurig, obwohl ich nicht wusste, warum.

Nach einem weiteren flehentlichen Blick drehte die Dame in Weiß sich um, kletterte auf den Sims, öffnete das Fenster – und sprang in die Tiefe.

Rosalie stieß einen spitzen Schrei aus, ich hopste aus dem Bett und sprintete zum Fenster. Doch als ich nach unten in den Hof blickte, sah ich nichts außer einer schwarzen Katze, die maunzend um die Mülltonnen strich.

Mittlerweile stand Rosalie neben mir, genauso fassungslos wie ich. »Das hat sie heute zum ersten Mal getan«, flüsterte sie mit zitternder Stimme.

Ich schloss das Fenster und ging mit Rosalie zurück ins Bett.

»Das war wirklich *spooky«* war alles, was ich herausbrachte, während wir uns eng aneinanderkuschelten. Ein Besuch in der Geisterbahn war ein Spaziergang gegen das, was ich eben erlebt hatte. Rosalie zitterte wie Espenlaub und auch ich hatte Mühe, den unerschrockenen Helden zu spielen.

»Ich frage mich, wieso sie nicht gekommen ist, als Melli hier war. Sie hatte ja offenbar keine Scheu davor, sich dir zu zeigen«, flüstere Rosalie.

»Da ich mit ihr verwandt bin, finde ich ihr Verhalten nur gerechtfertigt. Alles andere wäre ziemlich unhöflich gewesen«, versuchte ich, die angespannte Stimmung durch einen Witz zu entschärfen.

Zum Glück lachte Rosalie auch.

»Meinst du, ihr Sprung hat eine bestimmte Bedeutung? Sollte er vielleicht eine Art Abschied sein?«, mutmaßte sie nach einer Weile des Schweigens.

»Ich habe nicht die leiseste Ahnung. Abgesehen davon,

dass ich bisher überhaupt nicht an Geister geglaubt habe, dachte ich bislang eigentlich immer, dass Gespenster nur so lange keine Ruhe finden, bis das Problem, das sie zu Lebzeiten gequält hat, gelöst wurde. Aber nach allem, was ich von dir weiß, gibt es keinen Anhaltspunkt dafür, was sie dir mitteilen oder was sie bewirken wollte.«

»Der einzige Hinweis bestand darin, dass sie Richtung Blankenese gedeutet hat – vorausgesetzt, Mellis Kompass-App hat funktioniert. Man müsste herausfinden, ob sie nach ihrem Auszug im Schlosshotel gewohnt hat. Kann man das nicht irgendwie überprüfen?«

Ich dachte an die Familienchroniken, von denen mein Vater gesprochen hatte. Nach diesem Vorfall würde er sie mir auf alle Fälle zeigen müssen – ganz gleich, was meine Mutter dazu sagen würde.

Nachdem wir uns erneut unter die Decken gekuschelt hatten, schliefen wir dann auch irgendwann ein. Ich fühlte mich so gut wie selten zuvor in meinem Leben. Mit einem Lächeln auf den Lippen driftete ich ins Reich der Träume hinüber. Was hatte Rosalie nur mit mir angestellt . . .?

Als ich am nächsten Tag aufwachte, schien die Sonne und der nächtliche Spuk war wie weggeblasen. Alles, was jetzt zählte, war, dass ich mit meiner Liebsten zusammen war.

Rosalie lag zusammengerollt neben mir und schlief tief und fest. Die Situation erschien mir immer noch ein bisschen unwirklich. Wenn ich daran dachte, was zwischen uns alles passiert war, grenzte es beinahe an ein Wunder, dass wir trotz der ganzen Missverständnisse und Streitereien hier zusammenlagen. Bevor mich meine ungewohnt romantischen Gefühle weiter übermannten, übernahm mein Magen die Regie – er knurrte.

Mittlerweile war es ein Uhr mittags, Zeit aufzustehen. Zärtlich drückte ich mein Gesicht in Rosalies volle blonde Locken. Im ersten Moment fand ich das Ganze sehr kuschelig, doch dann stieg mir plötzlich ein eigentümlicher Duft in die Nase.

War das etwa Bier?

»Deine Haare riechen ein bisschen so, als hättest du die Nacht in einer Kneipe verbracht«, sagte ich grinsend, kaum dass Rosalie die Augen aufgeschlagen und sich zu mir gedreht hatte.

»Was ist das denn für eine uncharmante Begrüßung?«, fragte sie und zog mir – zack! – eins mit ihrem Kissen über.

»Hey, lass mich leben«, flehte ich, als sie auch noch begann, mich durchzukitzeln. Wenn es eines gab, womit man mich wirklich aus der Fassung bringen konnte, war es kitzeln.

»Das ist die gerechte Strafe dafür, dass ich mir gestern eine komplette Flasche Bier über die Haare gekippt habe, damit sie schön glänzen . . .«

»Tut mir leid, dass du meinetwegen so einen Stress hattest«, erwiderte ich lachend. »Aber das wäre gar nicht nötig gewesen, denn ich finde so oder so, dass du einfach toll bist. Am meisten törnt es mich allerdings an, wenn du deinen Putzkittel trägst und deine Haare mit einem Reif bändigst. Du siehst dann aus, als hättest du eine Badekappe auf dem Kopf. Total scharf!«

»Haha, sehr witzig. Wenn du nicht sofort deine freche Klappe hältst, bekommst du nichts zum Frühstück!«

»Damit kannst du mir nicht drohen, denn dafür ist es jetzt eh zu spät. Aber was hältst du davon, wenn wir einen kleinen Ausflug machen und irgendwo Mittagessen gehen?«

»Gute Idee! Wohin willst du?«

Ich dachte einen Moment nach. Mittlerweile kannte ich Hamburg zwar schon ein bisschen besser, aber es gab immer noch Stadtteile, in denen ich noch nicht gewesen war. »Rocco schwärmt mir doch immer so vom Karolinenviertel vor. Da soll es noch schöner sein als in der Schanze.«

Rosalie nickte und meinte anschließend lächelnd: »Ich würde ja zu gerne wissen, ob Mellis und Roccos Date ebenso erfolgreich war wie unseres . . .«

Als wir kurze Zeit später aus der Tür traten und im Hof standen, erschienen mir die Ereignisse der vergangenen Nacht geradezu surreal. Auch Rosalie schien keine Lust zu haben, das Thema Gespenster weiter zu vertiefen, also gingen wir los in Richtung Marktstraße.

Kurz bevor wir dort ankamen, erweckte ein gigantisch großes Plakat meine Aufmerksamkeit: Es zeigte eine bildschöne Schwarzhaarige mit hellem Teint und blutroten Lippen, die für einen Lippenstift namens *Plume* der Firma *HeavenlyNature* warb.

»Hey, hier spielt die Musik«, maulte Rosalie, als sie meinem Blick folgte, und knuffte mich in die Seite.

»Aber du, liebstes Dornröschen, bist tausendmal mehr

mein Typ als das Schneewittchen da oben. Ich steh nämlich auf dich und auf keine andere.«

»Na, dann ist's ja gut. Denn ich stehe meinerseits nicht auf Typen, die ständig denken, dass hinter der nächsten Ecke ein noch viel tolleres Angebot auf sie wartet.«

Ich schluckte, denn bis vor Kurzem hatte ich noch genau zu dieser Kategorie gehört. Zum Glück für mich konnten wir dieses Thema elegant umschiffen, weil Rosalie ein Bistro namens *Veggi-Himmel* entdeckte.

»Das nenne ich mal eine kreative Idee«, freute sie sich, als sie viele ihrer fleischlosen Lieblingsgerichte auf der Karte entdeckte.

Vor dem Restaurant standen bunt bemalte Holzstühle, jede Menge Pflanzen und kunterbunte Sonnenschirme, alles wirkte sehr gemütlich und einladend.

»Dann lass uns doch hierbleiben«, schlug ich vor und widmete mich ebenfalls sofort dem Studium des Speisenangebots. »Ich probiere mal das Chili sin carne, scheint ja eine wahre Spezialität zu sein, so wie sie es hier anpreisen.«

Nachdem Rosalie und ich bei einem sympathisch aussehenden Typen bestellt hatten, der sich als JamieTim und Besitzer des Ladens vorgestellt hatte, saßen wir eine Weile schweigend nebeneinander und beobachteten das sonntägliche Treiben um uns herum.

Ich überlegte: Sollte ich Rosalie noch mal auf den Vorfall der vergangenen Nacht ansprechen? Mich überkam eine merkwürdige Unruhe, wenn ich darüber nachdachte, und dieses diffuse Gefühl galt Rosalie. Musste ich davon ausgehen, dass sie – mal wieder – in Gefahr war? Bevor ich allerdings etwas sagen konnte, schaltete sie ihr Handy ein.

»Sorry, aber meine Mutter dreht sonst am Rad, wenn sie mich nicht erreicht«, entschuldigte Rosalie sich. »Ich hab dir ja schon mal erzählt, dass sie sich andauernd Sorgen um mich macht. Seit dem Unfall und der Sache mit der Kühlkammer ist es natürlich noch schlimmer geworden. Wenn ich mich nicht mindestens einmal am Tag bei ihr melde, um zu sagen, dass es mir gut geht, hat sie ständig Angst, mir könnte wieder etwas zugestoßen sein.«

»Was ich ihr auch ehrlich gesagt nicht verdenken kann. Du hattest ja wirklich eine ganz schöne Pechsträhne. Oder passiert dir so was häufiger, obwohl du so behütet aufgewachsen bist?«

Rosalies Gesicht verfinsterte sich und sie sah aus, als würde sie wegen irgendetwas mit sich ringen. Und tatsächlich erzählte sie mir wenig später eine haarsträubende Geschichte – die Geschichte von dem Fluch, der seit ihrer Geburt auf ihr lastete. Und die Angst ihrer Eltern, sie könne an ihrem siebzehnten Geburtstag sterben . . .

Mag sein, dass ich völlig übermüdet und mein Körper das ganze Gefühlschaos nicht gewohnt war, aber so sehr ich mich auch bemühte, konnte ich die ganze Geschichte nicht einfach als Unfug abtun – zumal seit gestern Nacht mein Weltbild doch erheblich auf den Kopf gestellt worden war. Das Wort »Fluch« traf mich wie ein Stich und sofort verstärkte sich wieder meine Angst und legte sich wie eine düstere Vorahnung über mich. Verdammt, was war nur mit mir los?

»Das ist ja total krass!«, sagte ich cool und versuchte,

mir nicht anmerken zu lassen, wie gruselig ich die Geschichte von Hetta Hübner in Wirklichkeit fand. Wie gesagt, im Grunde glaubte ich nicht an vermeintlich *übernatürliche* Dinge. Doch alleine die Tatsache, dass Hetta genau um dieselbe Uhrzeit verstorben war, als Rosalie den Autounfall hatte, machte das Ganze nur noch unheimlicher.

»Dann bleibt mir wohl nichts anderes übrig, als dir bis zu deinem Geburtstag nicht mehr von der Seite zu weichen und rund um die Uhr auf dich aufzupassen«, sagte ich scherzend und bemühte mich, meine düsteren Gedanken beiseitezuschieben. Ich gab Rosalie einen langen, intensiven Kuss. »Nun habe ich dich endlich gefunden, also gebe ich dich auch nicht mehr her. Und ich werde nicht zulassen, dass dir etwas passiert!«

29. Rosalie – Montag, 7. September 2011

Was ist denn hier los?«, fragte ich, weil ich seit heute Morgen alle paar Meter über Männer in grauen Overalls stolperte, die sich fortwährend irgendwelche Notizen machten.

»Herr Prinz hat eine außerturnusmäßige Wartung aller Anlagen des Schlosshotels angeordnet. Nach dem Vorfall mit dem Kühlraum fand er es ratsam, das Hotel einer Generalinspektion zu unterziehen. Momentan ist die Elektrik dran – mal sehen, was sie da alles finden«, erklärte Florian, der heute irgendwie anders aussah als sonst.

Aha, aha . . .

»Hattest du ein schönes Wochenende?«, wollte ich wissen und machte mich daran, wie jeden Morgen in der Küche Eierspeisen, Pfannkuchen und alles andere zuzubereiten, das die Gäste zusätzlich zum Bufett-Angebot bestellten.

»Ja, hatte ich«, lächelte Florian und stellte sich neben mich an den Herd. »Ich habe Leilani bei ihrem Filmprojekt geholfen!«

Überrascht sah ich auf und hätte deshalb beinahe den Pfannkuchen anbrennen lassen. Natürlich wusste ich, dass Flo neben seiner Leidenschaft fürs Kochen ein Filmfreak war. Aber war er nicht eher auf Grusel und Horror spezialisiert?

Und seit wann war er so dicke mit meiner Kollegin?

»Nun guck nicht, als hätte ich gerade gesagt, dass Leilani und ich morgen einen Hollywood-Film drehen werden.

Ich habe ihr lediglich ein bisschen unter die Arme gegriffen und einige Fachbücher geliehen.«

Fachbücher über Film? Ich verstand gerade überhaupt nichts mehr . . .

»Mein Vater ist Drehbuchautor, habe ich dir das nie erzählt? Dank dieser Tatsache weiß ich jede Menge über Exposés, Treatments und den ganzen Kram. Als ich gehört habe, dass Leilani an dem Filmwettbewerb teilnehmen will, habe ich ihr meine Unterstützung angeboten.«

Und das an dem ersten freien Wochenende, das Flo hatte, seit ich im Schlosshotel arbeitete. Natürlich war das *nur* reine Kollegialität. Schon klar . . .

»Das ist lieb von dir«, antwortete ich und überlegte, unter welchem seltsamen Stern die beiden vergangenen Tage wohl gestanden hatten.

Mit Sicherheit hatte Venus ihre Finger mit im Spiel gehabt.

René und ich. Flo und Leilani. Von Mellis und Roccos Treffen wusste ich noch nichts Genaues, außer, dass Melina mich heute noch unbedingt sehen wollte, wie sie mir gesimst hatte.

»Leilani hätte es wirklich verdient, ihren Traum in die Realität umzusetzen, anstatt zeit ihres Lebens Hotelzimmer zu putzen. Schön, wenn es da bei euch beiden so gut passt!«

»Ich find's auch schön, in jeder Beziehung«, grinste Flo vielsagend und begann zu pfeifen. »Aber jetzt muss ich wieder an die Arbeit. Und du auch.«

Nach einem Besuch bei meinen Eltern traf ich kurz vor acht Uhr zu Hause ein. Cassandra hatte auf meinen Anrufbeantworter gesprochen und mich gebeten zurückzurufen. Da sie eine Weile verreist gewesen war, hatte sie jetzt erst von meinen beiden Unfällen erfahren und war natürlich sehr besorgt.

Gedankenverloren ging ich in die Küche. Sollte ich Cassandra vielleicht bitten, mir dabei zu helfen, mit dem Geist von Lydia Prinz Kontakt aufzunehmen? Schließlich war sie auf Séancen und diesen ganzen spiritistischen Kram spezialisiert.

Grübelnd starrte ich durch die Fensterscheibe – und für einen Moment setzte mein Herz aus, als ich sah, dass jemand auf dem Balkon saß. Zuerst schrie ich vor Schreck, erkannte dann aber, dass es Melli war, die es sich dort in der Abendsonne gemütlich gemacht hatte.

Sie sprang sofort auf und nahm mich in den Arm. »Oh Süße, es tut mir leid, ich wollte dich nicht erschrecken. Aber ich habe zweimal gerufen, nachdem du die Tür aufgeschlossen hattest, und dachte natürlich, du hättest mich gehört. Du hast doch gesagt, ich könne jederzeit hier rein, wenn ich will.«

»Stimmt ja, ich habe dir einen Zweitschlüssel gegeben«, antwortete ich mit zittrigen Knien und setzte mich zu ihr. Allmählich beruhigte sich mein Herzschlag wieder.

»Okay, ich hab mich wieder eingekriegt. Also erzähl: Wie war dein Date mit Rocco? Deine SMS klang ja sehr kryptisch!«

»Gegenfrage: Wie war deins mit René? Im Gegensatz zu dir habe *ich* mich ja wenigstens gemeldet. Aber so wie du aussiehst, habe ich eigentlich gar keine Fragen mehr. Außer deiner kurzen Schockstarre von eben siehst du nämlich blendend aus: rote Wangen, strahlende Augen, verträumter Blick ... Ich würde mal sagen, du hattest Spaß!«

»Ja, hatte ich – allerdings nicht ganz so, wie du vielleicht vermutest. Du weißt, ich neige nicht dazu, irgendwas zu überstürzen.«

Melli zog einen gespielten Flunsch. »Das bedeutet dann wohl im Klartext, dass ihr beide brav wart. Habt ihr euch wenigstens geküsst?«

»Ja, haben wir. Und ob du es glaubst oder nicht, René hat sogar bei mir geschlafen.«

Nun riss Melli erstaunt die Augen auf: »Er hat bei dir übernachtet und es ist NICHTS passiert?«

»Nein, ist es nicht, denn wir hatten Besuch von der White Lady.«

Während ich von dem Fenstersturz meines Nachtgespenstes erzählte, lauschte Melina mit angehaltenem Atem und fassungslosem Gesichtsausdruck. Ich selbst konnte kaum glauben, dass das alles wirklich passiert war – aber zumindest hatte ich diesmal René als Zeugen.

»Oh Gott, oh Gott, oh Gott«, japste Melli schließlich und hielt sich vor Schreck die Hand vor den Mund. »Das ist ja grauenvoll. Ich finde, René muss irgendetwas unternehmen. Irgendjemand in der Familie Prinz hat offenbar Dreck am Stecken und du musst das jetzt ausbaden. Soll ich meine Eltern mal fragen, ob du eine Weile zu mir ziehen kannst? Zumindest bis dein Geburtstag vorbei ist?«

»Das ist lieb, aber da würde ich auf Dauer nur stören. Aber ich überlege ernsthaft, ob ich den Rest der Woche zu meinen Eltern gehe. Wenn diese Nacht genauso gruselig wird, dann halte ich es hier sowieso nicht länger aus.«

»Wie war es denn letzte Nacht?«, wollte Melli wissen und sah mich mit großen Augen an.

»Da war ich bei René. Momentan sieht es so aus, als sei alle Welt wild darauf, mich zu beschützen. Aber jetzt erzähl mir endlich von Rocco und dir. Als wir bei René ankamen, war er nämlich nicht zu Hause.«

»War er nicht? Bist du dir sicher?« Mellis Augen flackerten nervös.

»Die Wohnung ist zwar riesig, aber ich glaube schon, dass ich es bemerkt hätte, wenn René und ich nicht alleine gewesen wären. Aber wenn du so fragst, wart ihr beide scheinbar nicht zusammen unterwegs.«

»Nein, waren wir nicht. Nach Samstagnacht hat er sich nämlich nicht mehr bei mir gemeldet. So viel zum Thema Heiraten.«

Ich konnte mir kaum ein Grinsen verkneifen. Offenbar schlug da jemand Melli mit ihren eigenen Waffen. Wie oft war ich schon dabei gewesen, wenn irgendwelche Typen ihr die Mailbox vollgetextet oder sie mit SMS bombardiert hatten, ohne dass sie auch nur im Geringsten darauf reagiert hätte.

Willst du was gelten, mach dich selten!, hatte sie dann achselzuckend gesagt und das Schmachten ihrer Lover ignoriert.

»Dann ruf ihn doch an.«

Melina sah aus, als hätte ich gerade von ihr verlangt, den schiefen Turm von Pisa geradezubiegen. »Sag mal, spinnst du? Meinst du, ich laufe diesem Lackaffen auch noch hinterher? So toll ist er nun auch wieder nicht.«

»Scheint so, als sei aus deinem Vorsatz – ich zitiere

wörtlich: ›dem eingebildeten Spinner so richtig eins auszuwischen‹ – nicht viel geworden . . .«

»Blöde Kuh!«

»Selber!«

Nun mussten wir beide lachen.

»Aber freut mich, dich so happy zu sehen. Das war jetzt auch echt mal fällig. Hast du dir eigentlich schon überlegt, ob du deinen Geburtstag feiern willst? Platz genug hättest du ja jetzt und auch keine Eltern im Nacken, die die Party genau dann abbrechen, wenn es gerade anfängt, lustig zu werden.«

»Keine schlechte Idee, der Samstag wäre natürlich perfekt geeignet. Ich habe frei und ich könnte das Ganze gleich mit einer Einweihungsparty verbinden. Ich denk mal drüber nach. Und sollte ich feiern, lade ich selbstverständlich auch Rocco ein.«

»Das ist genau die Ansage, die ich von dir hören wollte«, antwortete Melina zufrieden.

30. René – Montag, 7. September 2011

Das Bild war wirklich wunderschön.

Ich konnte verstehen, weshalb es Rosalie so gefiel. Es war schlicht, aber genau deshalb umso stimmungsvoller.

»Kann ich etwas für Sie tun?«, fragte ein sympathischer Typ mit charmanten Lachfältchen um die Augen. Das musste Kai Mielke sein, von dem Rosalie mir schon erzählt hatte.

»Ja, sehr gern. Sie könnten mir dieses Bild verkaufen, wenn es noch zu haben ist.«

»Grundsätzlich ist es verkäuflich, aber es hängt schon so lange hier, dass ich ehrlich gesagt gar nicht weiß, ob ich mich davon trennen möchte.«

»Es wäre für jemanden, den Sie ebenfalls mögen. Dieser Jemand hat am Samstag Geburtstag und wünscht sich nichts sehnlicher, als jeden Morgen nach dem Aufwachen auf diese Blumenwiese schauen zu können.«

»Heißt dieser *Jemand* zufällig Rosalie Dorn?«

Ich nickte. Hoffentlich hatte Kai Mielke wirklich so viel Herz, wie ich es vermutete.

»Dann ist das natürlich etwas anderes. Aber woher wissen Sie von diesem Wunsch? Rosalie scheint mir nicht die Sorte Mensch zu sein, die so etwas laut äußert.«

»Hat sie auch nicht. Ich weiß es von Melina. Die hatte ursprünglich vor, das Bild nachzumalen und ihr die Kopie zum Geburtstag zu schenken. Als sie aber hörte, dass ich es gern kaufen würde, war sie der Meinung, sie würde doch noch etwas anderes für Rosalie finden.«

Wie gut, dass Rocco anstandslos Mellis Handynummer herausgerückt hatte!

»Dürfte ich vielleicht Ihren Namen erfahren? Klingt jetzt vielleicht etwas komisch, aber ich wüsste ganz gern, wem ich dieses Schmuckstück verkaufe.«

Ich schob Kai meine Visitenkarte über den Tresen. Irrte ich mich oder huschte da ein wissendes Lächeln über seine Lippen?

»Na wenn das so ist, dann wollen wir mal! Möchten Sie es denn jetzt schon mitnehmen oder hat das noch bis Freitag Zeit?«

»Ehrlich gesagt wäre es toll, wenn Sie es mir jetzt schon geben. Ich würde es gern in Ruhe einpacken und habe den Rest der Woche auch keine Zeit mehr, es abzuholen.«

Nachdem Kai Mielke das Bild in Packpapier gehüllt und ich es zum Auto transportiert hatte, in dem Rocco vor einem Restaurant auf mich wartete, überkam mich eine solche Vorfreude, dass ich es Rosalie am liebsten heute noch geschenkt hätte.

»Ui, das ist ja nicht gerade Postkartengröße! Bist du jetzt pleite oder kannst du es dir noch leisten, mit mir was essen zu gehen? Die portugiesische Kellnerin im Fischlokal sieht nämlich ziemlich schnuckelig aus. Und sie schien einem Flirt mit mir nicht abgeneigt.«

Ich folgte Roccos Blick und verstand sofort, was er meinte. Die Kleine wäre sonst auch mein Typ gewesen – aber spätestens seit Samstag stand für mich unverrückbar fest: Ich war immun gegen sämtliche weibliche Reize in meiner Umgebung und hatte nur noch Augen für Rosalie.

»Okay, ein bisschen Kohle habe ich noch. Und rein zufällig auch Appetit auf gegrillte Sardinen.«

Nachdem wir eine Weile schweigend gegessen hatten und ich überlegte, wie ich das Bild so geschickt verpackte, dass Rosalie nicht sofort wusste, was es war, fiel mir schließlich ein, dass ich noch gar nichts von Roccos Date mit Melina gehört hatte. Als ich Sonntagnacht zusammen mit Rosalie bei mir übernachtet hatte, war er nämlich spurlos verschwunden gewesen.

»Wie läuft es denn jetzt eigentlich mit Melli?«, fragte ich gespannt. »Werde ich bald Trauzeuge?«

»Wenn mein Plan aufgeht, dann ja.«

»Bist du gerade in der Ich-melde-mich-solange-nicht-bis-sie-durchdreht-Phase oder hast du diesmal etwas anderes vor?«

»Genau da bin ich. Warum sollte ich meine Taktik ändern, wenn sie doch so hervorragend funktioniert? Bis spätestens Mittwoch wird sie mich auf Knien um eine weitere Verabredung anflehen, das schwör ich dir!«

So unterhaltsam ich Roccos Geschichten sonst auch fand, so sehr störte sie mich heute. Hatte Rosalie schon so viel Einfluss auf mich, dass ich plötzlich meinen besten Freund, den ich seit Kindergartentagen kannte, in einem vollkommen neuen Licht sah?

»Willst du sie denn überhaupt wiedersehen?«

»Von wiedersehen *wollen* kann hier nicht die Rede sein, Alter. Ich MUSS!«

Nanu?

»Die Kleine ist so der Hammer, dass ich die ganze Sonntagnacht über den Kiez gezogen bin, um sie mir aus dem

Kopf zu schlagen. Ich habe mit allen möglichen heißen Girls geflirtet, aber es hat mich auf einmal alles kaltgelassen. Melli und ich, wir sind vom selben Schlag. Endlich mal eine, die tough und selbstbewusst ist. Ich bin echt übelst verknallt, Alter.«

Ich grinste, weil Rocco sich so sehr in Rage geredet hatte, dass sein Gesicht fast die Farbe seiner Lederjacke angenommen hatte. »Dann hat es uns ja beide ganz offensichtlich zur selben Zeit richtig erwischt. Lass uns auf die Liebe anstoßen!«

»Auf die Liebe«, erwiderte Rocco so ernsthaft, dass ich sofort wieder lachen musste.

Jetzt blieb also nur noch zu hoffen, dass Melina genauso für meinen Freund empfand wie er für sie . . .

31. Rosalie – Mittwoch, 9. September 2011

Das ist ja süß von euch«, freute ich mich, weil Melina gerade auf dem Handy angerufen und erzählt hatte, dass Flo, Björn, Leilani und sie mir das Bufett für die Geburtstagsparty am Samstag spendieren wollten.

Beflügelt von der Vorstellung, Rocco auf diese Weise wiederzusehen, hatte Melli alle Hebel in Bewegung gesetzt, um meine Feier zu organisieren. Alle würden kommen: meine Eltern, Cassandra, meine alten Klassenkameraden aus dem Gymnasium, meine neuen Freunde aus dem Hotel und der Berufsschule – und natürlich René!

Diese Aussicht gab mir Kraft, das zu tun, was ich tun musste, um mich nicht mehr länger wegen der White Lady oder Hettas Fluch zu ängstigen.

Dieser Schritt würde hoffentlich die Eintrittskarte in ein neues, unbeschwertes Lebensjahr sein.

Ich klingelte und stieg die wackeligen Holztreppen bis in den vierten Stock eines heruntergekommenen Altbaus im Karolinenviertel hinauf.

»Bonjour«, begrüßte Madame Dupont mich und sah zum Glück überhaupt nicht aus, wie ich mir ursprünglich ein Medium vorgestellt hatte. Statt einer Furcht einflößenden Aura umströmte sie trotz einer gewissen Strenge etwas sehr Gütiges, Sanftes.

»Möchten Sie einen Tee?«, fragte Madame und ich bejahte.

Nachdem sie eine dampfende Kanne und eine Schale Kekse aufs Tablett gestellt hatte, ging sie ins Erkerzimmer und ich folgte ihr. Auch hier sah es eher gemütlich aus als nach einem Ort, an dem spiritistische Sitzungen abgehalten wurden.

Auf dem Boden lag heller Sisal, auf den Fensterbänken standen Töpfe mit üppigen Grünpflanzen, in der Mitte ein runder Holztisch. Die Kreisform schien für die Abhaltung von Séancen aus irgendeinem Grunde sehr wichtig zu sein, das hatte ich bereits im Internet erfahren, wo ich auch auf die Adresse von Madame Dupont gestoßen war.

»Bitte nehmen Sie doch Platz. Sind Sie nervös? Machen Sie so etwas zum ersten Mal?«

Ich setzte mich auf einen antiken Stuhl, der mit weinrotem Samt gepolstert war. »Ja, das ist meine erste Séance, und ja, ich bin nervös. Sehr sogar!«

Madame nickte und schenkte uns beiden Tee ein. Der Raum war angefüllt mit dem Duft eines Räucherstäbchens, vermutlich Weihrauch oder etwas Ähnliches. Gut, dass Mom nicht wusste, was ich tat – sie hätte auf der Stelle einen Anfall bekommen.

»Wollen Sie mir erzählen, was Sie bedrückt und wen Sie anrufen möchten, oder soll ich es lieber selbst herausfinden?«, fragte mein Medium und ich unterdrückte ein hysterisches Kichern. Denn natürlich war mit dem Begriff *Anrufen* kein reales Telefonat gemeint, sondern die Kontaktaufnahme mit einem Wesen aus dem Jenseits. In diesem Falle mit Lydia Prinz.

Ich beschloss, die Aktion hier so kurz wie möglich zu halten, nicht zuletzt wegen des Honorars. Also erzählte ich mit knappen Worten von der White Lady und von Hettas Fluch.

Madame zog die Stirn kraus und schien zu überlegen. »Momentan ist mir nicht ganz klar, ob es sinnvoller ist, Lydia Prinz anzurufen oder die andere Dame . . .«

Ich rutschte unruhig auf meinem Stuhl hin und her. Das fehlte gerade noch, dass ich zwei Sitzungen brauchte, um an die Informationen zu kommen, die ich benötigte. Bis zu meinem Geburtstag blieben mir schließlich nur noch zwei Tage . . .

»Ich würde vorschlagen, ich beginne zunächst einmal mit Lydia Prinz. Wir werden sehen, ob es mir gelingt, eine Verbindung zu ihr zu bekommen. Erschrecken Sie bitte nicht: Ich lösche jetzt das Licht und zünde eine Kerze an. Was auch geschieht, bitte tun Sie nichts, greifen Sie nicht aktiv ins Geschehen ein. Sie müssen sich darauf gefasst machen, dass ich während der Sitzung plötzlich anders aussehe oder Dinge tun kann, die Sie irritieren könnten. Sie dürfen allerdings eine Frage stellen, aber nur eine einzige. Mehr lässt das Jenseits nämlich nicht zu. Also: Sind Sie bereit?«

Einen kurzen Moment war ich versucht, meine Meinung zu ändern und so schnell ich konnte das Weite zu suchen. Wenn Cassandra von ihren Sitzungen erzählte, hatte das Ganze immer lustig geklungen, und ich hatte mir einen Spaß daraus gemacht, mir rationale Erklärungen für tanzende Tische, Stühle und zerberstende Gläser zu überlegen. Natürlich hätte ich das alles viel lieber mit ihr gemacht – aber dann hätte sie unter Garantie meinen Eltern davon erzählt, was es natürlich absolut zu vermeiden galt.

»Ich bin bereit!«, sagte ich mit halbwegs fester Stimme und setzte mich kerzengerade hin.

Madame löschte alle Lichter und entzündete eine dunkelrote Kerze, die sie in die Mitte des Tisches stellte. Schließlich begann sie, unverständliches Zeug zu murmeln, und fiel nach einer Weile – wie angekündigt – in Trance.

Dann passierte erst einmal gar nichts.

Doch gerade als ich überlegte, ob das nicht alles totaler Humbug und Scharlatanerie war, veränderten sich ihre Züge.

Aus dem Gesicht der älteren Dame verschwanden alle Spuren des Alters, sämtliche Fältchen und der strenge Zug um den Mund. Sie sah auf einmal aus wie ein junges Mädchen Anfang zwanzig.

Nach einiger Zeit begannen ihre Lippen, sich zu bewegen, und ich gab mir große Mühe, zu verstehen, was sie sagte. Zunächst vernahm ich nichts als ein undefinierbares Raunen, doch dann sprach Madame immer lauter und deutlicher.

War es nun der Geist von Hetta Hübner, der mit mir Kontakt aufnahm, oder Lydia Prinz?

»Rosalie, komm zu mir, ich habe so lange auf dich gewartet!«

Ich bekam Gänsehaut, als ich das hörte, denn ich erkannte sowohl die Stimme als auch den Satz. Ich hatte ihn gehört, als ich zum Turmzimmer des Schlosshotels hinaufgestiegen war. Aufgeregt überlegte ich, ob jetzt bereits der Zeitpunkt war, die einzige Frage zu stellen, die Madame Dupont mir gestattet hatte. Ich beschloss, alles auf eine Karte zu setzen, um dem Spuk ein für alle Mal ein Ende zu bereiten: »Wer sind Sie und was wollen Sie von mir?«, fragte ich und hatte zugleich Angst vor der Antwort.

Wenn du eine Frage stellst, musst du die Antwort auch ertragen können, lautete einer der Wahlsprüche Cassandras.

Wieder entströmte Madames Lippen nur schwer Verständliches. Ihr Körper zuckte, sie warf den Kopf ein paarmal hin und her und ich krallte mich vor Angst in der Polsterung meines Stuhls fest. Was hatte ich da nur angezettelt? Was hatte ich mir dabei gedacht, so etwas zu tun? Noch dazu ganz allein?

Wenn wenigstens Melli hier bei mir wäre ...

»Rosalie, ich brauche deine Hilfe. Mein Geist ist seit fast hundert Jahren im Schlosshotel gefangen. Komm in der Nacht deines siebzehnten Geburtstags um Schlag Mitternacht zu mir ins Turmzimmer und rette mich aus meiner Gefangenschaft. Wenn du das tust, werde nicht nur ich frei sein, sondern auch du, denn ich werde als Gegenleistung den Fluch, der anlässlich deiner Geburt über dich verhängt wurde, aufheben. Bitte lass mich nicht im Stich, Rosalie. Du bist die Einzige, die mir jetzt noch helfen kann. Bitte komm, komm zu mir ... ich habe schon so lange auf dich gewartet!«

31. René – Donnerstag, 10. September 2011

Cordula Groth starrte angestrengt auf den Monitor und machte sich nebenbei Notizen. »So, gleich haben wir es geschafft. Bis auf fünf sind alle Gäste über die spontane Schließung des Hotels in den kommenden vier Tagen informiert. Haben Sie die Hartmanns erreicht?«

»Ja, habe ich. Frau Hartmann war sehr enttäuscht, weil sie sich darauf gefreut hatte, wie jedes Jahr ihren Hochzeitstag hier zu verbringen. Ich konnte ihre Enttäuschung aber etwas lindern, indem ich sie ohne Aufpreis in unserem Hotel auf Sylt untergebracht habe.«

»Sehr gut, vielen Dank! Ich nehme an, dass sie nicht besonders scharf darauf war, womöglich an ihrem Hochzeitstag in die Luft zu fliegen, weil einige unserer Leitungen defekt sind.«

Scharf darauf war? In die Luft zu fliegen? Was waren das denn auf einmal für saloppe Töne aus dem Mund der sonst so strengen Direktorin? Und wieso sah Frau Groth heute so verändert aus?

Sie trug keine blickdichten Strümpfe und anstelle des obligatorischen Kostüms ein schönes Hemdblusenkleid, das ein bisschen weiter als sonst aufgeknöpft war.

Nachdem ich auch noch alle anderen anstehenden Anrufe getätigt und ein Informationsschreiben an alle Mitarbeiter verfasst hatte, dass das Schlosshotel von Freitag bis einschließlich Montag wegen dringender Arbeiten an der Elektrik geschlossen sein würde, machte ich mich auf die Suche nach Rosalie.

Ich freute mich schon darauf, die Mittagspause mit ihr zusammen zu verbringen.

»Gute Neuigkeiten! Du hast am Montag einen zusätzlichen Tag frei und kannst dich in Ruhe von deiner Geburtstagsparty erholen«, erzählte ich, als wir nebeneinander an der Elbe saßen und aufs glitzernde Wasser schauten.

»Hey, das ist ja super!«, antwortete sie, teilte eine belegte Laugenstange und gab mir eine Hälfte.

»Hättest du Lust, morgen Abend alleine mit mir in deinen Geburtstag hineinzufeiern? Ich würde dir nämlich gern dein Geschenk abseits des allgemeinen Trubels geben«, fragte ich, weil ich mir nichts sehnlicher wünschte, als mit Rosalie zusammen zu sein und die Chance zu haben, ihr als Erstes zu gratulieren.

»Außerdem könntest du dann darauf aufpassen, dass mir nichts passiert, oder?«

»Ja, das auch, wenn ich ehrlich bin.«

In den vergangenen Tagen war tatsächlich dieses merkwürdige Gefühl nicht mehr von mir gewichen und ich hatte mir wirklich ständig Sorgen um sie gemacht.

»Bitte sei nicht enttäuscht, aber ich würde diesen Abend eigentlich ganz gern mit Melli verbringen. Wir machen das seit Jahren so, und es käme mir komisch vor, das auf einmal zu ändern. Aber was hältst du davon, wenn wir Samstag vor der Party zusammen frühstücken? Dann hätten wir jede Menge Zeit . . .«

Ich bemühte mich, meine Enttäuschung hinunterzuschlucken. »Okay, können wir auch machen, klingt gut«, presste ich hervor und versuchte, mich darüber zu freuen, dass ich zumindest heute diese eine Stunde mit ihr verbringen konnte.

Nach Dienstschluss fuhr ich nach Harvestehude, um dort nach unserer Familienchronik zu suchen. Da ich meinen Vater, der zu einer Geschäftsreise nach Dubai unterwegs war, nicht erreichen konnte und die Zeit drängte, hatte ich kurzerhand beschlossen, mich in seinem Appartement umzusehen. Er nutzte die Einzimmerwohnung immer, wenn er alleine in Hamburg war, und lagerte außerdem wichtige Dokumente im dortigen Safe.

Gut, dass ich die Kombination kenne!, dachte ich, während ich die Zahlen eingab und das Schloss öffnete. Papa nutzte für all seine Sachen immer dieselbe Kombi. Fahrlässig, wie meine Mutter fand – praktisch für mich.

In einem der hinteren Fächer wurde ich schließlich fündig: Die zwei Chronikbände waren in dunkelblauen Samt eingeschlagen und wurden von unserem Familienwappen geziert. Ich nahm die beiden Bücher vorsichtig heraus und trug sie wie einen kostbaren Schatz zu Dads Schreibtisch. Den Gedanken daran, was er sagen würde, wenn er wüsste, was ich hier tat, versuchte ich, so gut es ging beiseitezudrängen. Doch nicht zuletzt hatte meine Mutter mit ihrer überzogenen Reaktion auf dem *Hozubi-Fest* meine Neugierde erst so richtig angefacht – ich war gespannt, was ich in den Büchern finden würde.

Die Aufzeichnungen über die Familie Prinz begannen um 1850 und mir schwirrte schon nach kurzer Zeit der Kopf von den vielen Informationen, die mir bis dahin unbekannt gewesen waren. Doch ich überflog diese Zeitspanne nur, weil ich hoffte, ab 1913 etwas über Lydia Prinz zu finden.

Das Entziffern der altdeutschen Schrift erschwerte die Lektüre, aber ich war wild entschlossen, alles dafür zu tun, um dieses ungute Gefühl, das ich nach Lydias Spuk im Hinblick auf Rosalie hatte, abzustellen. Und dann fand ich endlich eine heiße Spur – eine Todesanzeige:

Familie Prinz gibt in tiefer Trauer
den erschütternden und gänzlich unerwarteten Tod
der geliebten Tochter Lydia bekannt.
Sie starb im Alter von dreiundzwanzig Jahren
an einer heimtückischen Krankheit.
Sie ist viel zu früh von uns geschieden!
Hamburg, 12. September 1917

Meine Hand zitterte, als ich die Übereinstimmung des Datums von Lydias Tod und Rosalies Geburtstag erkannte. Mit klopfendem Herzen las ich, was der Chronist in Ergänzung zur Anzeige notiert hatte. Lydia Prinz war – entgegen der offiziellen Version – nicht an einer Krankheit gestorben, sondern hatte den Freitod gesucht, indem sie sich aus dem Fenster des Turmzimmers gestürzt hatte.

Ich bekam Gänsehaut, weil ich mich an die Bilder von vergangener Samstagnacht erinnerte: die Trauer im Gesicht der White Lady, die Tränen und schließlich der unerwartete Sprung.

Als ich weiterlas, erfuhr ich, dass der Grund für Lydias Suizid eine tragische Liebesgeschichte war: Sie war unsterblich in ihren Kammerdiener Laurenz verliebt gewesen. Eine Verbindung, der die Eltern sich vehement entgegengestellt hatten. Doch Lydia und Laurenz waren offenbar so davon überzeugt gewesen, füreinander bestimmt zu sein, dass Lydia sich von ihrer Familie losgesagt und die kleine, eher ärmliche Wohnung in der Ditmar-Koel-Straße bezogen hatte, in der nun Rosalie lebte.

Dort traf sie sich heimlich mit ihrem Geliebten, der nach Bekanntwerden der Liaison längst aus dem Dienst der Familie Prinz entlassen und bei einer Hamburger Reederfamilie untergekommen war.

Lydia hatte zunächst versucht, sich als Erzieherin durchzuschlagen, dann als Näherin und zuletzt als Gesellschafterin einer älteren erblindeten Dame, der sie regelmäßig vorlas und für die sie Besorgungen erledigte.

Als sie im Winter 1916 an einer langwierigen Lungenentzündung erkrankt war, hatten ihre Eltern sie schließlich zurück in das Familienschlösschen geholt, das heutige Schlosshotel.

Nach ihrer Genesung hatte Lydia offenbar so viel Kraft getankt, dass sie beschloss, gemeinsam mit Laurenz nach Italien durchzubrennen und zu versuchen, dort fernab von Standesdünkel und gesellschaftlichen Konventionen ihre Liebe zu leben. Doch Laurenz wurde in der Nacht, für die der Ausbruch geplant war, von einem Automobil überfahren und war auf der Stelle tot.

Lydia war zutiefst erschüttert und konnte den Verlust ihres Geliebten nicht verwinden. Ständig schwarz gekleidet und ohne einen Funken Lebensfreude, geisterte sie in den folgenden Monaten wie ein Gespenst durch die oberen Etagen des Schlösschens. Man sah sie häufig am Fenster, melancholisch in die Ferne blickend – und so wurde Lydia im Laufe der Zeit von allen nur noch die *Schwarze Witwe* genannt.

Am 12. September 1917 um drei Uhr morgens setzte sie schließlich ihrem unglücklichen Leben ein Ende.

Ich legte die Aufzeichnungen beiseite und holte so tief ich konnte Luft.

Diese Geschichte klang so sehr nach *Romeo und Julia,* dass mir beinahe schlecht wurde. Allerdings war diese Tragödie ein Produkt der Fantasie von William Shakespeare, im Gegensatz zu Lydia und Laurenz. Ich empfand tiefes Mitleid mit Lydia, die offenbar nach ihrem Tod keine Ruhe gefunden hatte und nun als Gespenst in Rosalies Wohnung hauste.

Was für eine abgefahrene Geschichte!

Ich unterdrückte den Impuls, sofort Rosalie anzurufen und ihr von meinen Entdeckungen zu erzählen. Dabei musste ich auch an meine Mutter denken – und dass aus ihrer Sicht die Beziehung zwischen Rosalie und mir ähnlich skandalös war, wie es vor hundert Jahren Lydias Eltern empfunden hatten. Bestand hier vielleicht eine weitere Verbindung zwischen Lydia und Rosalie – außer, dass sie zufällig die gleiche Wohnung hatten?

Ich beschloss, die Chronik weiterzulesen, auch wenn ich mittlerweile von diesem Teil der Familiengeschichte ziemlich angewidert war. Und bereits ein paar Zeilen weiter stolperte ich über die Lösung des nächsten Rätsels – dem geschlossenen Turmzimmer.

Der Grund für die Schließung war tatsächlich Lydias Sprung aus dem Fenster gewesen.

Nachdem den Eltern klar geworden war, welch großen Anteil ihre strenge und unmenschliche Haltung bei der Tragödie ihrer Tochter gehabt hatte, taten sie später alles, um ihren Schuldgefühlen zu entfliehen und inneren Frieden zu finden.

So spendeten sie beispielsweise eine hohe Summe an ein Hamburger Frauenstift und ließen schließlich zu Lydias Andenken die gesamte Etage sperren. In der Chronik wurden die nachfolgenden Generationen darum gebeten, dem Wunsch von Lydias Eltern Folge zu leisten und es ebenso zu handhaben.

Das traurige Kapitel schloss mit den Worten:

> *Und es geht die Mär, dass der Geist des verstorbenen Mädchens immer noch im Turmzimmer einhergeht und darauf wartet, befreit zu werden, um wenigstens im Tode mit ihrem geliebten Laurenz vereint zu sein.*

Hier stand sie also, die Antwort auf die Frage, die sich die Mitarbeiter des Schlosshotels seit Jahrzehnten stellten. Kein Wunder, dass vom Turmzimmer auch heute noch eine so unheimliche Aura ausging, dass selbst Hartgesottene das Gruseln bekamen.

Etwas ratlos klappte ich das Buch zu und legte es in den Safe zurück. Nun kannte ich also dieses traurige Kapitel aus unserer Familiengeschichte und den Hintergrund für die Mythen, die sich um das Turmzimmer rankten. Doch was, um alles in der Welt, konnte ich nur tun, um dieses lästige Gefühl loszuwerden, dass Rosalie in Gefahr schwebte?

32. Rosalie – Freitag, der 11. September 2011

Soll ich für die Party den Pastasalat machen, den du so gern mochtest?«, kritzelte Segelohr mir ins Notizbuch, während der Rohstoffkundeunterricht nahezu komplett an mir vorbeiging.

Ich war megaaufgeregt, weil ich heute Nacht ins Turmzimmer musste und aus diesem Grund sowohl René als auch Melina angelogen hatte. Melli hatte nämlich ebenfalls vorgeschlagen, mit mir in den Geburtstag reinzufeiern, doch ich hatte behauptet, schon mit René verabredet zu sein. Nur auf diese Weise konnte ich sichergehen, dass keiner von beiden mich an meinem Vorhaben hindern konnte. Ich war wild entschlossen, den Geist von Lydia Prinz zu befreien – und mich von diesem düsteren Fluch, der mir mittlerweile immer größere Angst machte; vor allem seit dieser spiritistischen Sitzung mit Madame.

Die plötzliche Schließung des Hotels kam mir da natürlich sehr gelegen, weil ich auf diese Weise problemlos Zugang zum Generalschlüssel von Gerlinde Schlange hatte, mit dem ich versuchen wollte, in das Turmzimmer zu gelangen.

»Tolle Idee!«, flüsterte ich und freute mich darüber, dass Björn es offenbar aufgegeben hatte, in mir etwas anderes zu sehen als eine nette Schulfreundin.

Er hatte es erstaunlich gut weggesteckt, als ich ihm Dienstag mit leicht mulmigem Gefühl endlich von René und mir erzählt hatte.

»Und was hältst du von gegrillten Marshmallows?«

»Auch super. Aber mach dir nicht so viel Mühe, ein Gericht alleine reicht doch auch. Ich erwarte ja schließlich keine hundert Gäste«, antwortete ich so leise wie möglich.

»Aber die Gäste erwarten Nachtisch«, wisperte Segelohr zurück, was uns beiden einen strengen Blick von Herrn Thamm einbrachte.

Nach der Schule beschloss ich, spontan bei Mom und Dad vorbeizuschauen, obwohl sie morgen zu meiner Party kommen würden. Aber ich wollte ihnen zuvor noch höchstpersönlich die frohe Botschaft verkünden, dass ich seit dem Wochenende ganz offiziell mit René zusammen war.

»Aber das ist ja wunderbar, Schätzchen«, freute sich meine Mutter, als ich ihr die Neuigkeit erzählte, und fiel mir um den Hals. »Ich finde ihn nämlich wirklich sehr sympathisch und charmant. Außerdem finde ich es toll, dass ihr den heutigen Abend zusammen verbringen werdet.«

»Wer ist sympathisch und charmant, außer mir natürlich?«, ertönte die Stimme von Dad hinter uns und wir fuhren beide herum, als seien wir gerade bei wer weiß was ertappt worden.

»Wir sprechen von René Prinz. Du fandest ihn doch auch sehr nett, nicht wahr?«

Mein Vater lachte: »An sich ist ja keiner gut genug für mein Töchterchen, aber in diesem Fall bin ich bereit, mal eine Ausnahme zu machen. Aber nur, wenn wir uns in Ruhe hinsetzen und du ein Stück von meiner frisch gebackenen Rhabarber-Baiser-Torte isst und mir deine ehrliche

Meinung dazu sagst – ich habe nämlich ein neues Rezept ausprobiert.«

Ich ließ mich nicht lange bitten – Dads Kuchen waren immer ein absoluter Traum. »Schmeckt köstlich!«, schwärmte ich dann auch und nahm mir noch ein zweites Stück.

»Rosalein, du bist doch heute Abend wirklich mit René zusammen?«, fragte meine Mutter völlig unvermittelt.

Ich schrak zusammen. Hatte sie mal wieder ihren berühmten siebten Sinn und spürte instinktiv, dass ich später etwas vorhatte, das sie nicht gutheißen würde?

»Ja, bin ich. Wieso fragst du?«

Mein Vater legte Mom beschwichtigend die Hand auf den Arm.

»Nun mach dir mal keine Sorgen. Rosalie verbringt nachher einen schönen Abend mit René und wir feiern morgen zusammen ihren Geburtstag.«

»Ist ja gut, ist ja gut«, seufzte Mom leise. »Es fällt mir nun mal schwer, darauf zu vertrauen, dass dieser Fluch von Hetta purer Unsinn ist, auch wenn ich tief im Innersten natürlich weiß, dass das alles nur alberner Aberglaube ist. Aber mir ist eindeutig wohler, wenn dieser Samstag endlich vorbei ist . . .«

Moms Worte hallten in meinen Ohren nach, als ich die Tür zu meiner Wohnung aufschloss. Mittlerweile war ich mir selbst nicht mehr ganz sicher, ob das, was ich vorhatte, richtig war. Aber mir gingen Lydias Worte nicht mehr aus dem Kopf.

Wir schienen beide von einem Fluch belegt – und waren

nur einen winzigen Schritt davon entfernt, endlich frei zu sein.

Lydia würde im Jenseits endlich ihre wohlverdiente Ruhe finden – und ich im Diesseits mein Glück mit meinen Eltern, meinen Freunden, meinem Beruf – und René.

Dieser Gedanke trieb mir einen kurzen Moment Tränen in die Augen. Ich war so glücklich wie noch nie zuvor in meinem Leben – nicht zuletzt wegen René. Umso schrecklicher fand ich es, ihn gerade zu hintergehen, aber ich wusste, wenn ich ihm die Wahrheit erzählte, würde er heute Nacht dabei sein wollen, um auf mich aufzupassen. Und tatsächlich wäre mir wohler gewesen, mit ihm gemeinsam das Turmzimmer aufzusuchen. Aber das musste ich alleine durchziehen. Zum Glück hatte ich Cassandras Schutzamulett, das mich schon so viele Male beschützt hatte. Weshalb sollte es ausgerechnet heute versagen? Und was sollte überhaupt Schlimmes passieren?, versuchte ich, mich zu beruhigen.

Ich beschloss, René aber zumindest anzurufen, um seine Stimme zu hören. Dasselbe würde ich auch mit Melli machen.

»Schön, dass du anrufst«, sagte René, der bereits nach dem ersten Klingeln am Telefon war. »Ich habe nämlich auch gerade an dich gedacht.«

»Und was hast du gedacht?«, fragte ich mit pochendem Herzen.

Ich hätte tausendmal lieber den Abend in seinen Armen verbracht, als im Schlosshotel ein Gespenst zu erlösen.

»Ich habe gerade gedacht, wie sehr ich dich liebe und wie schön es ist, dass wir einander begegnet sind.«

»Das finde ich auch«, antwortete ich leise und beendete dann das Telefonat mit der Begründung, Melli stünde schon vor der Tür. Hätte ich noch eine Minute länger mit ihm gesprochen, ich hätte es mir bestimmt anders überlegt.

Bei Melina hatte ich nicht so viel Glück, ich erwischte nur ihre Mailbox: »Schade, dass ich dich nicht erreiche. Aber ich wollte mich noch mal melden, bevor ich mich gleich mit René treffe. Ich wollte dir nur sagen, dass ich mich total auf morgen freue, dir für die Sache mit Rocco die Daumen drücke und dass ich dich lieb habe.«

Nach diesen beiden Anrufen beschloss ich, es mir vor dem Fernseher gemütlich zu machen, um mich abzulenken und wach zu halten. Wenn ich pünktlich sein wollte, musste ich spätestens um elf die S-Bahn nehmen.

Ich schob meinen Lieblingsfilm in den DVD-Player, kuschelte mich auf die Couch und versuchte, mich auf den Film zu konzentrieren und an nichts anderes mehr zu denken. Doch so richtig wollte mir das nicht gelingen. Immer wieder schielte ich zur Wanduhr und hatte das Gefühl, als würden die Zeiger sich schneller als sonst bewegen . . .

René – Freitag, 11. September 2011, 19.50 Uhr

Was machst du denn für ein Gesicht?«, frotzelte Rocco und hielt mir ein Bier hin.

»Ich weiß auch nicht«, antwortete ich und schüttelte den Kopf. Heute Abend wollte ich keinesfalls trinken, denn ich hatte irgendwie ein dummes Gefühl in Bezug auf Rosalie. »Vielleicht sehe ich ja schon selbst Gespenster, aber mir gefällt der Gedanke nicht, heute Nacht nicht bei Rosalie sein zu können.«

»Alter Falter, du bist total durch den Wind wegen dieser ganzen White-Lady-Kacke und der Familienchronik. Ich hab dir gleich gesagt, du sollst dich aus dem Mist raushalten! Dieser uralte Familienkram und der ganze übersinnliche Quatsch – da muss man ja blöd von werden! Komm, entspann dich und guck lieber *Stirb langsam 4* mit mir. Freu dich doch einfach auf das morgige Frühstück mit Rosalie und auf die Party. Ich für meinen Teil kann es jedenfalls kaum erwarten, Melli zu sehen.«

»Apropos Melli«, griff ich das Stichwort auf, dankbar, das Thema wechseln zu können. »Wenn ich es recht sehe, ist dein Plan, dass sie sich am Mittwoch bei dir meldet, nicht ganz aufgegangen.«

»Kunststück, sie wusste ja, dass wir uns morgen sehen werden. Also brauchte sie auch nicht anzurufen.«

Auch wieder wahr.

»Los jetzt, ab mit dir auf die Couch – oder auf den Kiez, du hast die Wahl.«

»Dann bin ich fürs Sofa, ich will morgen auf alle Fälle

fit sein. Ich brauche aber noch einen Moment, weil ich erst die Karte für Rosalie schreiben will.«

Zurück in meinem Zimmer betrachtete ich das verpackte Bild. Ich konnte es kaum erwarten, Rosalies Gesicht zu sehen, wenn sie ihr Geschenk auspackte.

Nachdem ich voller Konzentration und Hingabe meinen Geburtstagsgruß geschrieben hatte, ging es mir noch schlechter als vorher. Ich hatte meine Gefühle für sie formuliert und mir war dabei klar geworden, wie wichtig Rosalie für mich war.

Warum nur konnte ich dieses beschissene Angstgefühl nicht abstellen?

Rosalie war mit Melli zusammen. Die beiden machten einen Mädelsabend und hatten Spaß, kein Grund, sich Sorgen zu machen. Komm mal wieder runter von deinem Trip!!!, schalt ich mich selbst.

»Alter, komm jetzt, und verschanz dich nicht stundenlang in deinem Zimmer«, dröhnte Roccos Stimme durch den Flur.

Mein Freund hatte recht, Ablenkung war jetzt die beste Medizin. Außerdem konnte ich Rosalie um Mitternacht anrufen und ihr gratulieren. Und wer weiß, vielleicht hatte sie dann ja noch spontan Lust auf meinen Besuch.

Rosalie – 22.55 Uhr

Ein wenig benommen und mit Grummeln im Bauch ging ich in der Dunkelheit zum Bahnhof Landungsbrücken. Um mir Mut zu machen, hatte ich mir die Stöpsel des iPods ins Ohr geklemmt und hörte laut Musik. Die S-Bahn war rappelvoll mit Partyvolk, das grölend durchs Abteil turnte, Bier trank und tierisch nervte.

Zum Glück leerte sich der Waggon bald wieder und ich saß allein mit einem älteren Herrn mit Hund und zwei jungen Mädchen im Abteil.

Auf dem Weg zum Schlosshotel passierte ich das *Café Dornröschen* und dachte an meinen ersten Arbeitstag im Hotel. Vor nur fünf Wochen war meine Welt noch ganz anders gewesen als heute. Ich trug plötzlich Verantwortung, ich hatte mühsam gelernt, mich durchzusetzen, ich hatte neue Erfahrungen gemacht, neue Freunde gewonnen – und nicht zuletzt René getroffen und mich unsterblich in ihn verliebt.

Kurze Zeit später stand ich vor dem Hotel.

Alles war dunkel, alles war still, nur die Lampen rechts und links des Hauptwegs spendeten ein wenig Licht.

Ich zog den Schlüssel zum Personaleingang und meine Taschenlampe aus meiner Tasche.

Mittlerweile war es zwanzig vor zwölf.

Es blieben mir also nur noch wenige Minuten, um Gerlinde Freitags Generalschlüssel zu holen, nach oben zu gehen, das Türschloss zum Turmzimmer zu öffnen (vorausgesetzt der Schlüssel passte) und abzuwarten, was passierte.

René – 23.40 Uhr

Mein ungutes Gefühl steigerte sich von Stunde zu Stunde und schnürte mir beinahe die Kehle zu. Anstatt mich auf die beiden Bruce-Willis-Filme zu konzentrieren, die Rocco ausgeliehen hatte, kreisten meine Gedanken unaufhörlich um Rosalie, die Geschichte mit Lydia Prinz und Laurenz und Hettas Fluch.

»Dann ruf sie doch endlich an, Mann. Ist ja nicht auszuhalten, wie du hier vor dich hin leidest«, stöhnte Rocco, dem mein Verhalten mittlerweile ziemlich auf die Nerven ging.

»Aber es ist doch noch gar nicht zwölf«, protestierte ich.

Um Mitternacht hatte ich einen triftigen Grund anzurufen. Zwanzig Minuten früher wirkte zum einen uncool und zum anderen, als würde ich sie kontrollieren.

»Tu's trotzdem. Frag einfach, ob Melli noch da ist und du noch spontan vorbeikommen kannst, um ihr einen Geburtstagskuss zu geben – oder lass dir was anderes einfallen. Außerdem: Die Kleine ist in dich verliebt, ihr seid gerade frisch zusammen, da freut man sich doch über jeden Anruf des anderen.«

Rosalie – 23.50 Uhr

Ein wenig außer Atem kam ich im obersten Stockwerk an.

Ich hatte Glück gehabt, der Generalschlüssel lag wie erwartet in der untersten Schreibtischschublade von Gerlinde Schlange. Es war gar nicht so einfach, im Schein einer einzigen Taschenlampe durch das Hotel zu geistern – und vor allem sehr, sehr unheimlich.

Nachdem die ersten Knack- und Knistergeräusche mich beinahe zu Tode erschreckt hatten, beschloss ich, dass es nur eine Möglichkeit gab, um das Ganze halbwegs gut zu überstehen: Ich musste weiter laut Musik hören und versuchen, die Welt um mich herum auszublenden.

Ich passierte die Gemäldegalerie und hangelte mich dabei von einem Bild zum anderen. Wieder hatte ich das Gefühl, als würden die Blicke der Porträtierten jede meiner Bewegungen verfolgen. Dennoch zwang ich mich, nicht schneller zu gehen, sondern die Gemälde aufmerksam zu betrachten. Bei meinem letzten Besuch hier oben war mir eine Dame bekannt vorgekommen und nun wollte ich überprüfen, ob mein Verdacht stimmte.

Und ich hatte recht: Obwohl ein riesiger Blumenhut ihr ein Stück weit ins Gesicht ragte, erkannte ich das schöne Antlitz von Lydia Prinz, meiner White Lady.

»Ich bin gleich da, um dich zu retten«, flüsterte ich ihr zu und ging weiter Richtung Turmzimmer.

René – 23.55 Uhr

Nun geh schon ran!«, rief ich ungeduldig und lauschte dem Läuten von Rosalies Telefon. Nachdem der Anrufbeantworter angesprungen war, versuchte ich es auf dem Handy.

Doch auch da erreichte ich nur die Mailbox.

Da es erst fünf Minuten vor Mitternacht war, verkniff ich es mir, auf die Box zu sprechen. Die fünf Minuten würde ich jetzt auch noch aushalten. Vermutlich ging Rosalie erst wieder ans Telefon, wenn sie ganz offiziell Geburtstag hatte.

Rosalie – 23.59 Uhr

Ich nahm den iPod ab, steckte den Schlüssel von Gerlinde Freitag mit zitternden Händen ins Schloss und betete, dass er passte. Zuerst musste ich ein paarmal ruckeln und drehen, aber als die Kirchturmuhr zu läuten begann, sprang die Tür wie von Geisterhand auf und ich hatte es tatsächlich geschafft:

Ich war im Turmzimmer!

René – Samstag, 12. September 2011, 00.02 Uhr

Was ist? Kannst du sie nicht erreichen?«, fragte Rocco ungewohnt mitfühlend. »Ist besetzt oder geht sie einfach nicht ran?«

»Ich erwische immer nur die Mailbox.«

»Dann sprich ihr auf den AB. Vielleicht hat sie ja gerade so viel Spaß mit Melina, dass sie vergessen hat, das Handy anzumachen.«

Rosalie hatte das Handy immer an – allein schon wegen ihrer Mutter . . . Irgendetwas stimmte hier nicht!

»Rosalie, hier spricht René. Ich will Melina und dich nicht stören, aber ich wollte dir auf alle Fälle als einer der Ersten zum Geburtstag gratulieren. Bitte ruf doch zurück, wenn du das hörst. Ich mache mir Sorgen!«

Rosalie – Samstag, 12. September 2011, 00.03 Uhr

Meine Augen gewöhnten sich nur langsam an die Dunkelheit, nachdem ich die Taschenlampe ausgemacht hatte. Ich war einen Schritt in das Turmzimmer hineingelaufen und ließ meinen Blick nun durch den Raum wandern. Eigentlich sah alles ganz normal aus. Die Möblierung stammte zwar aus einer längst vergangenen Zeit, aber sie war äußerst geschmackvoll. Es wirkte ein bisschen wie in einem Museum.

Im fahlen Licht des Mondscheins konnte ich nach und nach Details erkennen. Die Teppiche und die Einrichtung waren von einer hohen Staubschicht bedeckt. Gigantisch große Spinnennetze schimmerten im diffusen Mitternachtslicht, das durch die Spalten der schweren Vorhänge drang. Die meisten Möbel waren mit hellen Laken verhangen, nur eine wunderschöne Chaiselongue war unbedeckt.

Obwohl das Szenario perfekt zu einem Gruselfilm gepasst hätte, verspürte ich keinerlei Angst. Es war eigentümlich still. Eigentlich hatte ich erwartet, Lydias Stimme zu hören.

Zögernd ging ich in den hinteren Teil des Raums, wo sich ein Kamin befand. Davor stand ein Schaukelstuhl, der sich plötzlich wie durch Geisterhand bewegte. Und obwohl ich eben noch erstaunlich ruhig gewesen war, sträubten sich mir nun alle Nackenhaare.

Ich umklammerte meine Tasche und fühlte durch das Leder die Vibration meines Handys. Mist, ich hatte vergessen, es auszuschalten. Wenigstens war es auf lautlos gestellt.

Während meine Augen den Raum nach der White Lady absuchten, drang auf einmal ein seltsamer Geruch an meine Nase. Es roch streng, beinahe beißend. Ein bisschen so, als hätte jemand Feuer im Kamin gemacht und feuchtes Brennholz benutzt.

Doch der gemauerte Ofen war leer, es lag nicht ein einziges Holzscheit darin. Aber warum auch?

Der Geruch wurde stärker, beinahe unerträglich, und ich beschloss, frische Luft hereinzulassen. Mein Asthma und diese Luft vertrugen sich überhaupt nicht miteinander.

Im selben Augenblick, als ich das Fenster aufriss, tat es einen Knall, und die Tür zum Hotelflur fiel zu.

Keine Panik, es ist nicht so wie in der Kühlkammer. Du kommst hier raus, wenn du es möchtest, sprach ich mir Mut zu und atmete tief die frische Nachtluft ein. Draußen duftete es angenehm nach Spätsommer, nach Elbwasser und nach …

Feuer!

Ich lehnte mich weit aus dem Fenster, um nachzusehen, ob vielleicht etwas im Garten brannte. Erschrocken erkannte ich, wie aus der untersten Etage Flammen schlugen.

Raus hier, und zwar schnell, dachte ich und lief zur Tür. Doch sie ließ sich nicht öffnen, obwohl ich am Griff rüttelte und mit aller Kraft dagegentrat.

In meinem Rücken ertönte höhnisches Gelächter und ich verfiel in Panik. Ich wagte es nicht, mich umzudrehen, sondern umklammerte reflexartig Cassandras Schutzamulett und versuchte, auf seine Kraft zu vertrauen. Doch mit einem Mal hatte ich das Gefühl, dass Hettas Fluch sich wirklich erfüllen würde – und zwar hier und jetzt.

Ich rannte panisch zum Fenster und überlegte, ob ich mich irgendwie abseilen konnte. Instinktiv packte ich die schweren Samtportieren und ließ sie nach draußen fallen. Doch das nützte nichts, denn sie reichten gerade mal bis zum Stock unter mir.

Ich überlegte zu springen. Lieber schnell sterben, als hier elendiglich zu ersticken, dachte ich, weil ich bemerkte, wie meine Lunge sich immer stärker zusammenzog.

Verdammtes Asthma!

Verdammter Fluch!

Und gerade als ich dachte, dass es nicht mehr schlimmer werden könnte, krabbelte ein schwarzes, behaartes Tier an meinen nackten Beinen hoch und stach zu.

Außer mir vor Angst starrte ich auf die Spinne, während ich das Gefühl hatte, dass mir die Panik jegliche Luft nahm. Mit letzter Kraft rettete ich mich Richtung Chaiselongue und ließ mich auf sie fallen.

Alles, was ich hörte, bevor es dunkel um mich wurde, war: »Rosalie, komm zu mir ... ich habe so lange auf dich gewartet!«

Und dann erneut höhnisches Gelächter ...

33. René Prinz – 12. September 2070

Liebste Rosalie,

ich sitze an meinem antiken Sekretär, den ich dir leider nie zeigen konnte (er würde dir bestimmt gefallen!) und habe Mühe, den Stift zu halten. Meine Hände sind alt und zittrig und meine Augen sehen nicht mehr ganz so scharf wie in der Zeit, als sie das Glück hatten, dich zum ersten Mal erblicken zu dürfen. Ich erinnere mich, als sei seitdem kein einziger Tag vergangen: Wir begegneten uns im Hotelflur. Ich war mit der Direktorin unterwegs und du mit diesem philippinischen Zimmermädchen – ich glaube, ihr Name war Leilani. Ein einziger Blick in deine Augen genügte und ich spürte tief in mir: Dieses Mädchen ist etwas ganz Besonderes!

Dieses Gefühl lässt mich bis heute nicht mehr los, auch wenn es uns leider nicht vergönnt war, mehr als einige wenige Wochen miteinander zu teilen.

Wie an jedem 12. September schreibe ich einen Brief an dich, Rosalie, Liebe meines Lebens, um dir zum Geburtstag zu gratulieren, auch wenn ich ihn dir leider nicht persönlich geben kann. Ich lege ihn wie all die anderen Briefe, die ich geschrieben habe, in das hölzerne Kästchen, das neben mir auf der Kommode steht. Über meinem Sekretär hängt das Blumenbild, das ich dir zu deinem siebzehnten Geburtstag hatte schenken wollen.

Heute bist du sechsundsiebzig geworden. Wie du wohl aussiehst?

Tränen rollen über meine alten faltigen Wangen, während ich an dich denke. Nebenan telefoniert meine Frau mit unserem

Sohn. Richard ist mein ganzer Stolz, vielleicht weil er mir so ähnlich ist. In ihm sehe ich den jungen Mann, der mit dir zusammen Dart gespielt, Mäuse gejagt, gestritten und dich geküsst hat. Den Mann, der in jener Nacht, die unser späteres Schicksal entschieden hat, nicht bei dir sein konnte, um dich vor dem Unglück zu bewahren, das schließlich zu deinem Verschwinden führte.
Ein Teil von mir sträubt sich immer noch gegen die Vorstellung, du könntest in dieser Nacht wirklich gestorben sein.
Ich glaube es nicht, weil ich es nicht fühle.
Was ich fühle, ist ein zartes Band, das uns beide immer noch verbindet, auch wenn ich so viele Jahre ohne ein Zeichen von dir leben musste.
Geliebte Rosalie, wo auch immer du sein magst, du bist in meinem Herzen. Auf ewig!

Dein René

34. Ronald Prinz – 12. September 2111

Rings um das Schloss aber begann eine Dornenhecke zu wachsen, die jedes Jahr höher ward und endlich das ganze Schloss umzog und darüber hinauswuchs, dass gar nichts mehr davon zu sehen war, selbst nicht die Fahne auf dem Dach.

»Das wird ein ordentliches Stück Arbeit!«, murmelte ich, als ich sah, wie die Bauarbeiter versuchten, mit ihren Geräten die hohe Dornenhecke zu durchtrennen, die sich seit hundert Jahren an der Fassade des ausgebrannten Schlosshotels hochgerankt und sogar das Eingangsportal unpassierbar gemacht hatte. Das Geäst war im Laufe der Zeit zu einer nahezu undurchdringlichen Mauer geworden und ich hatte deshalb großes Verständnis, als ich die ersten Flüche meiner Mitarbeiter hörte. Einen kurzen Moment lang war ich genervt, dass meine Familie das Hotel nach dem Brand im Jahre 2011 einfach so sich selbst überlassen hatte. Doch was dieses Thema betraf, hatte ich nie eine logische Erklärung bekommen und es irgendwann aufgegeben, mir den Kopf über Vergangenes zu zerbrechen. Schließlich hatte ich mein eigenes Leben und eigene Pläne.

»Wenn Sie das geschafft haben, spendiere ich jedem von Ihnen zur Belohung ein Festmahl«, rief ich, um die Jungs anzufeuern, und ließ vom Service-Roboter gekühlte Getränke servieren.

Für einen Spätsommertag war es mal wieder sehr warm. Wir hatten über dreißig Grad.

Trotz der Hitze versuchte ich, mich auf das zu konzentrieren, weshalb ich heute hier war: Die Ruine des ehemaligen Schlosshotels nach hundert Jahren Dornröschenschlaf wieder zum Leben zu erwecken. Beim Gedanken daran, endlich zu sehen, was sich hinter der turmhohen Hecke verbarg, bekam ich Gänsehaut. Ich kam mir ein bisschen vor wie der Prinz aus dem Märchen *Dornröschen,* das mir meine Großmutter als Kind noch aus einem seltenen Exemplar einer Märchenbuchausgabe vorgelesen hatte. Mittlerweile befand es sich als Leihgabe im Besitz eines historischen Museums zusammen mit zahlreichen anderen Büchern, die vor hundert Jahren gern gelesen worden waren.

Überhaupt Bücher ... Hätte meine Familie nicht so großen Wert darauf gelegt, unsere Geschichte mit allem, was dazugehörte, zu dokumentieren, hätte ich gar nicht mehr gewusst, was das war, ein Buch.

»Wenn Sie wollen, können Sie jetzt hier durch«, sagte der Bauleiter, setzte mir einen Helm auf und holte mich damit aus meinen Gedanken zurück in die Gegenwart.

Als ich durch das Eingangsportal trat, fühlte ich mich auf einmal, als sei das Zeit-Raum-Kontinuum verrutscht. Wie unmodern das alles war! Wie verschnörkelt und verspielt!

Die gedrechselte Eisentür hätte man sofort zu den Büchern ins Museum stellen können, ebenso wie den bunt gemusterten Teppich, der im Eingang lag.

Bis zu diesem Punkt sah man noch nichts von der Zerstörung, die der schwere Brand in der Nacht vom elften auf den zwölften September 2011 im Erdgeschoss verursacht hatte.

Der Grund für das Feuer war nie ganz geklärt worden, doch man vermutete einen Kabelbrand. Das Skurrile daran war, dass das Hotel an jenem verhängnisvollen Wochenende extra geschlossen worden war, um die veraltete Elektrik zu überholen. Vermutlich hatte einer der Handwerker damals einen Fehler gemacht.

Zum Glück waren keine Menschen zu Schaden gekommen, weil dem Personal damals freigegeben worden war. Nur von einem Mädchen fehlte seit jener Nacht jede Spur. Eine gewisse Rosalie Dorn – sie war die große Liebe meines Großvaters gewesen, wie ich den Aufzeichnungen in den Chroniken entnehmen konnte –, war seit jener Nacht verschwunden und nie wieder aufgetaucht.

So eine große Liebe würde ich auch gern erleben, dachte ich, als ich durch die Eingangshalle lief und die Treppenstufen erklomm.

»Seien Sie vorsichtig!«, rief der Bauleiter mir hinterher, doch ich hatte keine Angst. Alles, was ich wollte, war, mir endlich selbst ein Bild vom Zustand dieses alten Gemäuers zu machen, bevor ich endgültig entschied, was damit passieren sollte.

Nachdem ich mich auf allen Etagen umgesehen hatte, fehlte nur noch das letzte Stockwerk. Ein wenig außer Atem kam ich schließlich oben an. Für einen kurzen Moment hielt ich inne, und während ich mich umschaute, hatte ich das Gefühl, als würde ich nach den unteren Etagen noch einen weiteren Sprung zurück in die Vergangenheit machen. Es roch modrig und muffig und man konnte vor lauter Spinnweben kaum etwas erkennen. Doch auch abgesehen von diesen Eindrücken herrschte hier eine ganz andere Atmosphäre als in den restlichen Räumen des Hotels.

Begleitet von den Blicken meiner Ahnen, die in Öl porträtiert an den Wänden hingen, arbeitete ich mich schließlich zum Turmzimmer vor. Hier oben war es totenstill – noch nicht einmal der Baulärm drang hierher durch.

Ich versuchte, so gut es ging, meine Gänsehaut zu ignorieren, und öffnete die Tür. Als meine Augen sich an das diffuse Licht gewöhnt hatten, musste ich zweimal hinschauen, weil ich nicht fassen konnte, was ich dort sah: Auf der Chaiselongue lag ein Mädchen, so wunderschön, dass ich kaum meine Augen von ihr abwenden konnte, und schien zu schlafen.

Es hatte langes blondes, lockiges Haar, rosige Lippen und trug für meinen Geschmack seltsame Kleidung: ein weites Oberteil und eine leicht durchlöcherte bläuliche Hose.

Soweit ich wusste, war dieser Kleidungsstil vor ungefähr hundert Jahren in Mode gewesen . . .

Ich näherte mich vorsichtig der träumenden Schönheit und entdeckte über ihrem Mund einen Leberfleck. Und dieses Detail war es, das eine diffuse Ahnung in mir aufsteigen ließ. Ich bemühte mich, mir das Archivbild aus der Hotelchronik in Erinnerung zu rufen, das anlässlich der Willkommensfeier für die damaligen Auszubildenden gemacht worden war. Es fiel mir nicht schwer. Die Geschichte des Mädchens, das in der Brandnacht spurlos verschwunden war, hatte mich immer schon fasziniert und oft hatte ich mich als kleiner Junge ins Archiv geschlichen, um heimlich die alten Fotos anzuschauen.

War das hier tatsächlich Rosalie Dorn?

Ja, das konnte sie sein. Aber weshalb sah es so aus, als würde sie tief und fest schlafen? Hier ging etwas ganz und gar nicht mit rechten Dingen zu, dachte ich und ein Schauer nach dem anderen jagte über meinen Rücken. Doch schließlich nahm ich meinen Mut zusammen und näherte mich dem Mädchen. Erschrocken hielt ich inne – sie atmete.

Wenn das hier wirklich Rosalie war, musste sie mittlerweile hundertsiebzehn Jahre alt sein, doch sie sah aus wie siebzehn.

So sehr ich es auch wollte, ich konnte meinen Blick nicht von der Schlafenden lösen. Aus irgendeinem Grund ging eine ungeheure Faszination von ihr aus – und sie kam mir erstaunlich vertraut vor. Ihre Gesichtszüge hatten etwas Gutes, Liebevolles, Zartes, und ehe ich michs versah, tat ich etwas, das ich mir selbst nicht erklären konnte: Ich beugte mich zu dem Mädchen hinab und küsste seine Lippen.

Die waren erstaunlich warm und weich.

In dem Moment, als mein Mund den ihren berührte, schlug es die Augen auf und lächelte das schönste Lächeln, das ich je gesehen hatte.

35. Rosalie – 12. September 2111

Mhm, was für ein schöner Traum!

René hatte mich geküsst und rief nun meinen Namen.

Ich schlug die Augen auf und lächelte, als ich meinen Märchenprinzen dicht über mich gebeugt sah.

Die grauenvolle Nacht im Turmzimmer war offenbar nur ein Albtraum gewesen und ich endlich in Sicherheit, hier bei meinem Liebsten.

Ich sah die grünen Sprengsel in Renés azurblauem Auge und war glücklich wie schon sehr, sehr lange nicht mehr.

Endlich war mein Geburtstag vorbei und wir beide auf immer in Liebe vereint . . .

Und da wurde die Hochzeit des Königssohns mit dem Dornröschen in aller Pracht gefeiert und sie lebten vergnügt bis an ihr Ende.

Gabriella Engelmann

Weiß wie Schnee, Rot wie Blut, Grün vor Neid

Ein mörderischer Schneewittchenroman

Bella würde alles dafür tun, die Schönste zu sein – doch ihre hübsche Stieftochter Sarah ist ihr dabei ein Dorn im Auge. Sarah muss um ihr Leben fürchten und sucht Unterschlupf in einer WG. Die sieben Jungs kümmern sich rührend um ihre neue Mitbewohnerin und Sarah wähnt sich in Sicherheit. Doch als sie einen Modelvertrag unterschreibt, setzt Bella alles daran, ihre Konkurrentin ein für alle mal zu beseitigen.

Arena

Auch als E-Book erhältlich
Als Hörbuch bei Audible.de

264 Seiten • Klappenbroschur
ISBN 978-3-401-06770-4
www.arena-verlag.de

Gabriella Engelmann

Goldmarie auf Wolke 7
Eine himmlische Liebesgeschichte

Marie schwebt auf Wolke 7, als sie einen Job im Laden »Traumzeit« ergattert. Traumhaft ist vor allem auch der Ire Dylan, den sie dort kennenlernt. Dann geschehen plötzlich viele magische Dinge, die Marie sich nicht erklären kann. Die mysteriöse Nives spinnt ihre Schicksalsfäden und im Leben von Marie und ihrer Stiefschwester Lykke ist bald nichts mehr, wie es einmal war.

Arena

Auch als E-Book erhältlich

256 Seiten • Klappenbroschur
ISBN 978-3-401-06726-1
www.arena-verlag.de

Eva Völler

978-3-401-50660-9

Sommerküsse schmecken besser

Lena kann ihr Glück nicht fassen: Eine Großtante hat ihr ein Anwesen in Florida vererbt! Kaum in Miami angekommen, entpuppt sich das Traumhaus allerdings als Bruchbude im Sumpf. Noch verwirrender ist der gefährlich gut aussehende Typ, der Lena zu verfolgen scheint.

978-3-401-50625-8

Schluss mit der Jungsdiät

Keine Jungs, keine Probleme! Friederike ist sich sicher: Verlieben lohnt sich nicht, es ist einfach nie der Richtige. Während ihre Freundinnen sie ständig verkuppeln wollen, hat sie zu Hause andere Sorgen. Wer hat da noch Zeit für die Liebe? Doch dann flattern auf einmal diese verräterischen Schmetterlinge in ihrem Bauch herum.

978-3-401-50626-5

Wenn Mädchen die Sonne sind, sind Jungs das Eis

Jule hat eine Reise in die Karibik gewonnen. Der Traumurlaub kommt wie gerufen – nur hat ihr Freund keine Lust auf den Trip. Jule beschließt ihren Aufenthalt auf Jamaika zu genießen – und zwar ohne Jungs! Allerdings hat sie dabei nicht mit dem unverschämt gut aussehenden David gerechnet.

Arena

Jeder Band:
Arena-Taschenbuch
www.arena-verlag.de